新 潮 文 庫

巨 人 の 磯

松本清張著

新 潮 社 版

2401

目次

巨人の磯

巨人の磯《いそ》

仙台で開かれた法医学関係の学会に出た清水泰雄《やすお》は、帰京の途中、水戸で降りた。九月二十二日の夕方である。

清水は東京の或《あ》る大学の教授で、今年の十一月には満六十一歳になる。夏も終った大洗《おおあらい》海岸に清水がどうしてひとりで泊る気になったかといえば、九州出身の彼は、未《いま》だにそこに行ったことがないからだった。東京に住むようになって長いが、いつでもそこに行けると思っていたせいもあって、これまで訪れる機会がなかった。東京で暮していると、遠くからきた客の案内でもしない限り、列車で二時間くらいの近い場所に行くのが、ついさきに延びてしまう。

一度は大洗に行ってみたいという清水の気持には二つの理由があった。一つは例の磯節《いそぶし》である。明治の末に生れた彼は、少年時代に聞いた唄《うた》といえば俗歌ばかりだった。流行歌というのが出現したのは二十歳ぐらいのときで、それまで祝いごとの席で唄われるのや、父の口ずさむのを聞くのが今では民謡とよばれる各地方の俗歌だった。死んだ父は「磯節」が好きで「磯で名所は大洗さまよ」と下手な節回しでいったが、名人が唄うと嫋々《じょうじょう》とした旋律の背景に渺茫《びょうぼう》たる海の荒波が聞えてきそうである。清水は、その唄の舞台を見たいとかねてから思っていた。

もう一つは、水戸から大洗に行く途中に大串《おおくし》貝塚があって、縄文《じょうもん》時代の貝塚としてよく知られている。清水はそこも見ておきたいと思っていた。考古学は彼の趣味である。医者で考古人類学の専門家になった人はあるけれど、清水はそこまで深入りする気持はなかった。

この大串貝塚のことでは「常陸風土記《ひたちふどき》」に、

「平津《ひらつ》の駅家《うまや》の西一二里に岡あり。名を大櫛《おほくし》といふ。上古《いにしへ》に人あり。體《かたち》極めて長大に、身は丘壟《をか》の上に居りて、蜃《うむぎ》を採りて食ひき。その食へる貝、積聚《つも》りて岡と成りき。時の人大きに朽ちし義《こころ》を取りて、今大櫛の岡といふ。その大人《おほびと》の践《ふ》みし跡は、長さ三十余歩、広さ二十余歩あり、尿《ゆまり》の穴址《あと》は、二十余歩ばかりあり」

とある。

——遠い昔、巨大な男がこの辺の台地上に住んでいて、貝類をとって食べていたが、その貝殻が積り積って丘になった。その男の足あとは長さ三十余歩、広さ二十余歩もあり、男が小便して出来た穴は直径二十余歩もある、というのである。

この古い説話は、巨人伝説の形で世界のほうぼうにあるそうだが、日本では珍しい。

風土記よりさきに出来た古事記・日本書紀の神話にもみえていない。ただし、大きな足跡のほうはダイダラボウの話で各地にあり、げんに清水自身が住んでいる世田谷区代田《だいた》はその名（大太法師）を取ったといわれている。

大串の岡にいた巨人のことでは、いろいろな臆測《おくそく》が行われ、太平洋の漂流で着いた異人種のことだというのや、アイヌの祖先のクロポックグルだろうという説などがある。吉田《よしだ》東伍《とうご》の大日本地名辞書にはあとの説が引かれているが、クロポックグルという人種の存在は明治の考古人類学者坪井正五郎が云《い》い出したことで、坪井がモスクワで客死すると、この説は学界から自然消滅した。

そのほか先住巨人説、英雄巨人説、双子山式巨人伝説、背競《くら》べ伝説などがあり、柳田国男は山人《やまびと》に対する里人《さとびと》の畏怖感《いふかん》が自然観に混じりこんで構成されたものだろうといっている。つまり超自然的なものに対する古代の呪術《じゆじゆつ》心理と解している。

清水自身はこうした説にはどうも従いかねるのだが、とにかく、そうした関心もあって彼はいま大洗に向っている。

水戸に着いたのが午後六時ごろだったので、大串を見るのは明日のことにし、まずタクシーで大洗の旅館に入った。夕食の支度が出来るまで海岸に行ってくることにし、ぶらぶらと海岸通りをその方角に歩いた。大洗磯前《いそさき》神社の大鳥居前を過ぎ町を抜けると磯の匂《にお》いが強くなり、すぐに海辺になる。大小の岩礁《がんしよう》が手前の海面にひろがっていて、波に囲まれた岩礁の上に小さな鳥居が立っていた。海は凪《なぎ》だが、岩のまわりには白い波が上がっていた。

島かげ一つない太平洋の夕暮を望みながら、清水は少年時代の磯節の背景——舞台横で波の擬音をつくる太鼓の音が、いま現実の波の音に現われたのを聞いて、父の唄声や芸人の唄声が耳に蘇《よみがえ》ってくるようだった。彼は、沖合に垂れ下がる黝《あおぐろ》い靄《もや》が水平線を融《と》けこませてゆくのをしばらくじっと見ていた。

季節外れになって浜にはよそからきた客の姿はなく、夏場の海水浴客相手の掛け小屋のあとが、うら淋しくならんで残っていた。清水は、此処《ここ》に来たのは父の思い出や自分の少年の頃の憧憬《どうけい》を拾いにきたのだと思った。

引返すとき、大洗磯前神社の松林の丘をコンクリートの大鳥居前から中をのぞくと、社前の高い石段は暗かった。これも明日の朝にあらためて来ることにした。大鳥居は東南の海に向っていて、はるかに犬吠埼《いぬぼうざき》と相対している。

宿に戻って風呂《ふろ》に入り活魚料理の食事をすると、波の音が絶えず遠くから聞えてくる。清水はもう一度海岸に行ってみたくなった。女中にそういうと、海岸には外燈《がいとう》が少なくお一人では危ないから若い衆をつけさせます、といった。芳さんという水戸駅に客を送迎したりする青年が懐中電燈を持って付いてきてくれた。

海岸通りに出ると、なるほど陽が残っていた夕方と、とっぷりと昏《く》れた夜とではずいぶん様子が違っていた。またも大鳥居の前を過ぎてしばらく行くと家の灯も少なくなり、海は真暗がりだった。たまに疾走して過ぎる車のヘッドライトが道路を稲妻のように光った。岩の多い砂浜に下りると、芳さんが懐中電燈で足もとを照らしてくれた。黒い岩礁がならぶ海沿いを北に歩いて進んだが、眼は沖合を眺めていた。闇《やみ》の沖には、ほの白い筋がきれぎれにぼんやりと浮んでいた。

白いのは防波堤かと清水ははじめ思ったが、夕方見たときはそんなものはなかったので、立ちどまって眼を凝らすと、二つ三つ重なった白筋は蛇のように出没しながらやがて一本の長いうねりと連なり、こっちに向ってくる。波音がそれに伴い、岩礁の下に匍《は》いよると地響きを立てて白い炎を上げた。

幽暗な沖に滲《にじ》むように浮ぶ白筋の波頭は海に映えた極光《オーロラ》かと思われた。鳥居の立つ岩礁の下で、砕ける波がまるで夜の海底から次々と白雲を湧《わ》き上らせているようであった。

やはり凄《すご》いね、と清水は芳さんにいった。芳さんは見なれているので感動はしないが、この前の台風のときの波は凄かったです、と波の高さを説明してくれた。

しかし、そんな荒れた海面でなくとも、闇に浮ぶ霊光のような真珠色の波がしらを見ていると、冥府《めいふ》から来ているようで、身体《からだ》を吸い込ませたくなるような誘惑を感じる。自殺する気持の者なら、わけなく波に足を入れるにちがいなかった。

まことに綿津見《わたつみ》の暗くも深き冥合の奥所《おくが》、常世《とこよ》の魂が底なる宮居から波と風の音に乗って言告《ことつ》ぐがごとく、その韻律は巫女《みこ》の誘《いざな》いにも似ているようだった。黒暗々《こくあんあん》とひろがった黄泉《よみ》の海を、後方《しりえ》の丘の上から巨人の影が死神の如《ごと》くに見下ろしているようでもあった。

「おい、芳さん」

清水は神秘的な眼が醒《さ》めやらぬままに呼んだ。

「そこの岩の間に巨《おお》きな人が波と戯れているよ」

「へっ、ご冗談を」

といって、青年は清水の顔を見た。

「冗談なものか。よく見ろよ。ほれ、あそこだ」

清水が指さすと、芳さんはその方角に懐中電燈の光を当てた。が、遠距離で光は届かず、汐風《しおかぜ》にたよりなく揺れた。

芳さんは懐中電燈にたよることを諦《あきら》め、闇の中に渦巻く白い波の中に眼を凝らした。

「ほら、向うの三角形の大きな岩と、こっちのでこぼこの四角な岩との間だ。波の上に黒く動かないのは頭を見せているだけの岩だが、白い泡《あわ》の中に揉《も》まれて浮いたり沈んだりする黒いのは人間だよ」

青年もようやくそれを認めたらしい。が、なおもそこに眼を据えたまま疑わしそうにいった。

「あれ、人間ですかア？」

「人間でなくて、何だね？」

「人間にしては大きすぎますよ。鯨の子かもしれませんよ。この辺にときどき迷いこんできますから」

「鯨とは大げさだね。もっと懐中電燈が届くところに近づいてみなさい」

芳さんは浜の青年らしく、ズボンをたぐりあげ、水の中に入って行った。岩場を踏み外さないように気をつけながら少しずつ進んだのは、客に命じられたからではなく、若い好奇心からだった。

芳さんは或るところまで行って立ちどまり、懐中電燈をつけた。光は白い波の踊りの一カ所を銀色に照らした。その瞬間に、芳さんの叫びが上った。

「ほんとうだ、化け物の土左衛門《どざえもん》だア」

芳さんの黒い姿も風と共に海の上に踊った。

「おい、足もとに気をつけろ」

と、清水は青年が揺れながら戻ってくる姿に呼びかけた。

「すごく大きな死体です。とても人間とは思えません。普通の人間の三倍くらいありそうです。丸坊主《まるぼうず》で、顔なんかゴムマリのように眼も鼻もありません」

清水の傍に戻ってきた青年は昂奮《こうふん》した声で報告した。

「口はあったかね？」

「口は……顔じゅう口だらけですよ。その口に大きな貝をくわえていました」

駐在所に知らせておくがいいと清水は芳さんにいった。二百メートルばかり先に駐在所の灯がぽつんとついていたのを彼は先刻見ていた。


その晩、清水は布団《ふとん》の中で、大串の巨人伝説は漂着した溺死体《できしたい》を見た古代人の恐怖から発したのかもしれないと思った。死体は死後ある期間がくると体内の臓器にある腐敗物のためにガスが発生して異常に膨れ上る。これを巨人様死体とか死体の巨人化とか医者の間でも云っているが、芳さんが見てたまげたように普通人の二倍にも三倍にも横が大きくなる。素朴な古代人にとっては異常な現象がすべて驚異の対象であり、その恐怖はやがて超自然なものに対する畏怖から呪術的な畏敬に変ってくる。《體極《かたち》めて長大》な男が丘の上に居て《蜃《うむぎ》（貝）を採りて食》っていたというのは、通説のように貝塚の説明と結合したのかもしれないが、あながちそれのみとはいわれない。

芳さんも「顔じゅう口だらけで、貝をくわえていました」と息をはずませて報告したではないか。死体が巨人化すると頭髪が禿《は》げ、顔がふくれて眼がつぶれたようになる。その代り口をあんぐりと開け、しかも上下の唇が肥大化して捲《まく》れ上るから口だけが大きく見える。その上、水による窒息死は舌をぺろりと前に垂れる。芳さんはいみじくも舌を大きな貝に見たのだ。

溺死の特徴は、鼻孔や口から白い泡沫《ほうまつ》が出ていることである。この泡は溺死中に気管その他で形成されたもので、体内に発生したガスがこの泡を押し出そうとするから、白い泡が拭《ふ》いても拭いても出てくるからこの白い泡が古代人にはまるで巨人の食べているシジミ貝にもたとえられ、垂れた白い舌がハマグリにも比喩《ひゆ》されたのではあるまいか。古事記などの擬人化、擬物化の素朴な巧妙さを見ると、それよりはあまり遠くないころに出来た「風土記」がその技法を駆使したとしてもふしぎではない。

清水は現実主義者だから、ものごとを即物的に考える。だから、巨人伝説発生を世紀前の巨人時代を空想した信仰的な心理だとか、民俗学でいう「マレヒト」的な解釈、百合若遊行伝説《ゆりわかゆぎょう》といったたぐいのロマンティックな説には、どうも傾聴することができないのである。

清水は東京に帰ったら古代史の好きな友人に今夜の経験を語り、この思いつきの新解釈を述べようと思った。枕《まくら》もとの波の音には遠くからの数人の人声もまじっていた。芳さんが駐在所に知らせたので、だれかが溺死体の引揚げにかかり、それを見にゆく弥次馬《やじうま》の声かもしれなかった。いつのまにか睡《ねむ》った。

翌朝、眼がさめたのが八時ごろで、布団を上げにきた女中が早速昨夜の溺死体のことをいった。死体は昨夜のうちに浜に上り、今朝早くから現場で検屍《けんし》が行われているということだった。

「それがもの凄くふくれ上った死体ですってね。お客さんが波に揺れているのを見つけられたんですって？」

女中は眼をまるくして清水の顔を見つめた。芳さんが騒いで話したらしい。

「ああ。けど、芳さんは鯨の子だろうといってたよ。ぼくにもよく分らなかったけれど」

清水はあいまいに笑った。

「ほんとに遠くから暗い中で見たときは鯨の子だと芳さんは思ったそうですわ。浜に引きあげてみると、男だけど三倍ぐらいあるんですって。まるで昔話にある大串の大男のようですって」

さすがに土地柄で常陸風土記の伝説は行きわたっていた。

「ようだといってるけど、君は見に行かなかったのか？」

「とても見になんか行けませんわ。大入道の死体で真裸ですって。おお、気持の悪い。それに、身体のほうぼうを魚に食べられて、見て来た人は嘔《は》き気がすると蒼《あお》い顔をしてました。聞いただけでも、ご飯が咽喉《のど》につかえそうですわ」

「身もとは判《わか》ったのかね？」

「さあ、どうでしょうか。いま警察の方が調べておられますが。裸だというんですが、水泳でもしてて溺《おぼ》れたんでしょうかね？」

「なんともいえないが、海の中を長いこと漂流している間に衣類は脱《と》れたかもしれない。魚もつつくからね」

「当分、お魚も食べませんわ」

「もったいないことをいうんじゃない。こんな新鮮な、うまい魚は東京辺じゃ口にできないよ」

「でも気味が悪いですよ。去年、そこの先に浮んでいた女の人の死体はきれいでした

るよ」

「きっと身だしなみのいい女性だったんだろうな。しかし、いくらそうした女性でも、長いこと海に流れていると、同じように髪が脱《ぬ》けて坊主になり、裸の大女にふくれ上るよ」

「おお、イヤだ。どのくらい経《た》つとそうなるんですか？」

「そうだな。今ごろの陽気だと二週間から三週間の間かな。水の中だと、それでも腐敗が遅いんだよ。陸上の三倍くらい遅い。その代り、水から陸にあげたらすぐに肉が融けるね」

「あら、よくご存知ですこと」

「こんなこと常識だ。……この辺はよく身投げや海に溺れた者が流れ着くかね？」

「それほどでもありませんが、ときにはありますね」

「漂着というと、どっちのほうから流れてくる？」

「たいてい南からですわ。沖合だときまって南からということです。銚子《ちょうし》沖の船の遭難者の遺体がこっちにきます。黒潮が南から北に流れていますから。……もうこんな話、止《よ》しにしましょう」

女中は肩を縮めた。

のに。ちゃんと洋服なんか着て」

洗面を済ませて部屋に戻ると、朝の食膳《しょくぜん》にはちゃんと刺身が出ていた。女中は自分でも苦笑していた。

その食事が終りかけたころ、女中頭が入ってきて、警察の方が昨夜の死体発見の事情を聞きたいからといって見えていますと名刺をとり次いだ。所轄署《しょかつしょ》の捜査係長の肩書で警部補福島康夫とあった。清水は宿泊簿には学校職員とだけ書いておいた。

階下の客用応接室には、三十二、三歳くらいの陽に灼《や》けた長い顔の男が、若い男と待っていた。客の頭の上には大洗磯前神社のカラー写真と、磯節の文句を彫りつけた木の額がかかっていた。福島警部補は清水の名刺を見るとおどろいたように顔を向けて頭を下げた。

「先生とは存じませんでした」

清水泰雄とは平凡な名だが、肩書を見た福島警部補は清水の法医学関係の著書をよんだことがあるといった。

清水は発見の次第を語った。話しながら昨夜の神秘的な情景が浮んだが、むろん言葉には出さなかった。警部補は芳さんから先に聞いていることだし、相手が清水と知って「事情聴取」は簡単に打ち切った。だが、係長がわざわざ発見者に会いにくるくらいだから巨人の死体は他殺かもしれないと清水は思った。

「それが解剖してみないとよく判らないのです。死体は魚に食われたり、岩にぶっつかったりしてかなり損傷していますから、生前の傷かどうか区別がつきません。頸部《けいぶ》に絞殺《こうさつ》時の索溝《さくこう》があるのかないのか、あんな皮膚が膨脹《ぼうちょう》して傷《いた》んでいては検屍だけでは、はっきり判りません」

目下は自他殺不明というところのようだった。法医学者を前にしている警部補は、できれば死体を視《み》てもらいたそうだった。だが、云《い》い出しかねている様子だった。清水にしてもこんなところに出しゃばる気持はなかった。それに溺死体の過失死と自他殺の区別はむずかしい。とくに崖《がけ》の上とか船の上とかで海につき落された場合は、他に証拠を求めない限り、過失で墜落したのと解剖の所見が同じになる。

「検屍の状態はどうなんですか?」

と、清水は警部補にきいた。

「昨夜海から引きあげたのですが、今朝ムシロをめくってみると、昨夜よりはもっとひどい状態になっていました。まったく人間とは見えませんね。ムシロをめくったとき、刑事たちが、わっと云って逃げたくらいですから」

「溺死体は水から上げたとたん腐敗が急速に進みますからね」

「検屍の警察医は、あと二十四時間後には肉が崩れて白骨化に入ってゆくといっていました」

「そのぶんだと、死後二週間から三週間は経っていると思われますね。水温にもよるし、モノを見てないからはっきりしたことはいえないけど。で、身もとはまだ分らないのですか?」

「判りません。衣類が全部はぎとられていますからね。でも、義歯がありますから、歯医者に手配するつもりです。警察医は解剖時に指の皮膚を切り取って出来るだけ指紋を採るようにしたらいいと云っていますが、あんな状態ではどうでしょうかね?」

「その警察医の先生の意見は正しいですね。無理だとしてもできるだけやったらいいでしょう」

《相当の時間水中にあった死体は、識別も甚《はなは》だしく困難である。容貌《ようぼう》も、膨満してひどく歪《ゆが》んでいるため、他の識別手段に訴えなくてはならないが、ひどくいたんでいても、指の皮膚がどうにか保存されていれば、指紋がとれる場合もしばしばある。鋭利な刃物で指先から皮膚を切り取っておくと、指紋技師がこれを指に巻いて回転させて、かなりはっきりした指紋を採取することができる》

と、英国法医学者リモイン・スナイダー博士が"Homicide Investigation"の中で述べているのを清水は思い出した。しかし、いま聞いた死体の腐爛《ふらん》状態だと、その方法が可能かどうかは分らない。

「さっきここの女中さんに聞いたのだけど、この辺の海岸につく漂流死体は、たいてい南のほうからだそうですね？」

「そうなんです。黒潮に影響されて北上してきます。これがもっと北の区域になると、南下する寒流とぶっつかって複雑な潮流になりますが、この辺にくるのはほとんど南からのものですね。ですから、死体の主は房州あたりに沈んだ可能性が強いです」

警部補は、そんなことを話し、ありがとうございました、と礼を述べて帰って行った。

清水は宿を出て車で海岸通りを走ってみたが、昨夜、芳さんと佇《たたず》んだところは太陽に照らされて平凡な景色になりさがっていた。どうしてあんな幽玄な風景に見えたのかふしぎでならないくらいだった。すでに死体は運び去られ、現場と思われる浜辺には、人が四、五人立ってひそひそ話をしていた。

清水は、水戸に向うその車で途中大串の貝塚を見た。そこは台地上の森で、隣に中学校があった。木立の斜面は古い貝殻に蔽《おお》われ、横穴のようなものもあった。だが、此処《ここ》も昼間見たのでは、考古学的な遺跡というだけで、何の変哲もなかった。「常陸風土記」の怪異譚《かいいたん》に浸るにはやはり夜の雰囲気に限るのだろう。それも月のある晩がいいかもしれない。スーツケースの中には、出発のとき宿からもらった磯節の文句入りのタオルがあった。

清水は東京の友人に巨人説話の「経験的」解釈を試みた。みんな面白がってはいたが、彼の新解釈にはにやにや笑うだけだった。

大洗から帰って一週間くらい経ったころ、茨城県M署の警部補から手紙が来た。

「……義歯のほうはまだ治療した歯科医が出てきませんが、さきに指紋のほうから分りました。F県の県会議員で水田克二郎という人でした。この人は沖縄、台湾視察旅行のため約三週間の予定で、去る九月六日に羽田を出発しています。指紋の検出には県警の鑑識課が非常に苦労しましたが、おかげさまで成功しました。ありがとう存じました」

清水は、色の黒い、長い顔の警部補を思い出したが、死者が沖縄、台湾に旅行中だったと知らされてびっくりした。たしかに太平洋の黒潮はフィリッピンの沖で彎曲《わんきょく》し、台湾、沖縄の東岸を洗い、大洗の沖合に達しているが、あの死体は、台湾か沖縄かからその暖流に乗って長大な旅をして来たというのだろうか。

物語は、教授清水泰雄の上から離れて、茨城県の警察活動の方に移る。

九月二十二日夜の大洗海岸に漂着して、発見の清水に「常陸風土記」にある巨人の幻想を起させた男の水死体は、翌日、県警の委嘱する地元の公立病院が解剖した。解剖医は、腐爛の状況からして死後約二週間と鑑定した。所見の大要は次の通りだった。

《本屍は腐爛が甚だしい上に魚類につつかれているので生前の損傷が明瞭《めいりょう》でないが、外傷はないものと認められる。右下腹部に相当古い盲腸の手術痕《あと》がある。また、右側奥歯の親知らずにムシ歯の治療あとがある。頸部に索溝は認められず、肺は膨大し、海水による湿潤がある。気管と気管支に微細な気泡もある。血液型はO型である。その血液は暗赤色となって膨脹した肺に充満し、凝固していない(溺死《できし》の際に水を組織内に吸収して通例血球の溶血を起す)。

胃と十二指腸内にも水が見られる。海中の微生物が、胃や気道の内壁に付着している。その微生物は、この近海のプランクトンと同種類のものである。胃の中にはかなり消化された食物の僅《わず》かな残留と、腸内にその大部分の糊《のり》状のものがある。この状態は食後二、三時間を経て死亡したものと思われる。食物は澱粉《でんぷん》要素を主体としたものである。

死体の腐敗進行は、九月中旬より下旬の茨城県の気候平均温度一九・七度、千葉県銚子沖より茨城県五浦岬《いづらみさき》沖に至る太平洋沿岸の水温平均一五・五度を仮に条件とすれば、死体硬直の寛解が四日―五日、巨人様顔貌《がんぼう》を呈しはじめるのが五日―六日、頭毛が容易に脱落するのが六日―七日、頭毛の自然脱落が一週間―二週間となるのが普通である。本屍は右最後の所見項目の末期を呈していたのであるから、死後二週間前後を経過していると見て大差ないと思われる。

右の結論は本屍の死亡があくまでも銚子・五浦付近の太平洋沿岸に限る場合においてであって、もしこれが他の場所に死亡し、漂流の末に大洗海岸に漂着した場合にはその適用を受けないことはいうまでもない。

また、本屍の胃と気道の内壁に付着した微生物がこの近海のものと同種類だからといって、直ちに死亡がこの付近の海とは限らない。なんとなれば、同一種類の微生物は他の海域でも近似が見られるからである。……》

――しかし、死体の死後日数には多少の誤差が見込まれているのが通例である。

福島警部補が、礼状を兼ねて報告の手紙を出したように、「巨人」の親指の皮膚を剝《は》がして指紋の一部をとる作業が、県警の技師の苦心によって成功した。その指紋が警察庁の台帳にあったのだった。

指紋の当人はF県S市の建設業水田克二郎と判った。ずっと前に前科があったのだ。水田は本年四十五歳で、県会議員に三期当選していた。

M署では、すぐに隣県のR署を通じて水田の家族に通知した。その返事は一時間後に福島警部補にきた。

「水田さんの家族は、そんなはずはないと云ってますよ。水田さんは今月六日に約三週間の予定で、沖縄、台湾の視察旅行に出かけたといっていますよ」

R署の捜査課係長はズウズウ弁であった。

「それは、たしかですか?」

「たしかです。家族も秘書も羽田空港に見送りに行って、飛行機がとび立つのを見ていたそうですから」

「水田さんの旅行予定は判りますか。たとえば何日はどこに行って、何というホテルを予約しているとか……」

「那覇《なは》市の第一日目と二日目のホテルは予約しています。あとは気ままに歩くからといって予約はしてなかったそうです。台湾ではどこのホテルも予約の申込みをしていません」

「気ままに歩く……水田さんは同行者がいなかったのですか?」

「単独だそうです。業界の視察ということでね。もっとも名目は県会議員として向うの自治行政を見てくるということで、旅費、日当はちゃんと県の公費から取って行ったそうですがね」

県会議員に限らず、地方自治体の議員連中は遊びの海外旅行を「公務出張」にして旅費を公費から出させるものが多い。その報告書もいい加減のもので、同僚議員もお互いのことだから馴《な》れ合いで簡単に承認すると聞いた。横着なのは報告書も出さないという。

「今月六日の出発というと、もう十七日経《た》っていますね。旅行先から家族に便りが来たといっていますか？」

「十日付の台北からの絵はがきが十三日に来たそうです。もちろん本人の筆跡で、無事に各地を視察して回っているから安心するようにとあったそうです」

それでは死体は台湾から黒潮に運ばれてきたのだろうか。

「とにかく指紋は水田さんに間違いないのです。家族の人に死体確認のためにこっちに来てもらえませんか。人違いでしたら、これに越したことはないのですから」

福島はその電話でいった。

「分りました。家族に顔を見せにやりましょう」

先方は云った。

「顔……」

福島は詰った。人相の見分けはまったくつかない。

「死体はひどく傷んでいるんです。肉親じゃ辛《つら》いでしょうね。その覚悟で来てもらいましょう。出来れば、兄弟とか、親戚《しんせき》の男の人がいいのですが……」

「分りました」

先方は察して、誰かをすぐにさしむけるといった。

「こっちにその人がくるときにね、水田さんの血液型と、義歯をどこの歯医者でやったのかを聞いてきてもらってください。それから、手術した痕があるかどうかなど身体の特徴もね。死体には相当古い盲腸の手術痕があります。そして、その台北から来たという絵はがきも見せてもらいたいです」

そのあと、福島警部補は羽田の出入国管理事務所に電話して、九月六日の午後十時半、沖縄、台湾便で水田克二郎が出国したかどうかを訊《き》いた。返事は一時間ぐらいしてきた。たしかにその便で出国している。そうすると、解剖所見にある胃と気道の内壁についた微生物のことはどうなるのだろう。沖縄や台湾沖にも同じ種類のプランクトンがいるのだろうか。——

水田克二郎の義弟というのが福島を訪ねてきたのは五、六時間ぐらいしてからだった。広川博という名刺を出したが、肩書が水田建設株式会社秘書となっている。福島警部補は、その肩幅のひろい男の顔を見て、自分と同じ年齢《とし》ぐらいかなと思った。聞くと、水田の妻の妹婿《いもうとむこ》だという。

広川はR署からの連絡で、こっちで電話した内容は全部知っていた。

義兄の血液型はO型、盲腸の手術は二十七歳のときにした、その他身体に瘢痕《はんこん》、傷痕、入墨などは無い。ムシ歯の治療は、十五年前にS市内の大坪歯科医院でやってもらった。

「歯医者のほうは死体から取った歯の標本を見せてすぐに問合せましょう。血液型も、盲腸の手術痕も一致しています。何よりも右手拇指《おやゆび》の指紋が合致していますから間違いないと思いますがね」

福島に云《い》われて、義弟の広川は丸い、白い顔をうつむけた。指紋台帳に記録されてあるということは犯罪経験者を意味する。福島も水田克二郎の土建業という職業に「恐喝」の前科を結びつけていた。

「とにかく遺体をごらんになりますか」

解剖の終った遺体は、署の中庭にある特殊な建物に安置してあった。

「人相は分りますか?」

と、義弟はおずおずと訊いた。

「たいへん傷《いた》ましい顔になられていますが、近親の方がよくごらんになれば、判ると思います」

義弟は勇気を起して椅子《いす》から立ち、係の者に導かれて裏から出て行ったが、十分ばかりして戻ったときは、口にハンカチを当て、真蒼《まつさお》な顔になって足もとがふらついていた。が、嘔吐《おうと》が堪《こら》え切れずに洗面所に走った。

福島はその間に、広川が提出した台北からの水田の絵はがきを見ていた。文句はR署の電話で聞いた通りである。高砂族《たかさござく》の風俗写真だった。「台北にて、克二郎」とあるだけで、ホテル名はなかった。日付印は九月十日になっている。水田克二郎はなぜ秘書も連れずに単身で行ったのか。着いた日と、その翌晩だけ那覇のホテルをとって、あとの予約をしていないのは、本当に台湾での気ままな旅を愉《たの》しむためだったのだろうか。

失礼しました、といって広川がのろのろした足どりで戻ってきた。椅子にかけた彼の顔はまだ蒼かった。

「いかがでしたか?」

「義兄です。水田克二郎です」

広川博は喘《あえ》ぐようにいった。

「お気の毒でした」

福島は遺族の彼に頭を下げた。

「こんなことになろうとは夢にも思いませんでした。R署から連絡をうけても人違いだと思っていました。義兄は今月末近くまで台湾を旅行しているはずですから」

広川は少しずつ落ちついてきていた。

「解剖の結果は溺死でした。水田さんが自殺されるような心当りでもありますか？」

福島は熱い番茶をすすめて訊いた。

「全然ありません。会社の事業はすべてうまくいっています。来年は県議会の副議長になる予定でした。家庭内にも何らトラブルはありません。今回の旅行も至極上機嫌で出発しました」

「すると遊覧船から落ちるとか、海岸を歩いておられて道を踏み外して海に落ちたという過失が考えられますが、それだったら船長だとか、客の戻ってこないホテルあたりから日本大使館に連絡があって、そこから留守宅に報《しら》せがありそうなものですがね」

「そのはずですが、何にもないところをみると、どうなっているのかさっぱり分りません。今の今まで、ぼくも妻も義姉も義兄が無事に台湾を見物して歩いていると思ってたものですから」

広川はそういって福島の机の上に載っている十日付の台北からの絵はがきに眼を流した。

「あなたは水田さんの秘書でもありますね。水田さんは沖縄なり台湾なりに誰か知人があって特別な用事で会いに行かれたのではありませんか?」

「知人はありますが、向うに行ったらちょっと話をしてくるという程度で、特別に深い関係の人は居《お》りません」

「では、水田さんは他人に恨まれているといった点はありませんか?」

この返事は少しひまがかかった。

「沖縄や台湾には心当りがありません」

「というと、国内では心当りがあるというわけですか?」

「警部補さんのご質問の意味は、水田が殺された……溺死だから、誰かによって海に投げこまれたということと思いますが、水田は憎まれているといっても、殺されるほど人に憎まれていたとは思いません」

広川の言葉に複雑さが含まれていた。それは、水田克二郎を憎むか恨むかしている国内の誰かについて、少し問い詰めてゆけば、その名前を具体的に挙げそうな、そういう感じであった。

——水田克二郎の死体が台湾の沖から黒潮に運ばれて大洗の沖に遠路の北上をつづけてきたのでないことは、やがて分った。やはり胃袋の壁にとりついていた微生物からだ。日本近海でも区域によって微生物に差があるから、同じ黒潮帯といっても沖縄や台湾のそれと同じとはいえない。

次に、羽田の出入国管理部と航空会社を調べると、水田は九月九日の午後七時半羽田着の国際線で帰国していることが判った。

航空会社の搭乗客リストでは、水田は那覇から乗っていた。羽田の管理部にも入国申告カードが保存してあった。

何のことはない。水田克二郎は三週間の予定で台湾視察と見せかけて、羽田出発から三日目に、もうこっそり帰国していたのである。彼は那覇に二晩とどまっていただけだった。台北からの絵はがきは、那覇で買ったのに通信文を書き、台湾行の旅行者に投函《とうかん》を依頼したに違いない。

水田の途中帰国は最初から彼の計画だったのであろう。彼が単身で出かけたことも、那覇のホテルのみ二晩だけ予約したこともこれで理解できる。また、台湾往復の航空券はすでに事前に買ってはいるが、料金は県費から出ているので、無駄になったところで惜しくはない。彼は自分の腹の痛まないことを最初から考えていた。

問題は、なぜ水田がその計画をもって帰国したかという理由と、その事実を家族または他の者が知っていたかどうかに絞られる。

水田は堂々と県の公費から旅費を取って視察旅行に出発したのだから、この欺瞞《ぎまん》が暴露するとたいへんなことになる。彼の途中引返し計画はまことに隠密《おんみつ》であった。考えられることは、水田が国内に三週間ほどいないように見せかけて、実は国内のどこかで誰かとその期間を過そうとしたのではないかということである。その相手は「女」だというのがもっとも自然に考えられる。

そうなると、これは家族は知っていない。女と会う目的での行動だったら、水田が家族に知らせる道理はない。台北から他人に托《たく》して出させた妻宛《あて》の絵はがきの詐術《さじゅつ》が何よりもそれを裏付ける。

福島は計算した。水田の羽田着が九月九日で、大洗での漂着死体発見が二十二日だから、その間、十三日間である。ところが解剖医の鑑定によると、二週間前後とあるが、解剖医は死体が極度に腐爛《ふらん》し、白骨化に移行する段階だといっていたから、むしろ長期をとって死後二週間を越えるとしたいと云っていた。もし、この説をとると、水田は帰国直後に溺死体《できしたい》になったことになる。女と何処《どこ》かでいっしょに暮していたどころではなくなる。

これまで福島は水田の死を、自殺はあり得ないとして、過失死、他殺と両面の捜査方針を考えていたが、ここにおいて捜査会議を開き、他殺捜査の線に決定した。本署にはその捜査本部がつくられ、本部長には県警の部長と署長とがなったが、捜査主任を福島がつとめた。

福島は、水田が羽田に着いた九日の午後七時半以後、羽田に近い寂しい場所、たとえば芝浦の岸壁のようなところから突き落されたのではないかと考えた。だが、専門家にきいてみると、東京湾の潮流は時計の針と同じ方角に回転している。死体が浦賀水道を通り抜けて外洋に出ることはほとんどないということだった。また、たとえ外洋に出ても、伊豆大島付近に漂流することはあっても、大洗まで北上するということは、よほど沖合での船の遭難者ででもない限り、その例がないという話であった。

福島警部補は、九月九日以後に外洋に出航した汽船と、漁船について捜査したが、これは予期した通り、水田らしい男を乗せたというのは一隻《せき》もなかった。

次は、羽田空港と、那覇市内、帰りの旅客機の調査である。結論からいうと、いずれも手がかりとなるものはなかった。那覇のホテルでの水田の行動は平凡な観光客であった。ただ、水田は羽田を出発する一週間も前に彼の乗った那覇からの航空券を買っていることが分った。これではっきりと水田がその便で帰国する計画だったことが知られる。そのほか、その旅客機の中でも、帰着の羽田でもとくに水田は他人に印象を与えていなかった。田舎の県議だから目立たないのは当然だ。水田自身も万一知人と遇《あ》っても気づかれないように顔を隠していたに違いない。羽田にだれが彼を迎えに行っていたかは判《わか》らなかった。

福島は、水田の死体確認の際に呼んだ水田の義弟でもあり秘書でもある広川博が、福島の質問に、

（警部補さんのご質問の意味は、水田が殺された……溺死だから、誰かによって海に投げこまれたということと思いますが、水田は憎まれているといっても、殺されるほど人に憎まれていたとは思いません）

と云った言葉を思い出した。あのときも意味深長なことをいうと思ったが、他殺の線が決定した以上、ぜひ彼を呼んで、その奥行きのある言葉の内容をひき出さなければならないと思った。広川は秘書だし、義弟だから、水田の公私にわたる交際関係を知悉《ちしつ》しているはずである。げんにあのときも、もう少し深く訊けば、（殺すほどではないが、水田を恨んでいる人物）の名前を具体的に挙げそうな感じであった。

福島は、広川博が捜査本部に来る前、一応彼の身元調査をしておいた。広川は三十四歳で、やはり福島と同年であった。彼は北海道の生れだが、高校を出るとすぐに水田建設に入り、事務系統の低い位置から、その働きと才能が水田に認められ、だんだんに昇進した。広川は高校卒だけの学歴だが、努力家であった。水田は広川を秘書にし、妻キヌ子の妹トミ子を彼にめあわせた。水田は広川を将来、あとつぎにするつもりだという説と、秘書として公《おおやけ》にしたくないいろいろな内実を知られているので、義弟にしてその口を封じ、かたがたよその企業に移らぬように足どめしているという説とがある。あるいは、両方が考えられるという説もあった。水田の妻キヌ子は三十九歳で、その妹であり広川の妻でもあるトミ子は二十八歳であった。

福島は広川博と一週間ぶりに会った。

「この前は、たいへん取り乱して失礼しました」

と、広川は色の白い、まるい顔を下げていった。気転の利《き》く、才智《さいち》ある秘書というよりも、おだやかな秘書という感じだった。

「いや、ああいうお姿になられているのですから、ショックをうけられたのは当然です。実に水田さんはお気の毒でした」

この前、真蒼な顔をし、ハンカチで嘔吐の発作を押えていた広川を思い出しながら福島は慰めた。広川は、義兄の死体が大洗の海岸で発見された九月二十二日を命日にして、初七日を済ませたばかりだといった。

福島は、水田の死を他殺と決定して捜査する方針は、すでに管轄《かんかつ》の隣県R署を通じて遺族に連絡してあるので、福島はすぐに水田がだれかに恨まれてはいなかったかどうかの質問に入った。

「義兄は裸一貫でいまの企業をつくりあげてきたので、正直なところ、向う意気が強く、利己主義に徹したところもあるので、敵を相当につくっています。事業の面もそうだし、県議としての地方政界の面でもそうです。それが個人的な悪感情にもつながっているでしょう。相当に無理なこともしてきていますから」

「あなたは秘書ですから企業関係のことや地方政界のこともよくご存知ですね？」

「いや、県議として付いている秘書は別にいます。ぼくは会社のほうだけですから」

「しかし、水田さんの義弟だから、すべてにわたってご存知と思います。その公的な関係以外のこともね」

「全部が全部知っているわけではありません」

「お知りになっている範囲内のことだけで結構です。この前、あなたは水田さんを恨んでいる人たちに心当りがあるようなお話でしたが、それは誰と誰ですか？」

「主任さん」と広川は、少し改まった顔になった。「ぼくは、水田を恨んでいる人がいるといったのは、いま申上げた『敵』の意味ですよ。『政敵』とか、企業競争の『敵』といった意味です。こういう『敵』だったら誰でもあるでしょう。それに、ぼくは、水田は殺されるほどには恨まれていない、と申上げたはずですがね」

「たしかにその通りおっしゃいました」

福島はうなずいたが、この前聞いたよりは口吻《こうふん》の調子が少し後退しているな、と思った。

「しかし、それでもですね。警察としては、捜査の見通しがはっきりするまで、いろいろと参考に伺っておきたいのですよ。その名前を聞いたからといって、すぐに相手の身辺捜査をしたり、警察に喚《よ》んだりするわけじゃありません。決してご迷惑はかけませんから、義兄《にい》さんの仇《かたき》をとるおつもりで、われわれに協力してください」

広川博は、白い顔に当惑と苦渋を交えた表情でしばらく考えこんでいたが、ようやく決心したように五人の名をあげた。企業関係が四人に地方政界関係が一人であった。

福島はメモを取ったあと、その人たちの地位や職業名を眺めてきいた。

「この中には、まったくの個人関係は一人もいませんね？」

「その方面には心当りがありません。この五人の人にしても、義兄に対する反感や敵意がもっとも強いと思われるだけで、だから、義兄の身をどうするといった意志はないと信じます。その点は、くれぐれも誤解のないようにねがいます」

広川はなおも気にしていた。

「それは心得ています。……ところで、広川さん、聞きにくいことですが、水田さんの女性関係はどうでしょうか、そっちの方面で水田さんが恨まれているといったことは？」

広川は、前よりもうつむいて顔に苦渋を見せた。

「正直申上げて、水田には前から女性関係が絶えませんでした。浮気は別としても、特定の女を何人かもったこともあります。その中には東京の歌手もいるし、花街の女もいるし、キャバレーやバーの女もいます。なにしろ、義姉が病気勝ちなものですから」

「なるほど」

「義兄は、実力でのし上った型《タイプ》にあり勝ちな、そうした傾向が強かったのですが、素人《しろうと》には絶対に手を出していません。素人に手を出すのは自分のような男には、罪悪だといっていました。しかし、いまは特定の女といえるのがないようです。あっても、前からの因縁で一人か二人ぐらいで愛情もなくなっていると思います。これは、すぐにでも名前がいえますから、彼女たちの行動をお調べになったらいいでしょう」

福島は、捜査本部にいくつかの班をつくらせていたが、その一つの班を、広川の挙げた水田の五人の「敵」をはじめ、彼の交際関係の聞込みに当らせた。別の班には、やはり広川が名前を出した水田の女関係を洗わせることにした。そして他の班には、広川博自身についての調査をはじめさせた。

これを結果からいえば、福島の心を唆《そそ》るような報告はなかった。たしかに水田に「敵」はいたが、彼を暴力で消すような危険な相手はいなかった。これは広川が念を押して云《い》った通りである。また、水田の女関係についても目星《めぼ》しい材料はなく、同じく広川が打ちあけた現在の女も、これはもとキャバレーのホステスだったが、九月はじめから今まで毎日確実なアリバイがあって、不審な行動はなかった。広川がいうように、いまは二人の間も冷めているようだった。また、過去の女たちについても調査したが、いずれも交渉が完全に切れていて、この事件にも無関係だった。これで分ったのだが、水田の女への好みというのは、いわゆる玄人《くろうと》が対象のようだった。これも広川の言葉通りである。

調査の結果は、何もかも広川の云ったことに一致したが、その広川博自身や、その周辺はどうだったか。

広川博――自宅はS市の西側、静かな住宅街にある。子供はいない。妻トミ子、二十八歳。美人である。夫婦仲はよい。近所の評判もいい。近ごろのことで、お手伝いさんはいず、ときどき派出家政婦をたのんでいる。

九月六日夜、水田を羽田空港に見送った広川夫婦はその夜の夜行列車でS市に帰っている。広川は、水田の留守の間、専務を補佐して翌日から毎日出社した。

水田の妻キヌ子は、病身なので羽田に夫を見送りに行かず、自宅にいた。自宅はS市内の高級住宅街。若い女中二人がいる。子供なし。キヌ子は、七日に北茨城市五浦に近い海岸にある別荘に、妹のトミ子つまり広川の妻を伴《つ》れて行った。この姉は七日から九日間別荘に滞在して、十五日にS市に戻った。S市から五浦までは急行列車で約一時間半かかる。

五浦と聞いて福島主任は、溺死した水田の胃と気道の内壁に付いた微生物類を思い出した。あの微生物の種類はこの近海のものだ。解剖報告書には、同種のプランクトンは他地方の海域にも存在するとあるが、最も近い区域のものを考えるのが自然ではなかろうか。

水田が女遊びをするところから、夫婦の間はうまくいってないに違いない。妻のキヌ子に夫への殺意があったかどうかは別として、とにかく五浦の別荘での行動を調べさせた。

五浦は大津港と平潟《ひらかた》港との間に太平洋にむかって突き出た小さな岬で、海蝕《かいしょく》による断崖《だんがい》をなし、自然の洞窟《どうくつ》や小さな島がある。この岬に岡倉天心、横山大観、下村観山など、いわゆる院展派の創始者たちの別荘跡があって、岬の突端には天心が設計した六角堂がある。名勝地だから誰でも知っている。水田の別荘は平潟港寄りのほうにある寂しいところで、庭はひろいが建物は小さな平屋である。もともと水田が釣りをたのしむために建てたもので、案外に質素であった。留守の間はだれもいない。別荘主がくると一キロはなれたところにいる漁師の女房が昼間のうちだけ手伝いに通ってくる。

捜査員がその漁師の妻について聞くと、たしかに七日の午後に姉妹が五浦の別荘に入ったが、その通知は二日前に速達できていたので、午前中に家の中の掃除を済ませて待っていた、といった。

(姉妹はずっと七日から十五日までいっしょに別荘にいたか?)

(妹は翌八日にS市に帰って行ったようだ。その代り、十二日の日曜日には妹婿《いもうとむこ》の広川さんが義姉の見舞のため、その朝S市から来て、日帰りした。そうして十五日には水田さんの奥さんがS市に帰り、入れ代るように翌十六日に広川夫婦がきた。トミ子さんは一晩夫と泊っただけで十七日朝にはS市に帰って行った。広川さんはアト片づけに同夜も泊って、十八日朝にS市に戻って行った）

漁師の女房の話をもとに福島は念のため表をつくった。別荘の出入りが目まぐるしいのである。

五浦の別荘。

7日——午後、キヌ子、トミ子来る。

8日——妹トミ子、S市に帰る。キヌ子は残る。

12日（日）——広川、朝きて夜帰る。義姉キヌ子を見舞うため。

15日——キヌ子は九日間滞在ののち、S市に帰る。

16日——広川夫婦夜来て泊る。

17日——朝、トミ子S市に帰る。広川泊る。

18日——朝、広川はS市に帰る。

《水田は沖縄より九日午後七時半に羽田に帰る。二十二日夜、その溺死体《できしたい》が大洗海岸に漂着する。死後推定約二週間》

福島はこの表を見つめた。水田の死体が死後約二週間とすれば、彼の死亡したはずの八日は、まだ彼は生きて那覇市に滞在中だったからあり得ない。彼の死は彼がひそかに帰国した九月九日以後でなければならぬ。ところが死後経過は、約二週間と見られているから、その死を九月十日とすれば、その日、五浦の別荘には妻のキヌ子ひとりが残っていて、広川夫婦はS市にいた。

会社への聞込みによって、広川はその十日の日は一日中出勤していることがたしかめられている。キヌ子も漁師の妻の話があって、これも別荘から動いていない。

この状態は、十二日の日曜日に広川が単独で、キヌ子を見舞に別荘とS市を往復した以外には変らずに続いている。

十五日以降のことは、右のリストにある動きの通りだ。

広川についてだけいえば、別荘には十六日（妻トミ子同伴）と、十七日（単独）と二泊している。これは、漁師の妻による確認があった。

さらに十八日以降は、広川は連日出勤しているし、妻トミ子も家にいる。これについては会社側と近所の確認がある。キヌ子も十五日に五浦から帰宅して以来、家から動いていない。女中二人や往診の医者、訪問者の確認がある。こうなると、家族にはみんなアリバイがあった。福島は髪の中に指を突込んだ。

しかし、福島はあくまでも広川博に焦点を据えることにした。散漫な捜査をするよりも、ここに視点を置き、そこから関連の線を展望することにした。これは直ちに広川が犯人だということを意味しない。実際、そう考えるには動機が分らなかった。いや、水田がなぜ殺害されたか、その原因すら推定がついていなかった。が、現在のところ、広川を中心におけば、捜査方法の拡散化が防げると福島は思った。あとで、福島はそのことを人に聞かれたとき「それはカンというものではなく、どこかに捜査の焦点を決めたかったのだ」といっている。

福島はその焦点に対して仮説を設定した。広川は五浦の別荘に、九月十六日に妻のトミ子と来て、二泊し、十八日の朝にS市に帰っている。十七日朝はトミ子がさきに帰っているので、その夜は彼がひとりだった。十六、十七日の両日に何かがなかっただろうか。

広川博のアリバイは水田の出発後から死体発見の日まで、その勤務によってだいたい証明されているが、別荘にいる間は会社とはなれているので、上役や従業員らによる立証がない。ただ、別荘には手伝いとして漁師の妻が通ってきているが、これは昼間のことで、夜は帰ってしまう。だから、十六、十七日の夜と、十八日の朝は広川の周辺から第三者が遠ざけられている。別荘はその土地に一軒だけ孤立して建っているので、近所の眼というものもない。もっとも十六日の夜は妻のトミ子がいるが、妻を客観的な第三者にしていいかどうか。法律でも妻の偽証は訴追できないことになっている。

福島は、広川のアリバイとか、水田の死後経過日数とかを一切無視して、五浦の寂しい海岸から死体を海に流したらどうなるかと思った。五浦岬は断崖と海蝕岩礁《がんしょう》から成っているので、人目にかくれる場所はいくらでもある。五浦の名が示すように五つの湾があり、岩の間で作業すれば誰にも気がつかれない。ことに夜はこんな場所に人はほとんどこない。たまに夜釣りの者が現われるだけである。海蝕洞窟に隠れていれば、絶対に人には見られない。

だが、仮にここから水田を海に落しても、死体は南のほうには運ばれない。沖の潮流は北に向っているので、金華山《きんかざん》方面に漂流することはあっても、南の大洗には漂着しないのだ。だからこそ、福島もはじめは死体の出発地を房州の銚子か犬吠埼付近と考えたくらいだった。潮流の原則を無視することはできなかった。

ところが、当時の天候のことを調べていた捜査本部員が耳よりなことを告げにきた。十五日の午後三時ごろに中型台風が来て、その夜半に銚子沖を通過したというのである。

そうだ、そういうことがあった。その台風のことは福島もわりと最近だから覚えていた。テレビの予報で、自分の家の雨戸を釘《くぎ》づけしたものである。その台風の影響で、潮の流れが一時でも変ることはなかろうか。

福島は捜査員を気象台支所に赴かせた。捜査員は、気象台技師の話を持って帰ったが、自分が聞いても、気象のことがよく分らないので、技師に直接意見を書いてもらったといって、その紙を福島に見せた。

「中型台風十五号は十五日午後十一時半ごろ銚子沖を通過して北上したが、速度が十五キロぐらいに落ちたため、東京はときどき強い俄雨《にわかあめ》の程度だったが、房州海岸には十メートル程度の高浪《たかなみ》が寄せた。台風が三陸沖に移るにつれて、茨城県には十七日午後から十八日にかけて北よりの強風が入ってきた。したがって、この地方の海岸に『物体』があれば、潮流の方向を超越して南東に押し流される可能性は十分にある。だが、台風が千島方面に去ったあとは北風もおさまり、二十日朝から東日本は南風が強く吹いたので、前記のように東南銚子沖あたりまで押し流されていた『物体』は、再び潮流に乗る機能回復もあって大洗海岸に漂着することは十分にあり得る」

これで、十七日夜から十八日朝にかけての時間、五浦岬から海に人を投じると、その死体は台風通過後の強い北風によって東南に行き、その後の海上の南風につれて死体は逆に北に向うことが分った。

福島は捜査員を五浦に派遣して、十五日から十八日朝までその辺に来ていた人について捜させた。さすがに十五、十六日は中型台風襲来の予告で、夜釣りの人間はこなかったし、十七日の晩も、海上の波がおさまってないので、ほとんど人はきていなかった。

水田の別荘の前を十七日夜の十時ごろに通った夜釣りの人間がようやく探し出された。

「あの別荘の前を通ったが、その時刻だから、戸はみんな閉めてあった。この辺の漁村は夜が早い。ぽつんと一軒だけ離れたところにある別荘が戸を閉めているのは当然だが、雨戸の隙間《すきま》から電燈《でんとう》の灯が見えていた。だから、家の者の誰かがまだ起きているな、と思った。その裏の煙突から煙が出ていたから、風呂《ふろ》に入っていたのかもしれない。その日は夕方から磯釣《いそづ》りをしていたが、台風のあとで海がシケていたので、一匹も釣れないので予定より早く岩場から引きあげたのだ。北風が吹いてふだんより寒かったので、別荘の煙突の煙を見て、自分も家に帰り次第、風呂に入ろうと思ったことをおぼえている」

十七日夜は、その日の朝に妻トミ子をS市に帰した広川博が一人で泊っていた筈《はず》だった。

別荘に昼間だけ行って世話する漁師の妻は話した。

「十七日朝八時ごろ別荘に行ったら、前夜泊った広川さんの奥さんがS市に帰るところだった。広川さんは、今日は自分ひとりだし、食事のことも奥さんが夜のものまでつくっているので、本でも読みたいから、明朝の八時ごろにきてくれといったので、その日は休んだ。十八日朝八時ごろに行くと、広川さんはS市に戻る支度をし終っていて煙草《たばこ》を吸っていた。わたしは広川さんから世話料の金をもらった。そのとき、わたしが、水田さんはいつ日本に帰るのかときくと、広川さんは、今月末までには台湾から帰るだろう、帰ったらこの別荘にくるだろうから、そのときはまたおばさんの世話になる、といっていた。広川さんが出発したあと、わたしは別荘の中を片づけて掃除したが、べつに変ったところはなかった。風呂の水は落されていた。けど、浴槽《よくそう》も洗い場も濡《ぬ》れていたから昨夜風呂に入ったなと思った」

捜査員が、水田克二郎はどういう食物が好きだったかと彼女にきくと、魚と牛肉が好きで、野菜類は嫌いだったと答えた。

芋類はどうだったかと問うと、

「水田さんは芋は食べなかった。いつか、わたしが家でサツマ芋をふかして別荘に持って行ったことがあるが、奥さんはたべたが、水田さんは見向きもしなかった」

と、漁師の妻は答えた。

これは福島が解剖報告書に、水田の胃や腸には「澱粉類《でんぷんるい》を主とした食物」があった、という一句に気がついて捜査員に質問させたのである。——

しかし、死体の漂流方向の謎《なぞ》はなんとか解けても、死後経過時間の不可解さはまだ解明できなかった。何度も考えるように、死亡が解剖時より約二週間前とすれば、水田の羽田着の一日か二日かあとである。もう少し内輪目にみて死後約十日間としても、広川は十二日の日曜には別荘にひとりでいるキヌ子の見舞にS市から日帰りで往復している。これには例の漁師の妻の証明もある。また、その前後、広川は連日建設会社に出勤し、夜も会合に列席したり、友人の家に囲碁をしに行ったり、バーにも行っている。要するに十六、十七、十八日を除けば、彼はS市から離れていないし、アリバイもある。

広川の五浦における行動に焦点を当てるにしても、科学的な解剖所見の前には、この焦点もまったく無意味なものになってしまうのである。

福島は、東京の清水教授宛《あて》に長い手紙を書いた。

教授清水泰雄の返信。

「去月二十二日、大洗に泊ったばかりに、ぼくは図らずも二つの因縁をもちました。一つは『常陸風土記』にある巨人の新解釈を得たこと、一つは貴兄にお会いしたことです。この二つをつなぐのが、ぼくが発見者の光栄に浴した夜の磯に漂う巨人化溺死体でした。まことに人間は行き場所次第では何に出会《でくわ》すか分りませんね。

まず、お訊《たず》ねの件から入ります。御送付の解剖報告書を拝見しましたが、その所見によっても、水田克二郎氏の溺死は解剖時より約二週間前というのは動かないところと思います。二十二日夜にぼくが発見したときは、暗い中でもありましたが、懐中電燈で照らして見た芳さんの『化け物だ』という言葉や、ぼくの波間での瞥見《べっけん》でも、それくらいの死後経過の死体ではないかと思いました。翌朝、発見者であるぼくのところに貴兄がみえましたが、あのとき貴兄はぼくにも死体を見てほしいような顔でしたね。死体を見れば、ぼくなりの判断が下せたと思いますが、それは結果的には解剖報告書と同じ所見になったと思います。

ぼくは法医学を専門とする科学者ですから、死後約二週間の死体が、実は死後五日か六日だったという推定上の間違いを考えてくれといわれても、お断わりするほかはありません。二、三日の誤差はともかくとして、十日間近くも死後経過時間を錯覚するということはあり得ないし、報告書の所見データは正確といえましょう。

あなたは、この事件捜査経過と主要な記録とを送ってくれました。ぼくにはたいへん興味のあるものでした。なるほど、あなたが広川氏に疑惑を当てられたのは、自然なことのように了解されます。広川氏が大洗海岸の延長線にある五浦に何晩かいたという事実は、これを軽視するわけにはゆきません。広範囲に拡散した網を打つ捜査方針よりも、ある点に焦点を絞った方法は賢明だったと思います。

水田さんは、科学的にいって『溺死』というほかはありません。しかし、それでは貴兄のお訊ねの期待に応《こた》えられないのです。そこで、ぼくはここに科学者の態度を一時捨てて、推理を試みようと思います。貴兄の領域に足を踏み入れるわけです。だが、ぼくにとって推理の世界にあそぶのは珍しいことではない。本職でない、趣味の古代史研究ではそういうことばかりやっています。古代史はなにぶんにも史料が僅少《きんしょう》ですから、どうしても推理(史眼)を働かせねばなりません。大洗で偶然にも水田氏の巨人化死体を発見して『常陸風土記』の巨人伝説につき推理を得たのもそういうことです。いつまでも『山人信仰』説や『マレヒト』説の呪縛《じゅばく》でもないでしょう。……これは、つい、筆がそれました。

さて、水田氏は謀殺されたと思います。もちろん死体の所見にはそれは見られないが、水田氏が台湾行きの途上、自身の計画によってこっそり羽田に引返した事実がそれを有力視します。自殺とするには水田氏に動機がない。過失死のほうは、まずあり得ません。

貴兄が、五浦の別荘の世話をしている漁師の主婦に『水田氏は芋が好きだったか』と捜査員から問わせているのは、いい質問です。ぼくも、解剖報告書に、胃と腸内に澱粉類の食物が残留していたというのを読み、水田氏は芋が好きなのかな、と思ったことです。サツマ芋だと、腸内のガスの発生が多く、死体の巨人化をたすけるからです。ところが、水田氏の食物の好みを知っている手伝いの主婦は、水田氏は芋は嫌いだといっている。ここです、水田氏は嫌いなものをなぜ食べていたのでしょう。どんなにすすめられても、嫌いなものは受けつけないはずです。

人が、嫌いなものをどうしても食べなければならない場合は、空腹時です。とくに餓《う》えている状態では、何よりも腹に満ち足りるものを食う。そして、その食べ物に選択の自由がない場合は、というのは芋しか出されなかったという環境条件は、当人が監禁されていたということになりませんか。もしそうだとすれば、水田氏を監禁した人間は、氏にサツマ芋だけを与えることによって死体の巨人化を早める、つまりは死後経過時間の推定を狂わそうという狙《ねら》いがあったように思えませんか。

ならば、その監禁はどこで、何日《いつ》から行われたか。それは九月九日に水田氏が羽田に着いた直後、五浦の別荘の中だったろうか。貴兄作成の広川氏の行動表をみると、広川氏は義兄の水田氏の出発を奥さんのトミ子さんと共に羽田に見送った六日夜は、夜行列車でS市に帰り、十五日までずっと時間通りに出勤しています。ただ、十二日の日曜日だけは日帰りで五浦の別荘にいる水田夫人の見舞をしています。だから、もし広川氏を九日帰着の水田氏をその後に監禁した下手人とすれば、広川氏には右のアリバイがあるので成立しない。

ところで、水田氏が自発的にこっそり途中帰国したのは間違いない。その証拠は、氏は出発一週間前に、別に帰りの航空券を買っているからで、それを氏より知らされていた女性が羽田に氏を迎えに行ったのではないか、という貴兄の推定は合っていると思います。水田氏にとっては、欧米の『視察旅行』ならともかく、沖縄・台湾旅行よりは、その女性と日程ぶんだけ国内にいっしょにいたほうが魅力的だったのでしょう。

では、水田氏をそこまで惹《ひ》きつけた女性は、どういう人だったのか。それまでの水田氏が玄人女《くろうとおんな》ばかりを相手にしてきたという義弟・秘書の広川氏の言葉はおそらく事実でしょう。では、水田氏を途中帰国させた魅力の持主は、やはり玄人、水商売関係の女性だっただろうか。ぼくは逆だと思います。水田氏の新しい女は素人《しろうと》だったに違いない。だからこそ、水田氏は新鮮さを感じ、惹かれたのだと思われる。これまでの水田氏の女にはなかったものです。その気持も肉体も。

だが、単にそれだけでは推定が弱そうです。女に経験の深い水田氏が、いくら素人女でも普通の若い娘に夢中になるはずがない。ぼくは、水田氏が一生懸命になったのは、そこに恋愛感情があったからだと思う。金で自由になる女とは違う女の新鮮さです。さらに、その恋愛には、秘密性があったと思う。単に浮気がばれるのが嫌だという性質のものではない。その程度のことなら、水田氏はベテランだから平気です。氏の新しい恋愛の秘密には、道徳やモラルに違反するものがあったと思われる。この種の秘密は、素人女相手に経験のない水田氏に曾《かつ》てない強い刺戟《しげき》と歓《よろこ》びとを与えたと思います。道徳に違反する恋愛といえば、その女性は人妻でしょう。ぼくらは古い言葉しか知らないが、いわゆる『道ならぬ恋』です。それが他人との交渉ではなく、近親や身内の環境に存在していたら、背徳感はもっと強くなります。

ここまで云《い》えば、ぼくの推測するその女性がだれか貴兄にも分ると思います。貴兄作成のリストを見ると、広川氏夫人トミ子さんの行動がはっきりしてない。明瞭《めいりょう》なのは、トミ子さんが水田氏を羽田に送って夫といっしょに夜行列車でS市に戻ったこと、翌七日にはもう姉の水田夫人キヌ子さんと五浦の別荘に来たが、八日には別荘に姉ひとりを残してS市に帰っていることなどです。八日といえば、水田氏が羽田にこっそり戻ってくる前日ではありませんか。以後、リスト上では、夫の広川氏と十六、十七日と別荘に泊りにくるまでのトミ子さんは消えています。その間の十二日には、広川氏はただひとりで義姉のキヌ子さんの見舞に別荘にきているではありませんか。もちろん、これは貴兄がトミ子さんに注目してなかったから、彼女の動静を追ってない結果ですが、この辺をよく調べてみてください。トミ子さんには、九日から十五日までの一週間、『友人たちとの団体旅行』などという名目があるかもしれません。

九日午後七時半着で沖縄から飛んで帰った姉の夫の水田氏を羽田に迎えたトミ子さんは、二人でどこに向ったか、それはだれにも分りません。トミ子さんがどうして姉と夫とを裏切ったかは本人の口より聞くほかない。が、推定されるのは、広川氏が早くからこの事実に気づいていたこと。これは人間論になるが、さしたる学歴もない広川氏は、水田氏に引き立てられ、夫人の妹をもらった厚遇に、氏に対してまったく萎《い》縮《しゆく》していたと思える。水田氏はワンマン社長であり、私的には義兄であり性格が強引で、高圧的だった（指紋で判《わか》ったように、水田氏には恐喝罪の前科がある）。広川氏はヘビの前の蛙《かえる》だったでしょう。妻の不貞を知っても、その相手が相手だから手も足も出ず、妻をも詰《なじ》れなかったのです。が、いくら弱い立場でも、この屈辱にいつまでも耐えることはできなかった。強大な相手に針を刺す根性は持っていました。いっぺんに相手を仆《たお》せる謀略の針です。

広川氏は、水田氏が途中で引返してくることも、妻が羽田に迎えに行くことも予想していたでしょう。で、興信所の人間かだれかに頼んで、妻のトミ子さんの行動をじっと監視させていたと思います。妻と義兄が偽名で転々とする旅行先には尾行をつけていたと考えられる。でなかったら、十五日の晩に広川氏が両人のひそんでいる場所に行けるはずはないからです。だから其処《そこ》は、わりと近い温泉地だったのでしょう。尾行者からの報告電話を会社でうけとった広川氏は十五日午後五時までの勤務時間が終ると、すぐに現地に行ったのでしょう。ぼくが十五日夜と考えたのは、その晩おそく広川夫婦がすでに五浦の別荘に入っていたと思えるからです。想像ですが、義弟に乗りこまれた水田氏は、日ごろから見下している相手なので、トミ子さんとの関係には強引に白《しら》を切り、これから五浦に行こうという広川氏の誘いに、かえって高圧的に出て、よし、三人で遊びに行こうとすすんで承諾したと思います。どこまでもトミ子さんとの関係をトボけるための逆手段です。水田氏には奥さんのキヌ子さんへの思惑もあったことと思います。その逆手段を広川氏がまた逆手にとったのです。

三人は、十五日の夜中に五浦の別荘に長距離のタクシーで到着したと思う。その日午前中に水田夫人はS市に帰って行ったので、漁師の主婦も早く帰り、翌十六日も別荘にはきてなく、十七日の朝、別荘に行ったときに広川夫婦を見ました。広川氏は、昨夜ここに着いたよ、と云ったので、主婦は広川夫婦が十六日に到着したとばかり思いこんだのです。

ぼくは、十五日の深夜、別荘に入ると同時に広川氏が義兄に刃物をつきつけて縛り、十六日夕方まで一物も食事を与えず、飢餓状態にした上、慄《ふる》えるトミ子さんを強制して用意していたサツマ芋(十二日、広川氏が義姉の見舞にきたのは現場の下見と、サツマ芋の持参でしょう)を煮るか、ふかすかして、水田さんに与えたと思う。水田さんは日ごろ嫌いな芋でも、このときは夢中で食べたのでしょう。

十六日夜、広川氏は水田氏を縛ったまま、口にボロ布でも押しこんで猿グツワをかませて、海岸に引立て、海に突き落したと思います。このとき海水中の微生物が水田氏の体内に入ったのです。広川氏はそれから死体をひき上げ、猿グツワと縄をはずし、岩の深い間か洞窟《どうくつ》の中に匿《かく》し、自分は別荘に帰ったと思います。十六日から十八日までは、台風通過後で海上のシケがおさまらず、夜釣りの人も五浦にはほとんど来なかったというから、犯行には都合がよかったのです。

十七日朝、広川氏はトミ子さんをS市に帰し、漁師の主婦の来るのも断わっている。

その晩、氏は岩場の陰か洞窟の中に匿しておいた義兄の死体を別荘に運んで帰ったと思われる。別荘には漁師の主婦が手伝いに来ているので、リヤカーぐらいはあるでしょう。寂しい場所に別荘は孤立しているので、近所の眼はなく、離れている漁村も夜は早く寝るし、夜釣りの人もきていないという好条件の中での行動でした。ただ、一人の釣り狂に、別荘の風呂《ふろ》の煙を見られたのは広川氏の計算外でした。風呂場では、きっと水田氏の死体を一晩中、湯で煮ていたことでしょう。死体の急速な腐爛《ふらん》作業です。そうして十八日未明にはその死体を海に捨てに行ったと思います。そのあと別荘に戻って、八時ごろにくる手伝いの主婦を待つ間に、風呂の湯を落しておいたのでしょう。

溺死体《できしたい》をいったん海から上げて地上に一日置いたり、さらに一晩じゅう熱い風呂につけたりして、再び海に流してしまえば、どんな名鑑定医でもその腐爛状況にだまされて、一週間以上は死後経過を誤りますよ。この惨劇についてトミ子さんが沈黙しているのは、ことが自己の不貞から生じているからでしょう。

以上はあくまでもぼくの臆測《おくそく》です。推理のつもりが臆測になってしまいました。ご参考まで」

一週間後、福島警部補の電報が清水のもとに来た。
「ジケンカイケツ、カンシヤス」(事件解決、感謝す)

礼遇の資格

銀行協議会副会長原島栄四郎は、人目をひくような風貌《ふうぼう》ではなかった。丈が小さく、肩が落ち、顔も身体《からだ》もなみの男よりひとまわり細かった。面相も決して威厳があるとはいえない。薄い眉《まゆ》、リスのような眼、ちんまりとした鼻、締りのない口もと、貧弱な顎《あご》。こうした特徴だけでも原島栄四郎の見栄《みば》えのしない肖像を誰もが類推できる。

彼の歩いてきた経歴の「不運」をいうとき、その理由の一つに彼の押出しの足りなさを挙げる人がある。彼は大学を出ると一流の市中銀行にすぐ就職し、以来、順調なコースを歩み、副頭取までになった。業務手腕は充分だったのである。が、どうしても頭取になることはできなかった。何度となく昇格の下馬評にあげられながら、結局、何期か後輩が頭取になって、その銀行を辞め、国立の国際協力銀行副総裁に就任した。

市中銀行当時も原島栄四郎は副頭取の威風に欠けていた。初めての外来者が頭取以下の銀行幹部に面会すると、必ずといってもよいほど、副頭取と総務部長とをとり違えた。総務部長は八十キロを超える体格の押出しで、またハッタリも持っていたのだが、原島は人の肩と肩の間に落ちこんでいるような印象だった。とくに銀行間の会合とか、パーティなどだと、原島ははなはだぱっとしない、印象の薄い存在であった。

国際協力銀行副総裁から、銀行協議会に移っても原島栄四郎は副会長であった。どこにいっても、「長」にはなれずに「副」でしかなかった。銀行協議会というもの自体が、すでに名誉的な組織だったが、そこでも副会長の椅子《いす》でしかなかった。単純にいって、原島栄四郎の風貌では、頭領《ボス》の貫禄《かんろく》はないが、「副」なら、まあまあというところが衆目の一致点のようだった。

それに、原島栄四郎は地味な性格だった。力量はあるのだが、それを何倍かに見せかけるような粉飾はしなかった。彼は、金融界とか財界の業界誌の社主や編集長・記者などにも愛想をふり撒《ま》かず、政界人とも接触しなかったので、よけいに目立たぬ存在となった。こういう人物には、銀行内に派閥はつくれないのである。

しかし、原島栄四郎は、その外観に似ず、実力はあった。銀行業務に精通していたから、もし、彼が学者にでも転向すれば、立派に金融資本論の権威の一人ぐらいにはなれたろう。実際、学者になっていたほうがよかった、と惜しむ声もあった。それだけでなく、原島栄四郎は剣道二段の腕前であった。学生時代から剣道を稽古《けいこ》し、対抗試合の選手にもなったのだが、銀行に入って中年近くなると、その稽古も中断してしまった。だから、彼にそんな腕前があるとは今は知る人も少ない。もし、紳士録といったものを開くなら、次のような記事しかないだろう。
《――妻・敬子。横浜市磯子《いそご》××番地・日野延太郎三女。趣味。読書・旅行》
紳士録の類《たぐ》いに《読書・旅行》を趣味欄に掲げるのは、最も無趣味を表わすといわれている。本は誰だって読むのだから。問題はどのような傾向の書籍をより専門的に読むかである。それによって読書も充分に「趣味」になり得るだろう。また、旅行は誰だって一年間に二、三度はするにちがいない。業務用出張も広義に解するなら「旅行」に入る。これも、とくに決った個人的な目的でしばしば旅行しない限り、「趣味」とはいいがたい。要するに、紳士録編集者のほうでは、趣味欄が空白になっていては他との振合い上恰好《かっこう》がつかないから、こんな曖昧《あいまい》で平凡な字句を挿入《そうにゅう》したのである。この場合、もし、本人が「剣道」と云《い》えば、それは立派に特異性のある趣味だから、編集者もよろこんだにちがいない。しかし、原島はそのことを表明しなかった。自分のことを広告するのが嫌いな性質《たち》だった。
だが、当人がどう考えようと、世間では《元Z銀行副頭取・前国際協力銀行副総裁・銀行協議会副会長》の肩書を尊敬する。それは財界の一角に君臨している耀《かがや》かしい地位に映る。第一、銀行畑の高峰を歩いているので、当人にはひどく財力があるようにみえる。世間では、銀行業界の内情が判《わか》らないから、その地位で実力の空想を築きがちである。

ところで、右の《妻・敬子》と出ている紳士録は、わりあいと最近の版である。旧版だと原島栄四郎の地位は《Z銀行副頭取》であって、《妻・梅子》となっているはずである。そうして、その後の版では、《国際協力銀行副総裁》となり、妻の欄は空白に変り、それが約三年後の版だと、初めて《妻・敬子》が現われているはずであった。――つまり、原島は国際協力銀行副総裁となったときに先妻梅子を喪《うしな》い、約三年の後に、現在の妻敬子と再婚したのだった。紳士録には、敬子の生年月日が記載されてないから、これだけでは夫婦の年齢が三十一も違うとは判らない。原島栄四郎は今年が六十三歳、敬子は三十二歳である。

日野敬子は、原島と結婚する前、バーのマダムであった。バーは、こぢんまりとしていたが、いわゆる会員組織で、わりあい高級な客を持っていた。そこに、何かの招待の帰りに原島が連れて行かれ、それを機会に彼はひとりで行くようになった。原島は、ウイスキーだと少しは飲めるほうである。

原島が鰥夫《やもめ》暮しの淋《さび》しさを紛らわしたとしても、敬子に惹《ひ》かれる特徴が何か彼女になければならない。一口にいって、それは敬子が死んだ妻の梅子とは何から何まで正反対だったという一点に帰すだろう。梅子は痩《や》せた身体で、暗い顔つきをしていたが、寡黙《かもく》で、外出嫌いで、内気で、無趣味で、梅子は、敬子は豊満で、明るい容貌だった。服装《なり》も構わず、日本的に几帳面《きちようめん》に家事をまもるといった性質だったが、敬子は、いろんなことに少しずつ趣味をもち、たとえば翻訳小説をちょっと読んでいるとか、ピアノが弾けるとか、外国料理に詳しいとか、ゴーゴーが踊れるとかして、新しい流行に好奇心を示し、性格は陽気で、社交性があった。こうしたことはバーのマダムになってから職業上そうなったのではなく、そういう性格だからバーを開くのにむいたのである。洋装一点ばりで、そのデザインや配色に鋭い感覚があり、舶来化粧品の吟味にきびしかった。だれでも敬子に接していると、その無邪気な、多少遠慮がないともいえる賑《にぎ》やかな話しぶりに明るい気持になるのだった。

死んだ女房と同型の女を求める鰥夫もあるが、原島は、その反対の型を求めていたらしい。というのは死んだ梅子があまりに陰気な女だったからである。梅子が生きているとき、格別その不満にも気づかず、浮気ひとつしたことのない原島だったが、敬子と親しくなってからは、残りの人生に急に薔薇色《ばらいろ》の光が前方に射《さ》しこんで溜《た》まっているように感じたのだった。

それで、原島はとうとう思い切って敬子に結婚を申込んだ。もっとも、慎重な原島をそう決心させるまでには、敬子と愛情関係が二、三度あって、間違いなしと確信してからだった。

「ぼくは、もう五十七だ。それでもいいかね？」

と、当時の原島は敬子にいった。

「いいわ」と、二十六歳だった敬子は微笑して答えた。「あなたは、もっと年とったときのことを考えてるのでしょう。夫婦は、精神的な愛情だけで充分永続するものよ。わたしのことは、ちっとも心配しないで。あなたに愛情を捧《ささ》げていれば、肉体的な悩みは少しも起らないことよ」

実は、敬子には原島に云ったような懸念《けねん》は少しもなかった。彼女と前から特殊な関係でいた食品会社の社長小島和雄が、彼女が原島夫人となってからでも、その関係をひそかに続けると云ってくれていたからである。

小島和雄はそのとき三十九歳であった。彼女にバーの資金を出したのも彼だった。しかし、彼はそのことをうまく秘密にしていたから、だれも気づかなかった。バーのマダムとしての彼女の背後に、特別の人物の存在が推定され、事実、それを探り出そうとする穿鑿《せんさく》好きもいたが、確証どころか片影すらつかむことができなかった。小島は、客のたむろしている彼女の店には、保護者《スポンサー》でありながら、一度も足を入れたことがなかった。

「ぼくはお前さんとは結婚できない身だ。父親《おやじ》も生きているし、妻子もある。だから、今度の結婚に反対して、お前さんを永久に拘束するに忍びない。女はなんといっても結婚するのが自然だ」とそのとき、小島和雄はいった。彼は、ハンサムで、壮年にふさわしい精力的な体格の持主であった。「なにしろ、いい縁談だ。相手が国際協力銀行副総裁じゃ玉の輿《こし》のようなものだ。いや、ぼくは嫉妬《しっと》から皮肉でいっているのじゃない。心から、おめでとう、といっているのだ。相手がそんなに年上だとお前さんを可愛《かわい》がってくれるだろう」

「でも、三十一も違うのよ。わたしが四十になったとき、向うは七十一よ」と、敬子はさすがに憂鬱《ゆううつ》そうにいった。「いくら可愛がってくれても、ここ四、五年ってとこね」

「じゃ、いままで通りの仲でゆくか」と小島は、半ば冗談めかしていった。「ぼくだって、いま、急にお前さんと切れたくないからね。せっかくここまでお前さんを仕上げてきたのに、まるでトビに油揚げをさらわれたようなのだ。いや、掌中の珠《たま》を失ったというのが実感だよ。ぼくは自棄《やけ》になるかもしれない」

「そんなことをいわないで」と、敬子は眼を輝かしていった。「わたしだって、あなたの恩を忘れていないわ。いいえ、かえって愛情が強く湧《わ》いてるわ。わたしと別れたあなたが、新しい女を見つけていい仲になるかと思うと、気持が乱れるわ。ねえ、そいじゃ、いままで通りにわたしと遇《あ》ってくれるのね。お願いよ。わたしだって、女ざかりになってゆくんだもん、あんな、小男で、みっともない顔の年寄りといっしょじゃ耐えられないわ」

敬子の言い方には多くの矛盾があったが、それは何もかも「愛情」という言葉によって消えた。もともと愛情それ自体が矛盾に満ちたものなのである。

店を他人に譲った日野敬子は、原島栄四郎と盛大な結婚式を都内一流のホテルで挙げた。原島自身はそういう派手さを好まなかったけれど、敬子の強い希望に押し切られた。あなたは再婚かもしれないけど、わたしには初めての結婚式よ、と云われてみると反駁《はんばく》の理由がなかった。媒酌人には日本銀行総裁夫妻が頼まれてなった。敬子は普通の結婚式通りに、初めは純白のウエディング・ドレス、次には高島田に金糸銀糸で模様を縫いとった振袖《ふりそで》、お色直しは赤い地色に総絞りの和服、最後がベージュ色のツーピースで、ファッション・モデルが着るような最新デザインだった。

新婦は、二十六歳だが、華やかな顔つきだったし、もともと化粧上手なベテランだったので、若々しく、嬌《あで》やかであった。横にならんだ、小男で、貧相な顔の、原島栄四郎のモーニング姿がまったく気の毒なくらいで、少々大げさにいうと、来賓は新郎が正視に耐えないくらいだった。

来賓は、銀行関係の地位のある人が圧倒的に多かったが、他の財界人や政治家もきていた。これは原島の個人的な交際範囲ではなく、すべて国際協力銀行副総裁という地位に対する儀礼からであった。「このようにお若くて、明るくて、お美しい夫人を得られて、原島君はまことに羨《うらや》ましい限りである。功成り名を遂げられてから、さらにこの幸運を得られるとは、天の配剤はまことに不公平といわざるを得ない。原島君は今後なるべく摂生されて、明るい夫人の介添えにより、いつまでも幸福な生活を続けられ、われらの羨望《せんぼう》の種を切らさぬようにお願いしたい」という国際協力銀行総裁の祝辞がすべての祝辞を代表しているといえるであろう。

最後の祝辞が終ると、慣例を破って、洋装の新婦が正面席から立ってきて、いささか酒で乱れ気味の各テーブルを回り、来賓たちに、嬌然《きょうぜん》と、快活に、挨拶《あいさつ》したのは大受けであった。もっとも婦人来賓はひそかに顰蹙《ひんしゅく》していたようだが、それだけに、正面にぽつねんととり残された丈の低い、年とった新郎に同情を寄せた。しかし、敬子はもう歴《れっき》とした国際協力銀行副総裁夫人であった。

だが、いずれにしても、原島栄四郎は、若くて、美しくて、無邪気なくらい陽気な夫人が身辺にいることで、その余生が充分に愉《たの》しめるように思えた。

そのことの現われは、原島が国際経済会議にスイスのバーゼルに出席するときに敬子夫人を同伴したのが最初だった。夫の会議の間じゅう彼女は案内人をつけてもらい、ユングフラウやボーデン湖など山と湖の名勝地を見物し、三日間の夫の会議が済むと、ローザンヌ、ジュネーブ、シャモニーと自動車旅行し、モンブランに登り、チロル地方を回り、パリに飛び、そこで一週間滞在して観光と買物に暮し、さらに南仏のニースに走って海辺に裸体をさらし、モナコのカジノではルーレットに興じて約千二百ドルの損をした。彼女はいたるところで男たちにもてた。とくにローマやベネチアではイタリア青年たちからちやほやされた。片言の英語でも不自由はなく、解《わか》らないときは、向うから日本語で話し出した。帰りはカイロに寄ったが、原島がそこで生気をとり戻したのに対し、敬子夫人にはエジプトの風景はそれほど魅力ではないようだった。第一、買物するものがなかった。見物といったらピラミッド、スフィンクスしかなく、あんなものは三十分も眺めていたら飽く。原島はカイロ市内の市場《バザール》に興味をもって、埃《ほこり》っぽい古道具のがらくたをならべた骨董屋《こっとうや》の暗い店の中に入ったりしたが、夫人には、ただ、穢《きた》ならしくて薄気味が悪く、あたりの喧騒《けんそう》も下品なだけであった。

「とても愉しかったわ」と、帰国してから敬子夫人は夫にいった。「また、今度の会議に伴《つ》れて行ってね」

半年後には、国際通貨会議がスイスのベルンで開かれる。前回のも次のも夫人の旅費と小遣は、副総裁の個人持ちであった。カジノでの負けも。

「でも、今度はカイロは嫌よ」と、敬子夫人は夫に釘《くぎ》をさした。「旧文明の古都かもしれないけど、わたしは近代的な都市が好きだわ」

原島は、よしよし、と笑ってうなずいた。彼にとってこの若い妻は、子供のようにわが儘《まま》であった。子供のわが儘はおとなの寛容さであしらっておけばよい。しかし、最初のうちはその通りにうまくいった。外から見ても、年とった夫が若い妻の無邪気なやんちゃを愉しげに操縦しているように思われたのだ。だが、月日が経《た》つにつれて、夫のほうが妻の勝手気儘《きまま》に次第に当惑をおぼえるようになっていったのである。諍《いさか》いを好まない原島は、妻の主張の前にだんだんと寡黙になった。性来、口下手でもあった。

敬子夫人がカイロの再遊を好まない理由は、夫との趣味の違いにあった。人が訪ねてくると、夫は、パリのルーブルにある近代美術や、オペラ座の歌劇や、サル・ガヴォの音楽会や、本場のマキシムでのグルヌイユやコック・オー・ヴァンの味でも話せばよいものを、それは夫人の饒舌《じょうぜつ》に退屈そうに任せ、それが済むと、待っていたようにカイロで買った骨董品を持ち出して客に見せるのだった。

その一つに高さ二センチと三センチばかりの石の筒があった。一つは丸煙草《シガレット》くらいの太さの蒼黒《あおぐろ》い石で、一つは万年筆の軸ぐらいの太さの白っぽい石だった。どちらも軸の中心に穴が貫通していた。さて、その円筒のぐるりには模様が陰刻してあって、ちょっと見るだけでは何の図柄か分らないが、それを柔らかい粘土に捺《お》して転がしてみると、粘土の上にはっきりと絵柄が浮彫《リリーフ》の連続となって出てくるのである。小さい円筒石のは、古代オリエントの男子像と婦人像とがならび、大きい円筒石のほうは動物と弓を持った狩人《かりゅうど》とがならんでいた。

初めて見る人は、粘土の上に思いもよらぬ絵画が現出するので、たいそう珍しがった。

「これはね、紀元前三千年くらいのアッシリアの紋章です。当時の王さまや貴族がそれぞれの紋章を職人に彫らせて、印形《いんぎょう》がわりにしていたんですね。この穴に紐《ひも》を通して持っていたのでしょう。シリンダー・シールといいましてね。蒼黒い石が閃緑石《せんりょくせき》で、白っぽいのが大理石です」と、原島はうれしそうに説明した。「今から五千年も前に、虫眼鏡も無しに、こんな小さなものが精巧に彫れるなんて驚異ですね。このシリンダー・シールをカイロの骨董屋で手に入れたときは、ありがたかったですね。掘出し物ですよ。日本でもこういうのを持っている人は数少ないでしょう」

BC三千年のアッシリアの円筒紋章を客に見せるために、原島は市販の油性粘土を何個か買って書斎に置いていた。押し型の紋章は上から紙を当てて擦《こす》れば消えるし、また新しく捺して印影を出すときは、火で暖めて表面を柔らかくする。

ところで、そんな児戯にひとしいことをしてよろこぶ夫を敬子夫人は軽蔑《けいべつ》していた。五千年前のアッシリアの小さな石彫刻が何だろう。模様は、ただの模様ではないか。夫は、自分に隠しているが、四センチにも足りないこの二つの円筒石に百ドルは確実に出したと思われた。百ドル！　それならジュネーブでその百ドルともう少しを足したら、婦人用腕時計でも文字盤に宝石がもう少し数多くはめこまれたのが買えたのに。

――もう一つ、夫のカイロでの買いものは、ミイラに捲《ま》きつけた綴織《つづれお》りだった。夫は文様の種類に応じて十枚ぐらい買った。ミイラに被《かぶ》せていたものを墓場から掘り出したので、なかには遺骸《いがい》の黒ずんだ血痕《けっこん》もついていた。どうしてあんな気持の悪いものを夫は買うのか。あれだって、けっこう高かったにちがいない。……その古代織《コプト》も夫は、シリンダー・シールといっしょに来客に見せて満悦していた。

外国から帰っても、趣味の相違は歴然として現われた。敬子夫人は、パリですっかりフランスパンのバゲットが気に入り、朝食や昼食の常用はもとより、夕食にもそれをときどき出した。日本でも近ごろは、あのステッキのように長いやつが売り出されている。彼女はそれをいくつかに切って皿に載せ、両指の先でちぎっては口に運んだ。パリを離れた人がいちばん悲しむのは、フランスのおいしいパンが食べられないことですって、その気持は同感できますわ、と敬子夫人は夫にも云《い》い、人にも話した。

ところが、原島はパンが好きでなかった。とくに、丸太ン棒のように長いフランスパンが大きらいだった。日本人は米食に限る。コメが腹に重いときは麦を三分混ぜて食べると快適である。が、これは敬子夫人に命じても無理な話だった。人手不足で、女中もいなかった。そんな面倒で、田舎臭い食事を、妻がどうして造ろうか。

夫婦して二度目の海外旅行は、半年後にきた。敬子夫人は原島がベルンで国際通貨会議に出ている五日間、パリに行ってひとりで遊び、そこで会議を終えてスイスからくる彼と落ち合ってさらに三日間を過した。彼女がそこでバゲットを存分に口にしただけでなく、フランス人にならってシャンゼリゼーの都大路を立喰いしながら歩くという文化性を満喫した。一流場所に飲み食いに行ったことはいうまでもないし、宝石類も買った。副総裁の旅行手当はもちろんフイになっただけでなく、先妻のときから貯《た》めた銀行預金は前々からかなり減っていたが、また持ち出しとなった。

それはもう覚悟していたが、我慢できないのは、妻がこれ見よがしにホテルでもレストランでも毎食事にバゲットを皿に載せさせることだった。やっぱり本場ものね、おいしいわ、おいしいわ、と連発して敬子夫人は長いパンをちぎってはちぎっては食べた。原島は渋い顔をし、丸いパンかトーストとか、そうでなかったら長い米を油でいためたピラフを、いささか意地になってとった。

しかし、それは概して年の違いすぎる夫婦の愉しい旅であった。年上の夫は若い妻を同伴して幸福そうにみえた。妻がホテルのロビーやレストランの中で、見知らぬ外国の青年に憧《あこが》れの眼と微笑をむけられながら有頂天になって話すのを（下手な英語だが）、娘を見るような眼差《まなざし》で満足そうに眺めていた。

ロンドンでも、マドリッドでも、アムステルダムでもボンでもそうだった。ことにロンドンは敬子夫人に気に入ったようだった。国際協力銀行副総裁の原島は、その任務の上からイギリス官財界に知合いがあり、その人たちが彼ら夫妻をクラブに招待してくれたのだった。衆知のようにイギリスのそうしたクラブは特権階級的組織なので、敬子夫人の貴族趣味をひどく満足させ、その典雅な雰囲気が彼女を少なからず昂奮《こうふん》させた。彼女が日本に帰り、家庭教師をとって英会話の勉強をはじめたのは、その印象が強く、三度目の海外旅行に備えるためであった。今度は原島も帰途をモスクワ経由にとって、カイロには立寄らなかった。

しかし、その帰国からすぐに原島栄四郎は、国際協力銀行副総裁を後進に譲り、銀行協議会副会長に替った。もっともこれは、替らせられた、というのが内部事情である。六十一歳であった。

国際協力銀行副総裁のときは、原島栄四郎は高給をとっていたが、銀行協議会副会長になると、収入はガタ減りだった。国家機関と私的な親睦《しんぼく》団体組織との相違である。第一線的地位と、第二線的なそれとの差違である。現役と隠退者との違いであった。斯界《しかい》の長老ではあったが、俸給は前職の半減だった。

それに、そういう地位だと政府機関を代表して国際会議に出向く前職のような行事はなくなった。前のときも、総裁に頼んで、「副」の彼が国際代表になっていたのである。すべては妻の敬子のためであった。公務出張だと、彼の旅費は国家から支払われるし、諸外国にはその位置にふさわしい待遇をもって迎えられる。

銀行協議会は各銀行間の懇親的連絡機関であり、よくいって調整機関であったから、その副会長が海外に行く用事もなかった。行くとすればすべて彼の私費であり、今までのように彼の旅費がタダの上に、公費を浮かして妻の費用の一部を浮かせるということはできなくなった。

預金はかなり減っていた。そう多くない不動産にも原島は手をつけていた。敬子には貯蓄心がないのみならず、濫費癖《らんぴへき》が強かったから、彼女を憤《おこ》らせないためにはそうせざるを得なかった。家も洋間が多いように改築していたし、前にはなかったガレージも設備した。車は中型ながら最新型だった。敬子は前から運転ができたが（バー経営のころは、アパートから中古車で店を往復していた）、原島に無理にすすめて運転免許をとらせたのは、結婚して間もないころであった。一事が万事、そのようなことで財産がだんだん心細くなっていた。

「あんたは、もっとお金持ちかと思ってたわ」と、二年前から敬子夫人は原島に憤って云うようになった。「銀行関係の役員ばかりしてきたので、財産があるかと思ってたのに、案外貧乏なのね。わたし、当てが外れたわ」

「銀行の役員だから金持ちとは限らんよ。金があるのは銀行だからね。役員も銀行の使用人だ。使用人は給料だけさ」と、原島は敬子の混同をおだやかに諭《さと》したが、若い妻は納得せず、自分の不満をさらに昂じさせたようだった。

「銀行協議会副会長って何よ。名前ばかり偉そうだけど、俸給は銀行の課長なみか、せいぜい部長なみじゃないの。あんた、もっといい椅子《いす》に就けなかったの？」と、彼女はずけずけと詰《なじ》った。そこには、いつもの陽気が毒気に変っていた。

いい椅子に就ける道理はない。もともと隠退者同様だから、こんな名誉職になったのだ。この理屈を妻に云ってもすぐには理解できないし、理解させようとすれば説明するうちに自分が惨《みじ》めになってきそうだった。原島にも矜持《きょうじ》はあった。夫が妻の前にプライドを持たなければならないほど、この夫婦は真の夫婦ではなかった。彼は三十一歳下の妻に対して夫としてのあらゆる義務が次第に不能になってきていた。

原島も、妻に苛々《いらいら》することがいっぱいあった。彼女の行動にも不明な点があったが、それを質問できなかった。あるとき、妻の留守に台所を探していると、指を何かで切って血が出た。よく見ると、例の長いパンが日を経て固くなり、そのちぎった端が刃物のように鋭くなっているのだった。こんなことも彼の苛立ちを増した。

しかし、結局のところ、原島は妻の不満を一時的に逸《そ》らすために、ハワイ行きを提案した。ハワイなら旅費も安くて済むし、滞在日程も短くていい。ところが敬子夫人は、折角ハワイまで行くのだったら、ロスアンゼルスまで行かないのは嘘《うそ》だし、アメリカ本土に足をつけるなら東部のニューヨークまで伸ばさぬ法はない、ハワイはアメリカに行くときにちょっと立寄るだけの土地だから、わざわざそこだけに出かけるのは勿体《もったい》ない、といった。原島はアメリカ本土に旅行するのが勿体ないからハワイまでといったのに、夫人はハワイを基点として希望を拡張しているのだった。ほんとうはロンドンの再遊だったろうが、アメリカはまだ見ていないので、こっちが先になったらしい。原島は、残り少ない不動産の一部を抵当にして銀行から二人ぶんの旅費を調達した。閑職だから休暇は何日でも取れた。

原島がそこまで無理して妻の希望を入れてやったもう一つの理由は、彼女がアメリカ人の個人教師をとって英語の勉強をつづけているからだった。そのアメリカ人は二十八歳の青年で、個人教授を専門に、いいところの家庭を回っていると自分でいっていた。米人に似合わず小柄な体格で、もし髪と眼の色が異なってなかったら、日本人と見られるくらいだった。彼は週に二回、午後一時に家にきて二時間ほど敬子夫人にレッスンをした。週二回、ひと月に五万円の謝礼だった。敬子夫人が熱心につづけているので、原島はそのぶんの謝礼が莫迦《ばか》にならず出費累積《るいせき》し、その全体の穴埋めを財産処分に依存せねばならなかった。午後一時からの教習というと、原島が銀行協議会の事務局に出て行って、居ないときである。

アメリカを三週間ばかり旅行して帰ったが、敬子の英語はあまり通じなかった。が、前のヨーロッパ旅行からみると少しは進歩していた。彼女はそれに勢いを得て、アメリカ青年の個人教授を継続した。このぶんだと、一年経ったら、ヨーロッパ行きをまたもやねだられそうであった。アメリカでも、彼女は長いパンをよく食べた。

或《あ》る日のことである。それはアメリカから戻って半年ほど経ってからだが、敬子が買物に行って留守のとき、原島が事務局の車で送られて帰宅したところ、ガスの集金人がやってきた。原島のポケットに小さな金がなかったので、妻が財布を入れているハンドバッグを探した。それを都合よく見つけて彼女の財布から金を出し、集金人に支払ったが、そのとき、財布をもとに戻そうとしてハンドバッグをのぞくと、暗い底に一個の鍵《かぎ》が隅で光っていた。とり出して見たが、この家の合鍵ならすぐ分るが、その形状には見覚えがなかった。

原島は、しばらく考えてから、書斎に行き、例のアッシリアのシリンダー・シールを捺印《なついん》するのに用いる粘土を持ち出して台所のガスレンジで暖めて柔らかくし、鍵を正確に、強く押しつけた。粘土には鍵の凹型が立派にできた。鍵はハンドバッグに、粘土は本箱の抽出《ひきだし》の奥に始末したとき、敬子が車を運転して戻ってきた。彼女は近くの市場の買物にも車で行くような女だった。もちろん原島はハンドバッグの鍵のことについては一言も妻に質問しなかった。

原島の幼な友だちに金工師がいた。名人的な腕を持っていた。彼はその金工師のところに出かけ、粘土に付いた凹型を見せ、実はこの合鍵を失って困っているのだが、これから石膏《せっこう》を取って鍵をつくってくれないかと頼んだ。幼な友だちは、理由を訊《き》かずに黙って引きうけ、待っている間に粘土から型を取り、粘土は彼に返した。五日後に出来た鍵を取りにきてくれ、といった。幼な友だちは、原島に何やら事情があるらしいと察していたようだから、金工師が他言するとは思えなかった。それに、金工師は、鍵をつくるべく粘土から写した石膏型は、処分のために、粉々に崩したといった。原島は家に帰って粘土の上をこすり、鍵の凹型を消して、書斎のいつもの位置にしまった。

ハンドバッグの見馴《みな》れない鍵を眼にしたとき、原島の持っていた妻への疑惑が、いっぺんに形を整えてきたように思えた。あの鍵は、どこかの家に入る合鍵にちがいなかった。ドアか格子戸《こうしど》か、それは分らない。妻が合鍵を持っている以上、そのどこかの家は他人のものではなく、自己の住居にちがいなかった。妻が夫に黙って他の場所に住居を持っているのは、そこが誰かとの会合場所になっていることである。

原島は、毎日午前十一時に銀行協議会事務局に迎えの車で出勤する。協議会が送迎の車を出してくれるのは、元Z銀行副頭取、前国際協力銀行副総裁の経歴に対するものであり、いわば前官礼遇であった。これが現役銀行家連中の先輩に対する敬意であった。で、午後五時ごろに帰宅するまでは妻はまったく行動が自由であった。家には子供も居ず、女中も居なかった。彼女が夫の出勤後に車を運転して出かけ、帰宅前に車で戻っていれば、その留守であったことすら、原島には分らなかった。ただ、事務局から家に電話しても応答がないことが、一カ月に何度もあった。彼女はそれを買物だとか、近所に行っていたとか、裏で洗濯をしていてベルが聞えなかったとかいっていた。そのくせ、帰ってみると、玄関に脱いだハイヒールが不注意にもそのままになっていたり、居間に外出着の洋服が脱ぎ放しになっていることもあった。彼女は相変らずしゃれた洋装をとり換え、ひき換え身につけていたが、家の中では、だらしないほうだった。そして、奇妙なことだが、あれほど車好きの彼女が車をガレージに置いたまま外出しているらしいのである。

敬子は彼に要求しなかった。今年三十二歳の彼女が肉体上の悩みを夫にむかって何の意思表示もしないということは考えられないことだった。六十三歳の原島は妻を満足させる機能をとっくに喪失している。それを知っているので敬子は諦《あきら》めて夜も平静に熟睡するのだろうか。いや、そうは考えられなかった。爛熟《らんじゆく》に達している彼女の身体《からだ》が、ここ一年以上も交渉を休んで淡々としていられるはずはなかった。それとも、結婚直前に、彼女が誓ったように、《夫婦は精神的な愛情だけで充分に永続するものよ。あなたに愛情を捧《ささ》げていれば、肉体的な悩みは少しも起らないことよ》という言葉通りになったのだろうか。それにしては、彼女の愛情が自分に対してそれほど犠牲的のようには原島には思えなかった。

もし、敬子に肉体上の問題を処理する方法が他にあったら、彼女はこれからも何年間経《た》とうと、少しも煩悶《はんもん》がないわけだった。夫に何も愬《うった》える必要はなく、夜も安らかに睡《ねむ》れるわけだった。

そこにハンドバッグから合鍵らしいものが発見された。もう一個の合鍵は彼女の相手が持っているに違いない。彼女が車を家に置いているのは、なるべく夫の留守に外出したことを夫に気づかれたくないためでもあったろうが、彼女が電話で待合せ地点まで出かけ、そこで相手の車に同乗するためではないか。逢引《あいびき》の家の前に車を二台も置くのは人目に派手すぎる。

粘土に捺《お》した型で、幼な友だちの金工師はその合鍵をつくって渡してくれた。あとの問題は、その鍵で開けるべき家が何処《どこ》に存在するかということである。が、これは容易には探知できない。

原島は、私立探偵社でもたのんでみようかとも一時は思った。しかし、自分の女房を私立探偵社に尾行させたり、現場に張り込ませたりするのは考えても彼自身に屈辱であった。元Z銀行副頭取、前国際協力銀行副総裁、現銀行協議会副会長の名誉を考慮しなければならなかった。

そのために、その家を探し出したいという原島の望みはかえって切実なものになってきた。

その希望は、まったく思いがけない形で原島に果された。それは予期しなかった「事件」であった。

偶然だったけれど、原島はその日、銀行協議会事務局の人たちが春季の日帰りの団体旅行に出かけたので、協議会に行くのを休んでいた。だからそれは四月下旬の祭日であった。

敬子は、女学校卒業生の集りがあるとかで、午前中から横浜に行くといって出て行った。車をガレージから出さないので理由をきくと、都内も京浜国道も混むので、電車に乗ったほうが早いというのだった。原島は、よほどそのあとを追跡しようかと思ったが、このごろは眼も脚も弱くなっていて、それがとうてい無理だと自覚して諦めた。今日は長蛇《ちょうだ》を逸した想《おも》いだったが、機会はまた来ると考え直した。実際、このごろ視力が落ちたことといったらなかった。去年あたりからその現象がはじまったが、眼科に一度診《み》てもらったが、自然現象、つまり老化現象でやむを得ないということだった。処方をもらって眼鏡屋に行き、新しい眼鏡を買ったが、たいした効果はなかった。

た。老化現象が眼にあらわれるのは寂しいことであった。

こうなると、梅子が死んだあと、もっと独り暮しを長くしていたほうがよかったと思った。あわてて敬子といっしょになるのではなかった。初老期の独身生活も悪くはなかったのだ。もう少し辛抱していたら、年齢も近く、もっと地味で、親切な女房を得たかもしれなかった。三十一も年齢が違うのが夫婦として不自然過ぎた。結婚披露宴で国際協力銀行総裁が述べた《功成り名を遂げられてから、さらにこの幸運を得られるとは、天の配剤はまことに不公平といわざるを得ない》という祝辞は、今はユーモアではなく、皮肉に耳に蘇《よみがえ》ってきた。まったく、天の配剤は原義通り、公平であった。

腹が空《す》いたので、台所に行って食べものをさがしていると、例の丸太ン棒のようなフランスパンが二つ食器戸棚の隅に転がっていた。敬子が都心の有名パン屋から何本か買ってきて、残りがそのままになって日を経たらしく、バゲットは文字通り木製のステッキのように、こちんこちんに堅くなっていた。いつか、こいつの食い端が刃のようになっていて手から血を出したことがあった。原島が憎悪《ぞうお》の眼をフランスパンに向けて部屋に引返したとき、玄関のチャイムが鳴ったのである。

原島が出ると、ハリソンという妻の英語教師の来訪だった。家内は今日は居ないと断わっても、ハリソンは「あなたに重大な話がある」といって中に入ってきた。応接間の椅子についた小柄なアメリカ青年は、つつしみ深く振舞おうとしながらも、蒼《あお》い顔をし、昂奮《こうふん》で指先が震えているようだった。そうしてなかなか口を開こうとしなかった。よく見ると、その唇も痙攣《けいれん》していた。

「ご主人。あなたは奥さんが週に二回、何処で過しておられるか知っていますか？」と、ハリソンはやっとのことでいった。英語のその声は低く、かつ戦慄《せんりつ》を帯びていた。

原島が妻は横浜に行くと云《い》って今日は出かけたが、と答えるとアメリカ青年は、「そうです、奥さんは今日は間違いなく横浜に行かれました。しかし、明日あたりは、この場所に行かれるはずですよ」といって、冴《さ》えた青い色の上衣《うわぎ》のポケットから一枚の紙片をとり出してテーブルの上に置いた。それには略図が描かれ、“……Ohizumi, Nerima-ku”という地名が番地の数字と共に書かれてあった。図面で見ると、それは郊外地の住宅街と田園とが交錯する奥まった場所であった。アパートではなく、一戸建のようだった。原島の脳裡《のうり》に「合鍵」が浮んだのはいうまでもない。

「妻は、週に二回、この家にだれかといっしょに居るというのかね？」と原島は正確な英語で訊いた。銀行の外国為替部長時代に叩《たた》きこんだ語学だった。ハリソンは彼の口から思いがけなく英語を聞いて意外そうな眼をしたが、すぐにその眼を伏せてうなずいた。

「それは確実かね？」

「確かです。間違いありません」

「妻の相手というのは男性かね？」

「そうです」

「名前は？」

「名前まではよく分りません。年齢は四十歳くらいです。体格のいい男です。奥さんは、いつもその男の車に乗って、その家に行き、数時間を過して、また男の車に送られて戻ってきます。両人は正午ごろに新宿で待合せ、帰りもそこで別れます」

ハリソンは、ときどき原島を上目遣いで見ながら述べた。重大な密告のためか、彼の語尾はやはり細かった。

「君は、どうしてそんなことを知っているのかね？」と、原島はうつ向き加減なアメリカ青年の顔を凝視してきいた。

「奥さんを尾行したのです。その車のあとをタクシーで追《つ》けて、その家もつきとめました。奥さんは、少なくとも週に二回はその家に相手の男性と行っています。だいたい三日置きですから、この前のデートの日から考えて、明日の午後には、きっと恋人とそこに行かれます」

君は何故《なぜ》そんな追跡をするのか、と訊こうとして、原島は口の中に声を呑《の》んだ。質問しなくとも事情は推察できる。このアメリカ青年は嫉妬《しっと》に駆られて敬子の行動を追っていたのである。そうして、それを亭主に密告《たれこみ》にきた。ということは、この英語の個人教師が敬子に「捨てられた」ということになるのだ。もし、彼が少しでも敬子の愛情に脈を持っていたら、亭主に告げ口などしには来ないであろう。

週に二回、この青年は自分の留守に妻に英語を教えにきていた。それはもう一年近くなる。留守宅には子供も居ず、女中も置いていない。二人だけで何が行われていたかは想像しやすいことだった。

が、これは確認をする必要があった。類推では許されないことであった。原島は、冷静のつもりだったが、やはり昂奮していたのであろう。思わず「Did you fuck her?」と問うた。下品なアメリカの俗語だったが、それが一種の気合みたいなものになった。アメリカの青年教師はすぐに両手で顔を蔽《おお》い、肯定の動作を見せた。君は自分の妻と特殊な関係をもっていたのか、などという婉曲《えんきょく》な言い回しよりも、単刀直入に穢《きた》ない言葉を使ったのがよかった。相手は反応するように、すぐにうなずいたからである。

ハリソンは、覚悟はしていたであろうが、すっかり悄気《しょげ》て、原島に謝罪と後悔の言葉を沈痛な調子で述べた。彼は、僧院で懺悔《ざんげ》するように罪の意識を全身で現わし、乱れた赤い髪でうなだれた。

「よろしい。君は男らしく告白した」

と、原島は椅子《いす》に凭《よ》りかかっていった。済んだことは仕方がない、とは云わなかった。

「この略図だけではよく分らん。君はもっと詳しい地図が書けるかね?」

書けます、と青年は答えた。原島は、お茶ぐらい出してやろうと思って、台所に行った。アルミの薬罐《やかん》に水を入れ、ガスレンジの上に掛けようとしたとき、眼が食器戸棚の隅にあるバゲットにとまった。丸太ン棒のフランスパンである。それこそ木製の棒杖《ぼうじょう》と違わず堅くなっている。この長いパンには憎悪があった。

テーブルの上にかがみこんで、たどたどしく詳図を描いている英語の個人家庭教師の背後に、描いている地図をうしろからのぞきこむように原島は立った。ハリソンは原島が応接間に戻ってきたとき、たしかにフランスパンに一瞥《いちべつ》をくれたが、まさかその食料品が凶器になるとは思わず、地図の作製を継続したのだった。図面は完成に近かった。

青年の後頭部に原島によって二本いっしょにたばねられた「棒杖《バゲット》」が強力に落下した。現在はあまり人が知らない剣道二段の腕前である。絶妙な技《わざ》がそこに揮《ふる》われた。フランスパンが脳天を一撃しただけで、アメリカ青年は眼をまわし、つづく二撃、三撃の攻撃によって身体が椅子から崩れ落ちて床に伸びた。凶器は六つに折れた。

殴打《おうだ》のとき、原島にはこの不良外人にもバゲットにも恨みがあって、その感情に燃えていた。相手は、裏切った妻の片割れである。憎悪がこもらないはずはなかった。さらにいえば、二撃、三撃と打ちおろすときに、どういうものか急に過去の不運が思い出された。どの椅子についても、常に「副」でしかない不当な扱いのことである。その憤《いきどお》りが杖《つえ》の攻撃に迫力を加えたとしてもふしぎではない。つまり、その憤激は、二流の差別待遇をつけた銀行界にも向けられたのである。

原島は、人妻蕩《たら》しの英語教師の息の根を完全に止めるには何がいいかと考えた。いまは仮死の状態である。彼は絞殺《こうさつ》を考えたが、絞殺は顔が溢血《いっけつ》によって赤黒くなるというのを聞いていたので、書斎から粘土の一つを持ち出した。それをガス火で焙《あぶ》って柔らかくし、手で伸ばした。それは、薄くなったが、ひろくなった。

柔らかい粘土をハリソンの鼻孔と口とにべったりと隙間《すきま》がないように押しつけて貼《は》った。窒息による死亡後には、この粘土を除《と》って、そのあとは湯で湿したタオルで鼻と口とを拭《ふ》き、痕跡《こんせき》を除ればよかった。ハリソンのポケットをさぐったが、手帳も何もなかった。今日、ここにくる予定を示す彼のメモは何一つなかったのだった。

原島は、ガレージから妻の車を引張り出して玄関につけた。座席のドアを開けておいて、あたりを見回したが、この入りこんだ閑静な住宅街は車の通りも人通りもなかった。道路は行きどまりになっているのでタクシーもトラックも走らなかった。彼は応接間からハリソンを抱え起して、車に運びこんだ。小男な外人なので、同じく小男の彼でも何とか抱いたり、ひきずったりして車まで行けた。後部のトランクに入れなかったのは、その作業の途中で通行人がくることを考慮したからである。座席だと、病人を病院に運んでいるといえばよい。が、人は通らなかった。

練馬区大泉にむけて原島は妻の車を運転した。座席にハリソンを寝かせ、毛布を顎《あご》の上まで掛けて病人に見せかけた。ハリソンが死の間際《まぎわ》に描いた地図も、所番地のメモも彼のポケットの中に入れてあった。それに、合鍵《あいかぎ》も——。

その家の前には一時間ぐらいかかって着いた。長い塀《へい》のある邸宅街の間の、奥まったところに一戸建の平屋があった。建売り住宅のようだが、おそらく買主から借りたのであろう。家の背後は畑で、遠い雑木林の向うに団地があった。デートの隠《かく》れ家《が》にはもってこいの場所だった。ここも人通りがなかった。

ハリソンの言によると、敬子と相手とは、多分、明日あたりにこの家にくるだろうと確信をこめていっていた。嫉妬から尾行をつづけていた彼の云うことだから間違いはあるまい。車を降りて、玄関のドアに手をかけると、果して錠がかかっていた。窓はみんな密閉してあって、だれも居ないことはほぼ確実だった。

通行人がいないのを見届け、彼はチャイムを押し、応答がないのをたしかめて合鍵でドアを開けた。せまい玄関には履物もなかった。ためしに声をかけたが、奥からは返事がなかった。玄関の壁に、小さな額がかかっていた。はめこんでいるのは画ではなく、エジプトの古代織《コプト》の残欠である。植物文様の中に天使が二つ、翼をひろげて飛んでいる。人物像のついたコプトは値が高いのだ。原島がカイロの骨董屋《こっとうや》で買った一つだった。敬子がいつのまにか持ち出してこんなところに掲げている。ミイラに捲《ま》いた布なんか気味悪くて不潔だといっていたが、ちゃんと隠れ家に持参に及んでいる。恋人に話したところ、相手が珍しがって持ってこいといったのであろう。原島は自分自身がかれらの玩弄物《がんろうぶつ》になったような気がして身体《からだ》じゅう汚物で塗られた思いになった。

車からハリソンの死体を抱え下ろして、玄関に横たえた。そのとき、思いついて、ちょうどポケットに入れていた折れたパンの一つをとり出し、その断片の尖《とが》ったところで、死体の後頭部を切った。それは刃のように皮膚を裂き、血が出て玄関の三和土《たたき》にこぼれた。心臓が停止しているので、出血は激しくなかったが、それでも血は落ちた。これは二重の効果があった。一つは、棍棒《こんぼう》による激しい殴打のために裂傷ができたということ、一つは、殺害の現場がこの家だったという痕跡になったことである。

ただ、玄関壁の額にあるコプトだけは取りはずして帰ろうかと思ったが、あとでそれだけが無くなっていることから、敬子に自分と殺人の関連が気づかれそうなので思いとどまった。入口のドアを閉める前、アメリカ青年の横たわった死体にちょっと眼を注ぎ、こっそり閉じたドアに合鍵を挿《さ》し入れてまわした。すべてが手袋をはめての行動だった。

——自宅に戻る途中、原島は見知らぬガソリンスタンドで、消費したぶんだけの量のガソリンを補給した。ハリソンからもらった大泉の略図とアドレスのメモは焼き捨てた。合鍵はドライバーで原形がないくらいに叩いて歪《ゆが》め、現場からも自宅からもずっと離れた空地の土の下に埋めた。家に戻ったとき、敬子はまだ帰宅していなかったので、車を簡単に掃除してガレージに入れた。

ところで、凶器の処理だが、彼は六つに折れたバゲットを（その一つはポケットからとり出したものだが、血の付いたところは削《そ》ぎとって途中で捨ててきた）湯気でふかした。わざわざ蒸し器の底に湯を沸かしたのだが、とり出してみるとパンは、ぐにゃぐにゃに柔らかくなっていた。

敬子は午後七時ごろに戻ってきた。今日の彼女が本当に横浜に行ったことは、ハリソンの証言でも信じられた。何も気づかない妻は同窓会の様子を彼に報告した。

「腹は空いてないかね？」と原島は話を聞き終ってたずねた。「前に君が買ったパンが固くなっていたからね。ふかしておいたよ」

「そう。じゃ、いただくわ」と敬子夫人は、彼がザル籠《かご》に入れてきた六片《きれ》のバゲットの一つをつまんだ。「あら、ずいぶん柔らかくなっているのね」

彼女はそれを口に入れたが、変な顔をした。

「どうしたんだい？」と夫はきいた。「古くなって味が落ちてるかい？」

「そうね。蒸し器でふかしたから、水っぽくなって、ぶよぶよだわ。味も無いわ」

と、彼女は云ったが、もともとフランスパンを看板にしているような女なので、そのひと片だけは我慢して食べ終った。

彼女が咽喉《のど》を動かしてパンを食べている間じゅう、原島は心で快哉《かいさい》を叫んだ。いまや、敬子はもう一人の恋人の生命を絶った凶器を胃の腑《ふ》の中に呑みこんでいるのだった。ハリソンの霊が胃の中で暴れて、今夜の真夜中、彼女は腹痛《はらいた》を起すかもしれない。

しかし、翌《あく》る朝までは何ごともなかった。原島が出勤するとき、敬子は台所で残りの、一旦《いったん》ふやふやになってまた硬くなったバゲットの五片をゴミ箱に捨てていた。自分の恋人を殺した凶器は、自分で片づけるがいい。

問題はその日の夕方であった。原島は期待に胸をときめかして、銀行協議会事務局の車に送られて戻ってきた。

敬子は蒼《あお》い顔をして家にいた。彼女が、英語教師の死体を大泉のあの家でもう一人の恋人といっしょに見たことは、その様子からして間違いなかった。彼女はあまりものを云《い》わなかったし、夕食も近所から取り寄せた鰻飯《うなぎめし》だった。自分で料理をつくる気力もなかったのであろう。原島は珍しく鰻飯を一粒も残さずに食べたが、敬子はほとんど箸《はし》をつけなかった。

敬子が、ハリソンの伝える四十歳くらいの恋人とあの家のドアを開けて入り、そこに横たわるハリソン自身の死体を見たとき、どんな気持に彼女はなったろうか。驚愕《きようがく》とか狼狽《ろうばい》とか、そんなありふれた形容では、借入金や今期利益繰越金とかいった帳簿上の名称のように、普通すぎて個性的な感覚の表現にはならない。惜しいことに、原島はその現場に立会っていないから、具体的な観察を得ることができなかった。

しかし、推測することはできる。四十男は、この死体の毛唐はどこの誰で、どのような因縁でこの家に死体となっているのだろうと敬子に訊《き》いたにちがいなかった。知らないわ、と敬子は答える。内心の動揺をかくすのに苦労したろうが、もともとその工夫のできる女である。見ず知らずの外人が家の中に入りこんで死んでいるなんて変ね、鍵なしで、どうして戸を開けたのかしら。いや、死んだのじゃない、殺されたのかもしれないよ、と男は云う。え、殺されてるって、と敬子ははじめておどろきを見せるが、それは被害者の知己・他人にかかわらず、殺害死体と聞いてはだれしもが愕《おどろ》くことである。だれかがこの毛唐を殺して、死体をこの家に運びこんだのだ、と男は真相に近いところを推定する。ひどい奴《やつ》がいるものだ、迷惑千万なことをする、よりによって、何もこの家に持ちこむことはないじゃないか、と男は当惑で腹立たしそうに叫ぶ。

戸の錠をどうして開けたのかしら、と敬子は気味悪そうに云う。それもそうだが、と男は一応不審がるが、合鍵は無くても馴《な》れた奴なら針金一本で錠を開けるというからそうしたのかもしれない、殺した死体の捨て場所に困って、他人の家の中に無断で入れたというところじゃないか。

そんな詮議《せんぎ》をしてもはじまらなかった。目下の急は、自分たちの隠れ家に、見ず知らずの外国人の死体があるという現実の処理だった。方法は二つしかない。警察に届け出るか、このまま黙って家を放棄するかである。

警察への通報は不可能だった。まず、届出人の身もとを警察が厳しく調べるにちがいない。男は素性を知られたくない事情があるし、敬子はもとよりである。択《えら》ぶなら後者である。もともと家を借りるとき、男にしても敬子にしても、偽名を用いたにちがいなかった。秘密の逢引《あいびき》の場所を借りるのに、本名を明かす者はいない。遁走《とんそう》の場合に、これが役に立つ。警察は、借家人を重要参考人として捜査するだろうが、借りたときの架空の住所と名義では手がかりにはならない。

それに、もとより彼らは近所づき合いがなかった。両隣は長い塀をもった邸《やしき》である。裏はひろい畑で、その向うは雑木林と団地だった。顔を知る者は、ほとんどあるまい。通行人も少ないのだ。ただ一つ、もし警察が手がかりを掴《つか》むとすれば、相手の男が家の前に置いていた車の番号からだろう。もし、この車の番号をおぼえている者が近所にいたとすれば、それからアシが付く。

敬子が取調べを受けて、結局殺人事件に関係がないと分っても、その借家を共同で使用していた実態は明るみに出る。敬子と被害者ハリソンとの関係は英語教習の線にとどめて、それ以上のことは極力否定するだろうが、大泉の借家での愛人との特殊生活は隠しようもないのである。これだけでもスキャンダルである。

殺人とは無関係だから新聞は彼女らの醜聞を書き立てないだろうが、知合いの間にその噂《うわさ》がひろがっていくことは必至だった。これは敬子と別れるいい口実になる。これだったら彼女も離婚を拒みようがない。

世間体を悪くするけれど、悪妻といっしょにいるよりは遥《はる》かにましだった。銀行協議会副会長の肩書は、敬子が罵《ののし》ったように何ら実体のあるものでなく、隠居役であった。すでに隠居した者の家庭内に醜聞が起きようと、いまさら社会的位置にさしたる影響があるわけでもなかった。むしろ世間から同情されるくらいなものである。

もう一つの懸念《けねん》は、自分自身のことだった。あの祭日の午後、ハリソンが訪問してきたことを警察が知ったら、どういうことになるか。警察は、その事情を訊きにくるだろう。否定すべきか、肯定すべきか。

原島は思案して敢《あ》えて否定しないことにした。もし、その訪問の事実が他の状況から判《わか》った場合、たとえば彼が死体を車に乗せるときは誰もいなかったが、ハリソンが玄関前に立ってチャイムのボタンを捺《お》しているところは目撃者がいないとも限らないのである。こうした場合、毛色の違う外国人は印象に残るから具合が悪い。で、原島は否定の危険を冒すよりも、それよりは危険の少ない肯定を択ぶことにした。

ハリソンはたしかにあの祭日の午後一時か二時ごろに家に来ましたが、家内が横浜の同窓会に出席して留守だったので、上にはあがらずに帰って行きました、とこのように答えよう。あなたはどうしていましたか、ときかれたら、家にずっと居ましたと答えよう。——ちょうど祭日で、近所は朝から家族連れでどこかに遊びに行って留守の家が多く、人通りはなかったのだ。死体を積んで車で出発したときも、帰ってきて車をガレージに入れるときもあたりに人の影はなかった。これは充分に確認したから自信がある。

次の問題は、あの日の密告をハリソンが事前に他の人間に話していたかどうかの懸念だった。が、これはまずありそうになかった。ハリソンは嫉妬《しっと》に駆られてまっすぐに女の亭主のところに来たのだ。こうした激情の場合は、前もって他人には話さぬものだ。女に冷たくされたからといって、彼女の亭主に他の男との関係を告げ口にくるのは、ハリソン自身にとっても恥ずかしいことにちがいない。他の人間に対しては彼だってプライドがあろう。笑い者にはなりたくないはずである。

それに、まさか六十三歳の体格の貧弱な男が、いくら外人にしては小柄とはいえ、血気旺《さか》んな二十七、八の青年を撲殺したとは誰も信じないだろう。直接死因は、鼻口を粘土で塞《ふさ》いだ窒息死だ。しかし、棍棒のようになったバゲットの強打によって仮死状態に陥ったのであるから、強い脳震盪《のうしんとう》を起したことはたしかだった。解剖検査でそれは出る。事実、後頭部にはパンの固く尖った先で傷をつけておいたから棍棒の殴打《おうだ》による裂傷とみられるだろう。仮死状態から息を吹返さずに、真《ほん》ものの死に移行する例は多いから、解剖による鑑定は、後頭部に対する外部からの攻撃による強い脳震盪が死因、凶器は丸太ン棒のような鈍器と推定さる、といったぐあいに決るであろう。殴打による脳震盪、次に窒息死という複雑な過程は気づかれないのではなかろうか。鼻口からは粘土の痕跡《こんせき》をすっかり拭《ふ》きとってある。

仮死は呼吸が停止するので、窒息状態に見られる肺部の鬱血《うつけつ》はない。すなわち、解剖鑑定書にも窒息所見は出てこないであろう。

鑑定は、凶器について丸太ン棒か木刀と見るに違いない。どのような名刑事でも、観察力の鋭い監察医でも、フランスパンが凶器だと思う者は一人もないはずだった。それに、あの激しい攻撃力だ。パンがあんな攻撃力を発揮するとは誰が考えよう。剣道の極意がこもっていることに思いを致す者は居ない。しかも、その凶器の一片を、敬子は何の疑いも抱かずにむしゃむしゃと食べた。——

それに、と原島は考えを追った。それに、あの大泉の隠れ家を自分がどうして知ったか警察は解明できぬはずだ。密告者のハリソンは死んでいる。そんな家なんか知らないと云えば、それで通る話だった。

そして、鍵《かぎ》である。あの家の入口の錠に異常がなかったことは、翌日に家に入った敬子とその愛人が確認している。錠はこわれてなかった。また、戸がこじ開けられてなかったのは、現場検証でも分っているはずだった。素人《しろうと》が針金一本で錠を開ける空巣狙《ねら》いのようなことができるわけはない。すると合鍵だが、合鍵は、ハリソンが殺されてあの家に運びこまれた祭日に、敬子がそれをハンドバッグに入れて横浜の同窓会に持って行っている。他者が合鍵を使用できるはずはない、と警察は断定するだろう。

それよりずっと以前にその合鍵が敬子に知られることなく、粘土型にとられて、まったく同一の合鍵がひそかに作られたなどと誰が思おうか。

合鍵をつくってくれたのは幼な友だちの金工師だった。しかし、外人殺しと、その合鍵つくりとを結びつけて幼な友だちが考えるとは思えなかった。新聞には、敬子は参考人の段階で終始し、また殺人事件とは無関係と判るから、本名は出さず、A子とかB子とかいう符号で書かれるにちがいない。重要参考人に対しても人権問題のやかましい当節である。——たとえあとになって、噂が金工師の耳に入ってもこの幼な友だちは警察に報《しら》せるようなことはしないに違いない。怪訝《けげん》には思っても余計な口出しはしないだろう。あいつは、そういう男である。

それに、かれが作ってくれた合鍵の現物は自分の手で原形がないまでに破壊して土の下に埋めている。粘土はその凹型を抹消《まっしょう》し、均《なら》した上をその後シリンダー・シールを転がし、アッシリアの印影を出現させ、友人たちに二度までも見せている。また、金工師は粘土型から写し取った石膏型《せっこうがた》は、鍵を製作したあと、すぐに崩して原材料にもどしたということだった。これは幼な友だち当人の口からはっきり聞いている。こうして見ると、何一つ物的証拠がないことが分る。危険な要素が若干含まれてはいるが、まずは安心といってよかった。

——原島は、新聞に毎日眼を走らせた。しかし、ふしぎなことに、練馬区大泉××番地の家からアメリカ青年の死体が発見されたという記事は載っていなかった。大きく報道されないはずはない。それだけ価値ある事件だった。が、社会面のカコミ記事にも出ていなかった。

はてな、そんなはずはない。死体はたしかにあの家の玄関に寝かせた。敬子が翌日にそれを見たらしいことは、彼女の様子の反応で分った。蒼い顔をして、夕食の支度もせず、店屋《てんや》ものの鰻飯にも箸をつけなかったではないか。彼女が浮気相手のアメリカ青年の死体を、愛人と共に発見したのは確実である。その後の様子も、急におとなしくなっているのだ。あの女が俄《にわ》かにおとなしくなるなんて——よっぽどのショックを受けた以外には考えられないことである。

しかし、原島の不審は一週間くらいで終りとなった。アメリカ青年のジョン・S・ハリソンの半ば腐爛《ふらん》した他殺死体が武蔵野市境《さかい》の空地に放置されたポンコツ車の中から発見されたのだった。

新聞の報道によると、その空地には地主の許可を得て七、八台の廃棄車が錆《さ》びついたままで置かれていたが、二、三日前から妙な臭《にお》いがするというので、近所の者が調べたところ、一台の車の床に横たえられた外人の死体があったというのである。現場は、大通りから引込んだ裏のほうで、人家もあまりたてこんでないところだった。ここにも雑木林が残っている。七、八台の廃棄車は以前から放置されていて近所の人の眼には馴れていたから、変な臭いがするまで、車の中をのぞきに行く者もなかったのだった。死体のあった車の前の持主は何も知っていなかった。犯人は外人を他の場所で殺し、車で運んで現場のポンコツ車に積みかえたのだろうというのが捜査本部の推定で、作業は多分、夜間に行われたであろうということだった。外人の身もとは上衣《うわぎ》の中にある外人登録証明書ですぐに分った。死因は、解剖により撲殺、後頭部は棍棒《こんぼう》のようなもので攻撃され、その裂傷があった。

被害者ジョン・S・ハリソンは約十日前の祭日の午前十時ごろに品川のアパートを出た。彼は独り暮しで、食事は自分で材料を買ってつくっていた。当日の外出は、彼の収入源となっている英語の個人教授のためらしいが、その予定はまったく第三者に分っていない。親しい友だちには「生徒」の名前ぐらいは云っていたらしいが、その日割については彼は日ごろ何も語っていなかった。日本人の若い女友だちとも付き合いが多く、いつも行動が不明だから、その祭日の午前十時にアパートを出てからのハリソンの動きが分るまでには相当手間がかかるだろうと、新聞は当局の観測を伝えていた。

記事を読んで、原島は、やったな、と敬子とその愛人の作業に感心した。なるほど、死体を逢引の家から他の場所に移しかえておけば、あの家は捜査の眼から消える。その家の借家人はまったく浮んでこない。むろん、その家の前によく駐車している乗用車も問題でなくなる。

この知恵は、敬子と愛人とが考え出したものだろう。敬子がひとまず先に帰り、愛人は夜に入ってアメリカ青年の死体を自家用車に積んで、死体の遺棄場所を探して回ったに相違ない。練馬区大泉と武蔵野市境とは南北の位置でつながっている。男がいろいろな道を走った末に、ヘッドライトに映る廃棄のポンコツ車の群れを見たとき、恰好《かっこう》な「棺《ひつぎ》」として思いついたのだろう。うまい着想だと、原島はもう一度感嘆した。これで、敬子と愛人は危機を脱《のが》れたばかりでなく、原島自身もそれによって危険の範囲からぐっと遠ざかったのである。

「おい、おまえに英語を教えにきていたアメリカ青年が、武蔵境で他殺死体で出てきてるよ」

原島は敬子にいった。これは云っておかないと、黙っているほうが訝《あや》しまれる。

「知ってるわ」と、敬子は離れたところから答えた。「さっき新聞を読んで、びっくりしたわ。たいへんね」

英語教師について彼女の追憶談はなかった。——そういえば、彼女は最近、留守中に外出しなくなったようだ。事件に懲《こ》りて、当分の間、逢引は見合せているらしかった。

二、三日して、捜査本部から刑事二人が銀行協議会の事務局に原島を訪ねてきた。予期していたので、原島はできるだけ平静に応対した。刑事は恐縮した態度で、殺されたハリソンが奥さんに英語を教えに週に二回お宅に来ていたそうだが、あの祭日にお宅に立ち寄らなかったでしょうか、ときいた。

「実は、奥さまにお聞きしましたが、当日は午前中から横浜の同窓会にいらして家にいなかった、主人が留守番していたけれど、もし、ハリソンさんが来たのだったら、夕方横浜から帰宅した自分に主人が云わないはずはないから、来なかったのだろう、とおっしゃるのです。で、念のためにお伺いするのですが」

刑事は、敬子に当ってからこっちに回ってきたらしかった。そうか、あの日、ハリソンが来たことを敬子に云っておかなかったのはちょっと拙《まず》かったかな、と原島は思ったが、たいしたことではないと考えた。

「ハリソン君は祭日の午後一時か二時ごろにぼくの家にちょっと来ました」と、原島は考えた通りに刑事にいった。「しかし、家内は今日横浜に行って留守だといったら、上にもあがらずすぐに帰って行きました。そんな、ちょっとしたことだったので、夕方に戻った家内には云うのを忘れていたのです」

刑事は納得した。刑事は、ハリソンには女関係が多いので容易に日ごろからの行動がつかめないと打明け話をし、それではお宅を出てから女のところにでも行って、恋《こい》仇《がたき》の男からでも撲殺されたのでしょう、と推測を述べて帰った。

ハリソンに女関係が多く、秘密な行動が多いというのは幸いであった。その秘密の部分には、敬子を尾行していた行動も含まれているが、余人には分らないことだった。

原島は、刑事に正直なことをいってよかったと思った。刑事は、この六十三歳の丈の低い、痩《や》せた、非力な老人がアメリカ青年を撲殺できるとは夢想だにもしていない。それに社会的地位のある銀行協議会副会長の身分だ。アメリカ青年を棍棒か丸太ン棒で撲《なぐ》り殺した犯人は、膂力《りよりよく》のある日本の若者か壮年者だと推定しているにちがいなかった。

ただ、敬子にあの祭日の午後、ハリソンが来たことを云わなかったのは、今後のこともあって拙いと思い、その日夕方、家に帰ると敬子に向い、今日刑事がハリソンのことを聞きにきたので思い出したけれど、君が横浜に行っている日の留守にハリソンが訪ねてきたが、君が留守と知ってすぐに帰ったよ、何でもないことなので君にそれを云うのを忘れていた、と伝えた。

敬子は初めてそのことを知って、ぎょっとしたようだったが、「そう」といったきり、向うに立って行った。ハリソンの話題は彼女にとって回避したいところだった。

それから一カ月ほど経《た》った。新聞には、アメリカ青年を殺した容疑者が捕まったという記事も出ず、また、原島のところにも敬子のところにも刑事は再び現われなかった。捜査は難航しているようだった。このままだと未解決のうちに捜査本部が解散される例が一つふえそうであった。

しかし、捜査本部は、まったく偶然な火災事故から、不審の糸を拾い出してきたのだった。

練馬区大泉××番地の大きな家に火事が起り、その炎が隣の小さな家の裏を少しばかり焼いた。所轄署《しょかつしょ》と消防署とはその小さな家のほうも検証した。家は消火活動で裏側が破壊されていたので、だれでも容易に中に入りこんで、ほうぼうを見ることができた。

検証には家主が立会ったが、借家人は立会わなかった。借家人は四十すぎの男と三十女だが、常時、そこに住んでいるのではなく、一週間のうち二回ばかりしか来ない。それも昼間のようである。けれど、ここ一カ月ばかりはまったく来ないようだといった。家主は、契約書に記載された借家人の住所氏名を警察に提示した。あとで、そこを当ったところ住所も架空で、該当者もいなかった。

こうなると、その中年男女がどのような目的でこの目立たぬ場所にある家を借りていたかは自然と了解された。微妙な笑いは誘っても、これは犯罪ではなかった。法律に触れない限り、警察は個人のプライバシーにまでは立入らない建前になっている。もっとも、ときによっては、それを侵害することがあるけれど。

裏のほうは少し焦《こ》げていたが、家の内部は、消火時の放水活動によって濡《ぬ》れた以外は、ほとんど別状なかった。台所の床は水びたしだった。ところが、その水溜《みずたま》りのなかに、長いフランスパンが一個落ちて、ぶよぶよにふやけていたのだった。

さらに、その同類が二個、つくりつけの棚の中にしまいこんであって、うまく水害の難から脱れてはいたが、それはひと月以上も前に買って置いてあったしろものとみられた。長いパンはまるで石棒のように固く、カビでも生えているかのように表面が白くなっていた。

人間はだれでも「棒杖《バゲット》」を手に持つと振り回してみたくなる。石棒のような仏蘭西麵麭《バゲット》を握った若い警察官は、二本の古い、長いパンを振りあげていっしょに打ち下ろすようなしぐさをし、「これで人間の頭を叩《たた》いたら、悶絶《もんぜつ》するだろうな」と呟《つぶや》いたものだった。これを古手の刑事が見ていた。

玄関わきの壁には、額がかかり、古い刺繡布《ししゆうぎれ》がはめこんであった。日本製でないことは刑事でも一目で分る。翼をもった天使が二つ、植物文様の中に囲まれていた。

これだけが、一カ月前から姿を見せない借家人の特徴ある持ちものだった。というのは、家の中にほとんど品物らしいものがなかったからである。ただただ「恋愛」の場所だけであった。

刑事は、異国の古代裂《こだいぎれ》の額がかかった下の、玄関の三和土《たたき》を注目した。黒い、小さな斑点《はんてん》が二つできている。眼を近づかせて、指の先を唾《つば》で濡らし、黒点の上を軽く擦《こす》った。指についた色で人血だと判《わか》り、刑事は同行者たちの注意を喚起した。

借家人がここに現われなくなった一カ月前と、武蔵境でポンコツ車から他殺死体で発見されたアメリカ青年の事件発生時とが一致しているのを警察官たちが思い当るのは容易だった。あの事件では、捜査本部からも協力を求められていたのだった。

署から鑑識係員が来て、血痕《けっこん》の血液型を調べ、捜査本部に照会して、殺されたアメリカ青年の血液型と一致しているのを知った。古美術商が呼ばれ、額の異国の古代文様はエジプトのコプトであること、天使のような人物像がついているのは珍しいことなどを述べた。これはエジプトの美術に詳しい学者が喚《よ》ばれても同じことだった。

《姿を見せなくなった借家人はバゲットが好きだった。エジプトに行った経験があり、そこからコプトを買って帰った。》この二つが新しい捜査の決め手になった。後者については、都内の骨董屋《こっとうや》に心当りがなかったので、個人が現地から買って帰った所蔵品と推定したのだった。

パン屋にバゲットを見せると、その製造元を云い当てた。販売店は、都内中心部の数店しかなかったから、調査は楽だった。こんな長いパンを買うのは、外人以外にまだそれほど多くない。あるパン屋がバゲットを買ってゆく常連のなかに、原島夫人の名を挙げた。

原島と聞いて捜査本部は緊張した。祭日の午後、被害者のハリソン青年は英語教習の関係にある原島夫人宅を訪問した。それは留守居の主人、銀行協議会副会長原島栄四郎氏が証言している。ハリソンの足どりで明確に判明しているのは、原島家まであった。そのあとは切れている。

原島夫婦の周辺がひそかに洗われた。主人の交遊関係から、原島夫婦が四年前の外遊の際にエジプトに寄ったこと、原島家の訪問者はその土産品のコプトを原島氏から見せられたが、たしかに、その中に刑事の示す写真の天使文様があったことを云った。すると、原島が妻の留守に訪ねてきたハリソンを撲殺して大泉の家に車で運んだのではなかったのか。凶器は日を経て固くなったバゲットではないか。翌日、死体を見ておどろき、武蔵境のポンコツ車に死体を捨てに行ったのは敬子夫人の恋人ではなかったろうか。

捜査本部は敬子夫人と相手の食品会社社長とから死体遺棄の自供を得た。夫人はハリソンとの関係を否定したが、捜査本部は信じなかった。原島氏が犯人だとすれば、自宅から自家用車で大泉の家にアメリカ青年を運んだことになる。原島の経歴を調査して、彼が剣道二段であることも本部は知った。

「主人がハリソンの死体を大泉の家に車で運ぶわけはありません。あの祭日の日、わたしが車に乗って、横浜の同窓会の会場に行ったのですから」

敬子夫人は云ったが、捜査員が横浜に走って会場のホテル側を調べたが、その事実がないことが分った。夫人は電車で来たのだ。

ご主人を助けたいために、そんな嘘《うそ》をいったのですか、と取調官は敬子夫人に訊《き》いた。

「そうです。主人を刑務所に入れては困るのです。あの人は、もう年齢《とし》ですから生きてもそう長くはありません。わたしは、元Z銀行副頭取、前国際協力銀行副総裁、銀行協議会副会長の未亡人になりたいのです。それは、いい地位の人と再婚するのに、有利な資格になりますから」

こういうときの敬子夫人は、無邪気なくらい、開けっぴろげであった。

内なる線影

線影 製図やペン画において施される細い平行線からなる陰影。広くは斜交或《ある》いは直交平行線からなるクロス＝ハッチングもここに含められよう。（芸術新潮・西洋美術辞典）

真夏の街では、冷房のきいたデパートやレストランや喫茶店やビルの廊下などは恰《かっ》好《こう》な避暑地である。だが、いくら快適でもそこは時間的な制約がある。レストランや喫茶店だと食事や飲みものが終るや否《いな》や、給仕女が皿やコップを間髪《かんはつ》をいれずに引きにくる。店の回転率を上げるため、忙しそうにはしていても彼女らは遠くから容器が空になるのを狙《ねら》っている。皿やコップが眼の前から持ち去られるのは、客にとって出口を指さされる合図のようなものだ。ビルの廊下にいつまでもうろうろしていては警備員に咎《とが》められる。デパートは坐《すわ》り場所が少ないし、それに群衆を見ているだけでも眼が疲れる。第一、ここは午後六時には閉店だから、蒸し暑い夜を避ける場所にはならなかった。

そこへゆくと、ホテルのロビーは避暑地としてすべての好条件を備えていた。冷房は寒いくらいに利《き》いている。柔らかい、革張りのイスが豊富にならべられ、空間のほとんどは坐り場所になっている。周囲の装飾は豪奢《ゴージャス》で、雰囲気は上流階級のたたずまいを保ち、人々はそれに合わせて行儀よく低い声で話し、靴音を忍ばせて上品な身振りで歩き、静寂を破って他人に迷惑をかけることをおそれる。そうして朝から晩までその貴族的なクッションに凭《よ》りかかっていても、身だしなみのいいフロントの係員が文句を云《い》いにくることはない。ホテルは二十四時間営業である。

一人のヒッピー・スタイルの若者が福岡市一流のホテルのロビーを終日《ひねもす》わが塒《ねぐら》にしていた、という枝村の目撃からこの物語は展開する。

両肩まで埃《ほこり》っぽい長髪が垂れ下った若者はトンボ眼鏡に赤いシャツ、腐土色ジーパンという典型的なヒッピー姿であった。それがあんまり見本的に過ぎて面白くないともいえるが、とにかくその態度もまたティピカルであった。彼は革張りのクッションに深々と腰を沈め、脚を組み、スケッチブックを膝《ひざ》の上に立てて一心不乱にペンを動かしていた。鉛筆でも木炭でもなく、ペンである。汚れた墨汁《ぼくじゅう》の罐《かん》は足もとの大理石の床の上に置かれてあった。彼は周囲の身だしなみのいい男女客からどのような目付で見られようと一切黙殺する代り、どのような美人が眼の前の椅子《いす》にかけようとまったく無関心であった。おのれひとりわが境地に耽溺《たんでき》するといった宗教的態度に終始していた。枝村が七月二十二日から二十五日まで滞在する四日間、その青年はいつ見ても同じ位置の椅子に、まるで港に錨《いかり》を下ろしたボロ船のように停泊し、スケッチブックを帆のごとく膝の上に立てている恰好を変えなかった。

ホテルのロビーは営業性と同時に公共性を持っている。それでホテルも紛れこんだ場違いの青年を追い出すわけにはいかないのかもしれない。が、営業を主体とすればまったく迷惑千万なヒッピーに違いなかった。少なくともロビーに蝟集《いしゅう》する大多数の紳士淑女に彼が愉快でない印象を与えることはたしかだった。それも終日である。

もっとも終日というのは正確ではない。枝村は、十一階の部屋から論文の原稿書きに飽いて降りたり、ときおり外出の際に通りかかるロビーでその画を描く若者を見かけるのであるから、階下に降りないときには、若者の様子は分らない。あるいはホテルを去っていたかもしれないのである。だが、枝村がたまにロビーに降りるたびに、きまってその青年が椅子に自堕落に腰かけてペンを動かしているのだから、経験則からいってまず、四六時中、その若者はそこを占領していたといってもさしつかえなさそうである。それにしても、このホテルのフロントはかくも目障《めざわ》りな男にまことに寛容であると枝村はひそかに感心した。

感服ついでにいうと、その青年画家はスケッチブックからまったく眼をあげなかった。ペンを休めていることはあっても、眼は画面に注いでその出来を検《ため》しているようだったし、そうでなかったら構図を按《あん》じるように放心状態の視線を紙の上に投げていた。これほど画作に精神を統一させている若者も珍しかった。

ところが、たった一度だけ例外的な場面に枝村はぶっつかった。二十三日の夕刻だから、枝村がそのホテルに来た翌日である。ヒッピー画家がロビーで六十年輩の、やや長身の紳士と、三十二、三ばかりの女性と立ち話をしていた。意外なことに青年はまるで保険の外交員のように、その夫婦——年齢は違っていてもどうしても夫婦連れとしか見えないその両人に、鞠躬如《きっきゅうじょ》とした態度で話しかけているのだった。

枝村はそれをみてがっかりした。ヒッピー族は傲然《ごうぜん》たる態度と不遜《ふそん》な威厳を示してこそ面目と特徴があるのに、青年は夫婦に至極へりくだった様子でいた。例の大型の写生帳を小脇《こわき》に抱え、一方の手で頭を掻《か》き、小腰さえ屈《かが》めているのである。

紳士はヒッピー画家の云うことに鷹揚《おうよう》にうなずいていた。話の内容はもとより第三者には分らなかったが、若者は何やら報告めいたことを云っているようであった。紳士は、これも普通よりは長めの髪がもじゃもじゃしていたが、白髪であった。が、黒い毛がまだ少しは残っているので銀髪だとは云いかねる。彼は赤系統のネクタイをし、水色がかった洋服を着ていた。派手なその服装は、年齢の違う細君に合わせて若づくりに見せかけているようではあるが、何か芸術に携わる職業のようにも見えた。ちょっと水色のズボンがずり下り、膝のあたりに皺《しわ》が寄っていた。

その多少だらしなくみえる恰好にもかかわらず、紳士の顔は気むずかしげに見えた。彼は渋い印象の、いい面相《マスク》をしていたが一度も笑わず、唇を固く結んでいるのでますます苦み走った顔になっていた。それなのに、その大きな眼は若者の顔に瞬時も止らないで、絶えずあたりをきょろきょろ見回していた。その落ちつかなさは、初老の渋い顔とは似合わず、ずり下り気味のズボンのせいで不安定にみえる下半身と対応した。

一方、細君のほうは真白なツーピースで、ミニは太腿《ふともも》の上をわずかに蔽《おお》っていた。彼女は真黒い髪を豊かに頭の上に結上《アップ》し、そのため中肉中背がやや背丈高にみえた。彼女は夫と違い、非常に明るい表情でヒッピーの云うことを聞きとっていた。真黒い瞳《ひとみ》は若者の顔に余裕をもって止り、絶えず整った微笑を湛《たた》えていた。夫の、どこか疲れたような表情とは違い、こちらは顔の皮膚がランプのように輝いていた。

枝村のこうした観察は、ほんの二、三秒というわずかな間だったが、瞥見《べっけん》にしても鋭い観察はできる。長い凝視よりも一瞥が真相を把握《はあく》することもある。ことに枝村は、東京のある大学付属病院の精神科医局につとめ、毎日何十人という患者——重症患者は専門の精神病院に入れるので、ここにくるのは初期か、比較的軽症の患者に限られていたが、そういう連中を診《み》ているので、忙しい中で最初に見る患者の瞬間的診断には馴《な》れていた。

そこで枝村は三人の位置を内心でこう決定した。すなわち、夫婦はヒッピー青年画家の庇護者《パトロン》か支援者であろう。だから青年はヒッピーとしての高慢ちきと無頼とを腑《ふ》甲斐《がい》なくかなぐり捨て、揉《も》み手《で》でいるにちがいない。ホテルのロビーをスケッチ画の制作場所にしているからには、彼はこの福岡市内の居住人ではなく、よそ者であろう。蒸し暑さに狭い家から飛び出したとしても、市内に家があるならあんなにホテルのロビーに泰然と居坐れるものではない。一方、夫婦がこのホテルの泊り客であるのは一《いち》目瞭然《もくりょうぜん》だった。なぜなら、若い妻の白い手袋には青色の細長い棒のホテルの鍵《キー》ホルダーが握られていたのである。多分、東京からきた人間にちがいない主人の職業は、芸術大学の教授といったところだろうか。ヒッピーはその大学の卒業生で、この土地にきた恩師を迎えにきたようにもとれる。そうなると必ずしも初老の紳士が若者の特別な支援者とは限らなくなる。

枝村がロビーにつづく一般食堂に入ってビールをジョッキ一杯飲んで出てきたときは、元の場所から三人の姿は消えていた。おおかた炎天の東中洲《ひがしなかす》か新天町(どちらも福岡市内の繁華街)あたりにヒッピーがお供で出かけたのかもしれない。

ところが、その翌日の夕方のこと、枝村が一般食堂でコーヒーを啜《すす》っていると、ボーイがやってきて、うしろの席にいる画描きさんが自分の描いた画をあなたにさし上げたいと云っている、と取次いできた。突然のことだし、未知の人から画を貰《もら》う筋合はないと思っていると、当のヒッピーが横に立っていてアメリカの大型写真雑誌を彼にさし出した。雑誌は画紙が痛まぬための包装であって、それをめくると裸女の色彩グラビアの間に画家の描いた一枚の画がはさまっていた。ペン画で、空に羽搏《はばた》く鳥の姿であった。近ごろ流行《はやり》のイラスト風な線画で、三原色の淡彩が施してあった。

「ぼくは白水阿良夫《しろみずあらお》という者です」

と、ヒッピーは枝村の隣の椅子に勝手にかけて自己紹介した。風采《ふうさい》は相変らずだったが、トンボ眼鏡だけは除《はず》していた。威嚇《いかく》的な大型の黒眼鏡をとってみると、案外に細い、弱々しい眼がそこに露《あら》われていた。彼は瘦形《やせがた》で、頬がすぼんでいるため、隆《たか》い鼻をいっそう際立《きわだ》てさせていた。唇はうすく、頤《おとがい》は尖《とが》り、蒼白《あおじろ》い顔をしていた。その野蛮で厳《いか》めしい襤褸《らんる》の服装と長髪と脅迫的な大型黒眼鏡がなかったら、彼は栄養不足の、貧弱な青年でしかないようにみえた。これらの流行的な服装は、それが流行に追随するだけでなく、彼の弱点を隠すための武装として身につけているようであった。

「拙《まず》い画ですが、よかったら、どうぞ受取ってください」

ヒッピー画家は礼儀正しくいった。声もその埃っぽい身装《みなり》にもかかわらず若者らしく澄んでいた。年のころ二十五、六であろうか。

「どうしてぼくに画をくれるのですか?」

見ず知らずの者に、という軽い非難の意を含めて枝村がいうと、ヒッピーはこう答えた。ロビーで画を描いている自分をいつも見て通るのがあなただった、ほかの人間は軽蔑《けいべつ》して自分を見ていたが、あなたの様子は違っていた、同じ好奇心でも弥次馬《やじうま》的ではなく、何か画そのものに対する理解があってそこからぼくの画を探知しようという趣があった、それでぼくの画をさし上げる気になったのです。彼は真赤なシャツのボタンを二つはずしていたが、その間からのぞく胸は薄かった。

枝村は、ロビーの椅子にはまりこんでわき目もふらずにスケッチブックに没入していた男がかくも自分に気がついていたとは知らなかった。黒いトンボ眼鏡の下から瞳はあたりを見回していたものと思える。

白水阿良夫と名乗る若者のその画は、雲を背景に両の翼をひろげて飛ぶ鳥の姿ではあるが、その鳥は全体が真黒で、わずかに嘴《くちばし》と眼のまわりが墨から塗り残され、朱赤にうすく染められていた。鴉《からす》とも思えず、鵲《かささぎ》ともみえず、さりとて鷲《わし》でもなく鳩《はと》でもない。いうなればそれらを合体して分割したような得体の知れない鳥類であった。イラスト風な画だから、風に流されるような雲のたたずまいも怪奇な線画であり、鳥もそれに劣らず怪鳥であった。これならばモデルは画家の脳細胞の中にあるので見本を置いて写生してなかったはずである。幻想は行住坐臥《ぎょうじゅうざが》到《いた》るところで組立てられる。そうしてこのイラスト風な画はこれまたムンク（一八六三〜一九四四。ノルウェーの画家。その神秘的な線描画は有名）と大蘇芳年《たいそよしとし》（一八三九〜一八九二。浮世絵師。怪奇絵で知られる）とを足して二で割ったような趣を呈していた。もちろん、彼のはそんなうまい画ではない。描線はちぢれ毛のように慄《ふる》え、デッサンも不確かであった。ただ、なんとなく感覚的なものはよみとれる。背景となる空は青と黄で染まっていた。

「ぼくは、鳥ばかりを描いているのです」

彼は眼の上に垂れかかる長い髪を邪魔臭そうに掻き上げながらいった。

「その前のぼくは、ムッチイばかり描いていました。ムッチイというのは睦子《むつこ》という女の子のことです。ぼくにとって忘れられない少女です。ぼくが東京の薬科大学を中退して画描きになったのも、画が好きだったこととムッチイとの恋愛のためでした」

「薬大を中退したのですか？」

「どうしてぼくの顔をそんな目つきでごらんになるのですか？　もったいないといった眼差《まなざし》ですね、ほかの人たちと同じように。……ぼくは中退してもちっとも惜しいとは思っていません。病院の薬局で、医局員のつくる処方箋《しょほうせん》に従って調剤してどうだというのですか。町の薬屋を開いて売薬を売って意義があるというのですか。それとも製薬会社に入って商業主義に奉仕し、安月給もらったらいいというのでしょうか？」

「では、薬大にどうして入学したのですか？」

「ぼくの親父《おやじ》の云いつけだったのです」と彼は残念そうにいった。「ぼくはこの福岡近くのM町の生れなんです。親父は旧《ふる》くから薬種屋を営んでいましたから、ぼくに跡つぎさせようと思ったのです。その親父も四年前に死んだので、ぼくは思うような道を志すことにしました。今は、東京でイラストを描きながら自活しています。食えるくらいの注文はきますからね」

「白水というのは珍しい苗字《みょうじ》ですね？」

「この福岡地方一帯に多いですね」

枝村はうなずいた。万葉集に「筑前《ちくぜん》国の志賀の白水郎《あま》」というのがある。アマは女の場合が潜水海女で、男は白水郎と文字で書き分けてある。郎を除《と》れば白水になる。

「ムッチイはいい子でした」と、白水阿良夫は、そんなことはどっちでもいいというように長髪を振っていった。「ぼくらの恋愛は五年間もつづきました。五年間もですよ。そうして彼女はほかの男と結婚したのです。いい恋愛でした。ぼくは彼女が忘れられずに、彼女の顔ばかり描きつづけました。そう、五、六百枚ぐらいは描いたでしょうか」

おそらく失恋したにちがいないこの若者は、その恋の思い出を五、六百枚の彼女の画につなぎとめていたらしかった。

「それが、どうして鳥ばかりに変ったのですか?」

「それがよく分らないのです。いまから一年前のある日、突然そういう気になったのです。多分、インスピレーションのせいでしょう」と、若者はまだ霊感に振り回されているような目つきでいった。「それ以来、ぼくは鳥ばかり描いています。鳥といっても自然界の鳥類ではありません。ぼくは自然科学は尊敬しますが、それに拘束される芸術を軽蔑します。したがって霊示から生れるぼくの鳥は自然界には存在しないものです。しかし、鳥類の中の最も鳥らしいものといえます。たとえ翼が四つあっても、首が二つあってもかまわないのです」

「あなたの画に、地上とか木の枝にとまっている鳥もあるのですか?」

「ありませんね。みんな空を飛んでいる姿です。空を飛翔《ひしよう》するのは鳥だけの特権だし、特権を行使する姿は何でも美の対象になります。翼を休めている鳥なんて、およそ意味がないし、醜悪です」

「で、それ以来、少女の顔は描かなくなったのですか?」

「描かなくなったというよりも描けなくなったのです。どういうわけか、ムッチイを描く衝動が消失してしまったのです」

白水阿良夫は少し哀《かな》しそうにいった。

少女に対する欲望の渇きが、飛翔する鳥の翼によって彼の精神の中に代置され、その置換が翼の意味する欲望への飛躍と自由な充足によって少女の顔が彼から消失した、と精神医学的には分析されそうである。

《われわれが意志の強固な人と呼ぶ人間はよく保持された原始意志の上にこの性質を築き上げている。優れた政治家や将軍たるものは往々彼の意志を彼の刺戟《しげき》する目的に向って強直し・意志が強直しているところでは判断がつかない。それで眼界は狭くなり、最も近い目的さえももはや干渉しない。そして一つの目的から他の目的への転換も・動機的に円滑な徐々の移行によってではなく、あのヒステリー性の原始意志においてよく知られているような全装置の急突性の転動によって行われる》(クレッチュマー「ヒステリーの心理」吉益脩夫訳)

「で、こっちには暑中休暇で帰ってきたのですか?」

枝村は訊《き》いた。

「ぼくは勤めているのではなくフリーですからとくに暑中休暇という名目はありません。気のむいたときに休むのです。今度は、ぼくの先輩に当る方に貸別荘をお世話したので、それを兼ねて帰省したのです」

「あ、昨日の夕方、ロビーであなたと話しておられたご夫婦の方ですね?」

「ごらんになっていたのですか。あの方は画家の目加田茂盛さんです。ほら、R会の審査員の……」

枝村は洋画界のことには不案内だったので曖昧《あいまい》にうなずいた。問い返すのも面倒だったが、とにかく大家級には違いなさそうである。芸大の教授かと思っていたが、それほど的はずれではなかった。

「具象画ですがね、大先輩です。ぼくは一年前にちょっとしたことで知遇を受けているのです。この夏を海岸で過したいといわれたので、海水浴客のあまり混《こ》まないこっちの貸別荘にお世話したのです。二日前に東京からこっちに見えてこのホテルに泊っておられましたが、明日現地に案内します。玄界灘《なだ》は海がきれいだし、公害はまったくありません。なにしろ一浬《かいり》沖まで泳いで行っても海底の小石がレンズ越しのようにきれいに透いて浮いて見えるのです」

「玄界灘に面しているというと、どの辺ですか？」

「垣津村です。その漁村の近くです」

「垣津村だって？　それはぼくがこれから行くところだが」

「へえ、垣津村のどこですか？」

「能古亭《のこてい》という割烹《かっぽう》旅館があります。活魚料理がすごくうまいそうでね。ぼくも人に紹介されて東京からきたのだが、明日あたりそこに行って滞在するつもりですよ」

「能古亭ならぼくも見て知っています。まだそこに上ったことはありませんが。漁村の西側です。いま云《い》った松林の中の別荘の隣地区になります」

「それは奇縁だね。で、君はいまどこに居るのですか？」

「このホテルに一週間前から泊っています。目加田さん夫妻を待っていたのです」

この汚ならしいヒッピーがこの一流ホテルに一週間も宿泊しているとは思わなかった。道理で、ロビーをわがもの顔に占領していてもフロントで異議を挟《はさ》まないわけだった。滞在客なら追い出せまい。

「ぼくは部屋に一人で閉じこもって画が描けない性質《たち》なんです」とヒッピー画家は云った。「雑踏の中でしか描けないのです。群衆の喧騒《けんそう》と無秩序な徘徊《はいかい》とがぼくにとって制作上の雰囲気的な調和《ハーモニー》になるのです。けど、いまは外は暑いですからね」

「目加田さんは君の画を認めているのですか？」

　枝村は試しにきいてみた。

「目加田さんは旧い画家です。しかし、ぼくは旧い画風だからといって決して軽蔑はしません。先輩の業績によってわれわれの芸術が発展するのですから。ぼくは毎日、少なくとも三時間以上はピカソを見詰めています。眼でデッサンしているのです」

　白水阿良夫は自作についての目加田の批評には触れずにいった。思うに、あまり芳《かん》しい評価はもらっていなかったようである。

「目加田さんはいくつぐらいの方ですか？」

「六十三歳です。近頃はノイローゼで困っておられるようです」

「ノイローゼで？」

　枝村は、昨日この若者と話をしていたときの目加田の落ちつかない様子を思い出した。そういえば、何か苛々《いらいら》している表情だった。と同時にその横にならんでいる三十歳近くも違うきれいな夫人を眼に泛《うか》べた。

「では、目加田さんのノイローゼを癒《なお》すために夫人付添いで海岸の貸別荘に行かれるのですね、ひと夏をそこで過すために？」

「そういうことです。目加田さんは半年前から神経衰弱に罹《かか》り、どのお医者に行っても治療が捗々《はかばか》しくないのです。原因はさっぱり判《わか》らないのですが」

「ノイローゼというのはそういうものですよ。とくに気にかかるような原因がなくても陥りやすい神経症状です。それで現代病などといわれていますがね。まあ、のんびりとされたほうがいちばんの薬じゃないですかね」

「医師にもそういわれたそうです。奥さんからの依頼もあってこっちの海岸にお連れしたのですが。東京近くの海岸では何処《どこ》に行っても人が多く、かえってノイローゼを昂進《こうしん》させるようなものだと奥さんもいっておられました」

「失礼だが、ご主人と奥さんとは年齢が開いているようだが」

「二十五ほど違います。奥さんは三十八歳ですから。もちろん再婚です。前の奥さんは十年前に亡《な》くなられました。いまの方は結婚後三年です」

「ぼくは、三十くらい違うかと思っていた。奥さんがきれいだから、若く見えるんですね」

「きれいです。美しい女《ひと》です」

と、醜怪な鳥類ばかり描いている若い画家は長い髪を撫《な》で上げて通俗的な云い方をした。

「で、君もその貸別荘にいっしょに居るんですか？」

「とんでもない」ヒッピーは眼のふちを赧《あか》らめていった。「ぼくは、この博多の画描き仲間とキャンプです。七、八人くらいいっしょです。そうそう、ちょうど能古亭の西側地区に当ります。そこも松原ですが、海水浴場が近いのです。貸別荘のあるところも、能古亭も海岸が低い断崖《だんがい》になっていて、そこからは泳げません」

「そうすると能古亭は、貸別荘のある地区と海水浴場に面したキャンプ地との中間ですか？」

「そういうことになります。その貸別荘のところを東に行くと垣津村の漁村になるのです。能古亭から海を見ると大小の島が浮び、とくに日没の空の美しさったらありません」

「じゃ、向うでまた遇《あ》えるかもしれませんね。……この画をどうもありがとう。大事にとっておきますよ」

垣津海岸は、国鉄筑肥《ちくひ》線《せん》のM駅から北方に向って約十三、四キロばかりのところにある。糸島半島は福岡市の西郊外からはじまり、唐津《からつ》市の東、深江付近で終るいびつな彎曲《わんきょく》である。細部にはいくつものじぐざぐがあり、半島が玄界灘にもっとも突き出たところに垣津村があり、垣津漁港があった。漁港といっても貧弱な防波堤がコの字形につくられているだけで、漁家をふくめた戸数はおよそ百五十ばかり、不揃《ふぞろ》いな家の屋根を県道沿いにかためていた。この県道は半島の端に沿い彎曲してついているので、垣津漁港を西に行くと県道は坂になり、高い所を通る。北側は海だが、道の南側はすぐ高い山の斜面となり、その山は円錐形《えんすいけい》の死火山につづく。筑前富士ともいわれるが、万葉集には可也山《かやのやま》の名で出てくる。だが、これは背面の山が近すぎて垣津村からは見えなかった。

海と山にはさまれた細い県道が高いのは、最も高所において海岸が十メートルばかりの絶壁となっているからで、これが西に次第にゆるやかに下り、能古亭付近では二、三メートルばかりの低さになる。そして漁港の端から能古亭の裏まで間はおよそ二キロで、その間に断崖に沿って松林が繁《しげ》っている。つまり県道と断崖の間は長さ二キロの松を主体にした雑木林で、幅が五百メートルほどなのである。そこは県道からは一段と低くなっているので、県道を通る車の窓からは眼下の林の間に貸別荘の日本風の屋根が三、四軒ばかり点在して見える。

能古亭の玄関前から西は入江となり、それから土地の者が「神ノ岬《みさき》」と呼んでいる岬が玄界灘につき出ている。この入江も岬の両側も岩場となっているが、岬から西に入りこんだもう一つの入江は完全な砂浜で、これが海水浴場なのだ。神ノ岬から内側に彎曲した海水浴場にかけた一帯が松林で、キャンプ場はこの松林の中に設けられてある。松林の中ほどは東からきた県道が西に走って、キャンプ場を二つに仕切る恰《かっ》好《こう》になっている。もう一つ付け加えると、岬のほうは地面が硬い岩盤だけに松は低く、砂地の松は当然に伸びて大きい。南に寄った東西の国道（博多・唐津方面間）は国鉄筑肥線に沿っているが、ちょうどM駅のあるM町から県道が北に向って分岐し、これが神ノ岬と能古亭の中間に当る海岸沿いの東西県道と交差して三叉路《さんさろ》と

なっている。（略図参照）

枝村は、能古亭の離れに部屋を取った。離れは本館の東側にあるので、裏が貸別荘を収容する松や雑木の小森林の西端に当った。林中には径《みち》が付いていて、別荘間の連絡もできるし、県道にも上れるし、また垣津の漁村にも通じている。能古亭からは截《き》り立った崖《がけ》ぶちに径がついているが、向うからはなにぶん割烹旅館の庭の横に出るので、遠慮して別荘人はあまり利用しないらしい。それに風の強い日は波の飛沫《ひまつ》がその径を洗うので危険だということだった。これは能古亭のおかみの話であった。

枝村は離れに引込んで論文を書いたり、県道を西に歩いて海水浴場に行ったりした。松林の中には白いテントがいくつも見え、若者たちが出入りしているのだが、もしかすると白水阿良夫がそこに居るのではないかと眼で探したり、海水浴客の群れに瞳《ひとみ》を据えたりした。

こうして何日か経《た》って枝村は砂浜に黒のパンツ一枚で立っているトンボ眼鏡の白水をようやく見出《みいだ》した。七月の末で海水浴場は最盛期であった。といっても由比《ゆい》ヶ浜あたりの混みようの五十分の一にも足りぬ。白水の長髪もこのときばかりは烈日の下でどうしようもなく暑苦しくみえた。さらに眼を転じるとツバ広の麦藁《むぎわら》帽子をかぶった目加田画伯がランニングシャツに半ズボンという恰好で砂の上に盛り上った松の根方に腰を下ろして海を眺めていた。その方向に従って枝村が視線を遣《や》ると、泳いでいる群れの中から黄色い帽子《キャップ》と海水着の目加田夫人が瞳に映った。もっともサングラスをかけた彼女は渚《なぎさ》のほうで桃色の浮袋を胴に捲《ま》いてぼしゃぼしゃやっていた。彼女はよく泳げないようであった。松の根方に腰を下ろした画伯はそこから妻が溺死《できし》しないように監視しているようであり、傍《かたわら》に立った白水阿良夫は従者然とした恰好で手に畳んだ黄色いケープを抱き、万一、夫人が危機に陥ったときは主人の命令一下、忽《たちま》ち渚に向って突進する態勢のようだった。というのは白水は緊張した姿で海のほうに片時もそのトンボ眼鏡の下から瞳を離さず、枝村が声をかけて三度目にやっとふり向いたくらいだったから。

「やあ、やっぱりお遇いしましたね」

白水は日焼《ひや》けした顔から白い歯を出した。このとき、その声で麦藁帽子が振りむいたので白水は、ご紹介しましょう、といった。画伯は仕方なさそうに根っ子から大儀そうに腰をあげた。しかし、彼は、目加田です、と帽子をとって黒い筋混じりの白髪頭をいんぎんに下げた。瞳には動揺も震顫《しんせん》もなく、声はいささか嗄《しわが》れているものの至極常人であった。日光をまともに受けた顔は刻みこんだ皺《しわ》の陰影が深く、咽喉仏《のどぼとけ》のあたりの皮膚は弛《たる》んでいた。

白水阿良夫もヒッピーの特性たる傍若無人、高慢、自閉、示威といったあらゆる背徳性を脱ぎ捨ててこれまた至極常人に変化していた。ヒッピーが常識人に戻ったときは堕落した高僧のように哀れなものであるが、彼は他人がどう見ようと少しも構わず、折しも渚を上ってくる画伯夫人のほうに向い灼《や》けた白砂を踏んで急いで行き、手にしていたケープを夫人の上半身にふわりと掛けてやった。

夫人から浮袋を受取った白水は、彼女のうしろに従った。両人は目加田と枝村の中間に足を停《と》めた。夫人は帽子《キャップ》、海水着、ケープと黄色ずくめの、まるでヒマワリの花弁のようだったが、それが少しも暑苦しい視覚にはならず、白雲の浮ぶ空の青さと、人むれの漂う蒼海《そうかい》を背景に爽《さわ》やかなアクセントとなっていた。

「白水さんからいま伺いましたが、博多のホテルでお目にかかっているそうでございますね」

夫人は濃い茶色のサングラスの下から健康そうな皓《しろ》い、揃った歯なみを見せて枝村にいった。

「失礼しました。……あなた、いま、能古亭にご滞在なすってらっしゃるんですって」

白水が渚からこっちに歩いてくる間にしゃべったらしいが、夫人にそう取次がれても画伯は、あ、そう、とか何とかあまり気乗りのしない返事を口の中でいっただけで、眼をぼんやりと沖のほうに投げていた。そこには大小の島々が端と端とを連ねていたり、離れたりしていた。モーターボートが海面にエンジンの音を撒《ま》いて旋回していた。

夫人は、夫の無愛想な様子を詫《わ》びるように枝村に話しかけ、このへんの景色が素晴らしいこと、水がきれいなこと、海水浴客が少ないこと、魚介類がおいしいこと、人情が純朴なことなどを挙げて、ひと夏を此処《ここ》ですごせる仕合せを述べ、それも白水さんにお世話していただいたお陰だと横に立っている若者の存在を忘れなかった。

白水阿良夫は、光栄だというようにはにかんで軽く頭を下げたが、夫人のかなり長い話の間も、画伯のほうは精神病者然として無言で、凝然と腰かけていた。

「能古亭でしたら、わたくしどものいるA別荘と近うございますわ。松原つづきの小径もございますし、磯《いそ》伝いの小径もございます。どうぞ、お遊びにいらしてくださいませ。わたくしどもも退屈しておりますから」

夫人は枝村にそういって、着替えのため、ひとまず松林の中にある掛小屋の脱衣場のほうにひとりで歩み去った。

三人は手持ち無沙汰《ぶさた》になった。というのは画伯は黙然としているし、白水青年もそれに取りつく島もないといった具合に立っていたからである。画伯と若者との間がとくに険悪という様子ではないが、ノイローゼにかかっている画伯は白水を無視しているようだし、白水は白水で画伯に気を兼ねて気軽にものもいえないといった風情《ふぜい》だった。白水は間《ま》の悪いこの場を塞《ふさ》ぐように、夫人から預かった桃色の浮袋を——大人用だからそれは車のタイヤのように大きかったが、その捻子《ねじ》をゆるめて空気を放出しはじめた。ものを擦《こす》るような空気の抜ける音に、目加田画伯はちょっとおどろいたように麦藁帽子を振りむけたが、なアんだ、というように首をもとに戻した。白水はいささか体裁が悪そうに、子供の悪戯《いたずら》の恰好に誤魔化した。浮袋の輪は、しゅ、しゅ、という擦過音をつづけ、遂《つい》にへこんでしまった。白水はそれをまるで女の帯をたたむようにていねいに幾重にも折った。

画伯は突然、枝村に顔をむけ、あなたはどういうお仕事をしていらっしゃるのですか、ときいた。そこで枝村は、さっきから出そうか出すまいかと躊《ため》っていた名刺を——というのはリラックスな場所柄のためだからだが、肩書入りの名刺を出した。果して、大学付属病院精神科医局の活字を読んだ目加田は一瞬眼を大きく開き、身体《からだ》ごとこっちに向き直った。

そこから急に自覚症状を愬《うった》える患者と、それを聴取する医者との関係に早変りした。

「半年前からノイローゼになりましてね。はじめは気分が落ちつかずに妙にいら立っていました。そのうちに頭痛がしてきました。慢性の頭痛です。どんな薬を服用しても癒らない。……神経衰弱になるような原因は何もないのですがね。すべてはうまくいっている。仕事も、友人関係も、もちろん家庭もです。実をいうといまの家内とは三度目の結婚で、美那子は……美那子というのが家内の名ですが、彼女《あれ》は再婚なんです。その亭主は十年前に死にましてね。年齢はぼくと開いていますが、夫婦として少しも不自然ではないのです。あなたはお医者さんだから遠慮なく申上げるけど、性的関係も不調和ではありません。はたでは、ぼくが老人の境に入っているので、不調和に見えるかもしれませんが、それは中年の夫婦関係と同じくらいにうまくいっています」

この「患者」の告白を横で聞くともなく聞いていた白水青年が、禁忌でも偸《ぬす》み聴きしたように瞬間息を呑《の》んだ表情になった。が、あるいは折しもモーターボートが近くを通り、そのエンジンの爆発音にびっくりしたのかもしれなかった。

「家内は、ぼくに実によく尽してくれます」

モーターボートの遠ざかるのを待って、「患者」は語を継いだ。

「以前のぼくの結婚が失敗だっただけに、家内の親切に感謝しています。ぼくが神経衰弱になってからひどく心配しましてね。ほうぼうの精神科医を連れてきたり、また病院にぼくを連れて行きました。だが、あなたの前だけど、どの医者もはっきりした有効な療法をしてくれませんね。鎮静剤がせいぜいです。こっちは頭痛がしたり、気分が滅入《めい》ったり、食欲が減退したりしているのです。ぼくは前はもっと肥えていたが、半年の間に四キロ以上も痩《や》せましたよ。このごろでは息切れがして、ときには突然呼吸困難を感じることがあるんです」

枝村は、ノイローゼはいわゆる「現代病」であって特効的な治療はないので、なるべく気分を楽にして、ものごとをたのしむようにしたほうがよいと忠告した。

「ものごとを愉《たの》しめといったところで、頭痛で頭の芯《しん》がずきずきするときにどうしてそんな気分になれますか。気分は沈むばかりですよ。そして、最近では気のせいか頭がふらふらして、下半身の重力が浮いたような気がするのです。つまり腰に力が入らないで、脚がもつれるんですよ」

このとき、白水が何か口の中で云《い》って松原のほうに駆け出した。脱衣場で着替えを終った日加田夫人は、純白のツバ広の帽子に純白のワンピースでこっちに歩いてくるところだった。白水は多分、夫人の手から濡《ぬ》れた海水着と帽子《キャップ》を受けとりに走ったものと思える。見送った画伯は、白水の背中に嘲《あざけ》るような視線を投げた。

枝村は夫人がこっちに戻ってくる前にそこを立ち去った。その際、画伯には、あるいは別荘にお伺いするかもしれないと挨拶《あいさつ》した。ぜひ、遊びにきてほしい、と画伯は眼をあげて応《こた》えたが、それは精神科医と知った枝村に診断と治療とを希望しているのだった。

枝村は三日経って、能古亭の裏から海岸伝いの径を別荘のほうに向った。真昼間は暑いが、夕方になると磯風が涼しくなる。瀬戸内海の夕凪《ゆうなぎ》は昼間の熱気が渋滞して何ともやり切れない蒸し暑さだが、玄界灘ではそういうことはない。

落日は西の島影に燃え落ちて、空いちめんに薔薇色《ばらいろ》を映えさせた。が、一部には水色が残っていて濃い部分と淡い部分の模様をつくり、淡紅色と交り合う一点に紫色が刷《は》いていた。沖は空の色をさまざまに反映し、ときに水平線が菫色《すみれいろ》に霞《かす》むかと思えば、ある部分は光の筋が横に走ったように縁《ふち》を輝かしていた。このような華麗な夕景はほんの瞬時であって、ちょっと眼を離したあとで再び眺めると、そこにはすべての色が凋《しぼ》んで陰鬱《いんうつ》な暮色が進行しているのだった。

松原の中はいっそう蒼然としていたが、爽快《そうかい》であることはたしかだった。岩盤の上に生えた雑木《ぞうき》は灌木《かんぼく》のように矮小《わいしょう》で横に繁みを深めていた。松も大きくなく、ほどよい背丈で頭上に枝を張っていた。

和風の小さな家の横は、松も雑木も草も刈られ、簡単な竹垣を囲《めぐ》らせた庭らしい体裁となっていた。枝村が玄関を訪れる前に、その庭の、切り残された松の木と木の枝の間に張ったハンモックの上に目加田夫人が横たわっているのが認められた。先方も靴音で訪客に気づき、あら、といって白い網《ネット》のハンモックから半身を起し、急いで降りてきた。夫人は白地に細い筋が縞《しま》になったシャツに、ベージュ色のショートパンツをはいていた。髪は解いてうしろに垂らしていた。見るたびに姿が変るので枝村には新鮮に映った。

彼女はひとまず枝村に挨拶し、奥に目加田を呼びに行った。画伯は浴衣《ゆかた》で出てきたが、その様子は枝村の訪問をあきらかに歓迎していた。家の中はまだ暑いのでこっちがよかろうと画伯は云って、暮色の未《ま》だ明るい庭の籐椅子《とういす》を枝村にすすめた。椅子はちょうど三つあり、小さな卓もあった。純白のテーブル掛けの縁どりがきれいなので枝村がほめると、ベルギーの手芸品だということだった。

いちいち東京から調度品を運んできたのでは大変ですな、と枝村がいうと、目加田は、なるべく別荘に付いたもので間に合せているが、こういうものはどうしても家から持ってこないと、とテーブル・クロースを見ていた。夫人は飲みものの用意のためか家の中に入っていた。

「あのハンモックもそうですか？」

枝村はきいた。この別荘のものでもなく、博多で買ったものでもないことは判断できた。

「そうです。近ごろ、こういうのはあんまり流行《はや》らんそうですがね。家内がこれを吊《つ》って横になりたいというもんですから。けっこう利用して愉しんでいるようです」

画伯は愛妻家にみえた。年齢の違う妻にはまるで娘のような愛情を持つそうだが、しかし、三日前に聞いた画伯の「患者」としての告白には「われわれの性的関係は不調和ではない。それは中年の夫婦関係と同じくらいにうまくいっている」という言葉があった。そうすると「愛玩用《あいがん》」とも違うのである。ここで精神科医でなくともフロイト流の分析を考えたくなるのだが、その適用は画伯のノイローゼには合わないようであった。

「ご気分はどうですか？」

と、枝村はきいた。職業を知られたからには多少とも「診断」意識となった。すると、相手も「患者」意識で答える。

「こっちにきて多少は頭痛が軽くなったような気がするんですがね。それは土地が変ってこういう場所にきたのだから、気分転換になっているせいかも分りません」

「それは結構ですね。こちらに見えてから日が経《た》つにつれて海辺のオゾンがあなたのノイローゼ気味をすっかり癒すか分りませんよ」

「ありがとう。どうかそうありたいものです。……しかし枝村さん、ノイローゼというのは、まったく原因なしになるものですかね？」

「はっきりした原因なしにそういう状態になることがありますね。だから文明病とも現代病ともいわれているのですが」

「よく新聞に、事業に失敗したとか、不治の病気を苦にしたとか、職場や家庭の紛争で疲労したとかいうのが原因で神経衰弱となって自殺したという記事が出ていますね。それだとノイローゼの原因がはっきりするのですが、ぼくの場合、この前にも申上げたように何も心配な原因は周囲にないのですからね。それなのに頭痛がしたり、食欲が減少したり、ときどき息が詰るような状態になるのはどうしたのでしょうか。今まで診《み》てもらったお医者さんは、老年期に入った一種の鬱病だといわれるのですが」

「初老期の鬱病ね。なるほど、あるいはそうかも分りません。年齢による身体の変調からくる一種の精神的な影響でしょう。だが、それは一時的なものです。間もなく変調期が普通の状態に変ってくるものです」

「それにしてもぼくのノイローゼは長い」と、画伯は溜息《ためいき》をついた。「なにしろ、もう半年以上つづいているのですからね」

「お仕事の関係で、家からあまり外に出られないのですか？」

「ほとんど出ません。ぼくはあまり外に出られませんから、アトリエばかりで毎日仕事をしています」

「少しは外に出られたほうがいいんじゃないですか。気分が変っていいと思いますが」

「そう思うけど、性分《しょうぶん》でね。どうも家のほうがよくなる。誤解されると困るけど、こういったからといって家内に惹《ひ》かれて家に引込みたいわけじゃありません。もう三年もいっしょに居れば離れていたってかまいません。夜なども、ぼくと家内とは別々の部屋に寝《やす》みます。一年前に、ちょっと彼女《あれ》も軽いノイローゼになりましてね。ひとりで寝たいからといって部屋を別にしたのですが、彼女のノイローゼは癒《なお》っても、それが習慣になってお互いに一人で床につくようになっているのです。……ただ、性の交渉のときは家内がぼくの床にくるようになっています」

と、「患者」はここでも一つの「告白」をした。

「そんなわけで、ぼくは出無精なんです。画壇関係のパーティがあっても、ぼくは、よほどの義理がないと出かけません」

「それは困りましたね。少しぐらい嫌でも、健康のために外出されたらいいと思いますよ。旅行なんかは殊《こと》にいいと考えます」

「これからそうしましょう。それにしても、ぼくの神経衰弱は執拗《しつこ》いですね。半年つづいてもまだ快《よ》くならないのだから。快くなるどころか、悪くなってゆくのです。息切れがしたり、呼吸が苦しくなったり……。ノイローゼがひどくなると、そうなるものですか？」

「さあ。それは、あまり聞いていませんが」

枝村はノイローゼ患者の症状例をいろいろ思い出したが心当りはなかった。

「主人はそういうことばかり云って気に病んでいるんです」

いつのまにか美那子夫人がビールを銀盆に載せて立っていた。今度は真紅のワンピースに着がえていた。その色彩が年齢に比して少しも不自然ではなかった。肩に垂れた髪も少女めいてみえた。

「どこのお医者さまも笑ってらっしゃいましたわ。病気を先へ先へと取越し苦労して考えるから、よけいに神経衰弱がひどくなるんですって。その病気も、まったくノイローゼとは関係のないことを考えて自覚症状みたいに云うんですからね」

その笑顔は、軽い夕化粧のせいもあって、折からあたりに漂う蒼冥《そうめい》な暮色を背景に白く浮き上ってみえた。

枝村は、美那子夫人の異なった装《よそお》いをもう一度見た。それは二日後に、枝村が目加田夫妻を能古亭の夕食に招いたときだった。彼女は白っぽい越後上布に、黒の絽《ろ》織りの帯を締めて現われた。招待《およばれ》の席を意識して、化粧も濃い目だったから、その映え方に能古亭のおかみも女中たちも感嘆の声を上げた。

座敷に入ると、その夫人の眼が何かを避けるようにして挨拶のための坐《すわ》る位置を変えた。その壁の下には、冬の料理には使うが今では使用しないガス管の頭がのぞいていた。彼女がそのガス栓の前を避《よ》けたのは、その邪魔とは関係なく、坐る場所として偶然にも位置が落ちつかなかったのかもしれない。だが、枝村にはちょっとそれが印象的であった。

さて、テーブルの前に座が決ると、清楚《せいそ》と艶冶《えんや》とをまじえた美那子夫人の横にいる目加田は、どうひいき目に眺めても見劣りがした。彼自身はちゃんとした立派な紳士で、画家として一応成功した貫禄《かんろく》と威厳とをもっていた。だから画伯ひとりで坐るか、他の人間とならぶかしたら、美事に見えるのだが、若い夫人といっしょに坐っていると、いかんせん年齢の老いに対照され、その衰弱と貧弱とが際立《きわだ》つのである。

この席には、本来なら紹介者である白水阿良夫をも招待すべきであった。が、枝村はそれを避けた。ヒッピー・スタイルで来られては当惑するというよりも、あの青年の存在が夫婦間に何となく面倒を起しているような気がしたからだった。もとよりそれは表立ったものではなく、枝村の余計な思い過しかもしれない。第一に夫人の白水青年に対する態度は眼中にないといった様子で、まるきり従僕の扱いであった。が、それにしても枝村はこの夫婦の二十五の年齢の隔たりと、夫人と白水青年の十ばかりなる年齢の接近とを考慮せずにはおられなかった。

　席上では夫妻の口から白水青年の話は出なかった。これも奇妙といえば奇妙である。そもそも枝村を夫妻にひき合せたのは白水阿良夫だから、当然に夫妻は話題に上《のぼ》せていいのだが、白水は完全に黙殺されていた。白水阿良夫が夫妻にとって歯牙《しが》にもかけられない存在なのか、それとも夫妻の間に心理的な暗影のようなものがあって、互いに彼のことを話題から回避しているのか、そのへんのところは枝村に判じかねた。乞食のような恰好《かっこう》で形だけヒッピーを真似《まね》ているような白水の軽薄と、素人《しろうと》の枝村が見ても上手とはいえない彼の絵画——見本としては奇怪な鳥の画一枚きりだが、その一《いち》瞥《べつ》だけでも天分があるとは思えない彼の貧弱な素質と、その両方を画伯と夫人が蔑視《べっし》して疎外《そがい》しているなら、話は単純であった。が、心理的な形象が存在しているとなると枝村もうかつには白水阿良夫の名が出せなかった。

話はやはり目加田画伯のノイローゼのことになった。繰り返し目加田の口からそれが出るのは愚痴というよりも枝村が精神科医だから、やはり患者的な相談であった。

「絵画の用語にハッチングというのがあるんです」と目加田はいった。「細い線を無数にひいて、その疎密の具合によって濃淡の調子を出した画になるんですがね。日本では線影と訳していますが。ぼくの得体の知れないノイローゼもその線影のような気がしますよ」

「と、おっしゃると?」

「つまり」と画伯は、食卓の大鉢の上の、朱色の巨大な伊勢《いせ》エビの姿つくり、同じく大鯛《おおだい》の活《いけ》づくりと洗い、蛤《はまぐり》、サザエ、ウニといった盛りつけや、鯛のアラ煮の皿、鯉《こい》コクの椀《わん》などを睨《にら》みながら云った。「線の数がふえると密度の濃さによって黒いかたちのようなものが脳の中に浮んでくるのです。それが何だかまだはっきりしない形なので不安なのですがね。いっそ線影が濃密になって形を現わしてくれると、ぼくもかえって糞《くそ》落着きに落ちつけると思うんですが。曖昧模糊《あいまいもこ》としているから、苛々《いらいら》して困るんです。中途半端《はんぱ》なんでね。その細い線がぼくの脳味噌《のうみそ》に霖雨《りんう》のように降りそそいでいるのです」

「その細い線は、この海辺にこられて、少しは数が減りましたか? つまり間隔が疎《まば》らになって明るくなりませんかね？」

枝村は、精神病患者の愬《うった》えを聴くとき、その調子に話を合わせて微笑してやる医師の習慣をここでも出した。

「少しは減ったようです」画伯はややうれしそうに答えた。「つまり線影がうすくなったのですな。もっと淡くなると消えてしまうのですが。しかし、すっかりというわけじゃありません。かえって、その細い線の一本一本が見えて気になってくるんです。この線の正体はいったい何だろうとね。こいつが寄り集まって何やら形をつくりたいらしいが、線そのものは何だろうとね」

「あんまり気になさらないことです」と枝村はいった。「ぼくのずっと先輩ですが、眼に硝子体混濁《しょうしたいこんだく》を起している人があります。これが起ると眼の前に蚊が飛んでいるような影を見る。自覚症状として飛蚊症《ひぶんしょう》を訴えるといいますが、影のかたちはさまざまで、その人のは大きな雲の断片の影が眼の前に三つほど始終揺らいでいるのです。景色を見ても活字に眼を落しても、瞳《ひとみ》の前を三つの大きな雲の影がうろついて遊んでいる。もちろん視点の妨げとなるからはじめはその影が邪魔になって当人は困った。治療は手術するしかないが、それはよほど悪化して網膜剝離《はくり》を起すような状態になったときにすればよい。つまり悪化するまで治療法がないわけです。その人は眼科医からそれを聞いて落ちつき、放っているうちに現在では慣れてしまって、眼中の雲の遊びも気にならなくなったといっています。あなたも脳裡《のうり》の線を気になさらないことですね。気にしだすと、際限なく神経が尖鋭《せんえい》となります」

「いいお話ですわ」と横合から夫人が目もとに微笑を含ませて二人を等分に見ながら云《い》った。「主人は、おれの脳髄には霧雨《きりさめ》のように細い線が降っているというんです。脳髄がそれに濡《ぬ》れて、そのうちに湿った藁縄《わらなわ》のように腐ってぼろぼろになるだろうとヘンなことばかり云うんですの。そして、頭に重力がなくなってきたなんて云い出すんですもの。幸い、この海岸にきて神経衰弱も快《よ》くなりそうなので喜んでいますわ。先生、どうか主人に力をつけてやってくださいまし」

夫人は枝村に喰い入るような瞳をむけた。

八月第二週の火曜日に当る十日夜八時ごろ、枝村は県道を西に歩いて海水浴場のほうにむかった。ぶらぶら脚の散歩だったが、夜の海水浴場を一度見たいと思っていたからでもある。半月《はんげつ》だが、道は蒼白《あおじろ》く光り、景色は影絵に沈んでいた。

神ノ岬の首根っ子のところを通りすぎると松原が黒々とつづいた。そこまでくると、音楽が聞え、ギターとレコードが樹間から伝わった。点々と石油ランプが各テントに灯《とも》り、懐中電燈《でんとう》の光が徘徊《はいかい》していた。ゴーゴーを踊っている一団がある。多勢の黒い影が縺《もつ》れていた。

博多の画家仲間とキャンプしているという白水阿良夫もそのへんに居るのではないかと枝村は県道をはさむ両側の松原にそれとなく眼を配って歩いたが、もとより裸形に近い人影だけでは判《わか》りようはなく、それに繁《しげ》みの下《もと》の暗さでは人間も闇《やみ》に溶けこんでいた。ところどころ木の間から落ちるほのかな月光が地にうすい白の斑《ふ》をつくっていた。下は砂地である。

舞踏する連中はいく組もあったが、最も派手な喧騒《けんそう》でゴーゴーを踊っている連中の輪の中から走り出て枝村の前に立った女がいる。枝村さん、今晩は、と云ったのは白水阿良夫の声であった。月光を浴びた黒い姿の、乱れた長髪が女と錯覚させた。

「やあ、君か。今晩は。……踊っているの？」

とっさに挨拶《あいさつ》のしようがないから枝村はそういった。

「ええ。画描き仲間ですよ」

白水は振り返って、十人ばかりのゴーゴー組を尖《とが》った顎《あご》で指した。彼自身は上半身が裸で下には赤いパンツをはき、ズックの靴をはいていた。暗いから、ホテルでのぞかせた薄い胸部は匿《かく》されているものの、頸《くび》にかけた鎖とペンダントが身体の動くにつれて燈台のように金色の光を点滅させ、彼に威厳を添えさせていた。

「目加田さんご夫妻にお会いになりましたか？」

白水は早速きいた。気にかかることを控え気味に訊《たず》ねるときの、弱い声音だが性急なものがこもっていた。

枝村にとっても胸の痛い質問で、本来なら能古亭の招待には紹介者たる白水も招かなければならなかったのだから、そこは曖昧に黙っていて、先日、磯《いそ》伝いの散歩のついでに夫妻の別荘を訪ねてみた、とできるだけさりげない口調でいった。

「目加田さんのノイローゼの具合はどうですか？」

白水もこの前の海浜の出会いで枝村が精神科医だとは知っていた。

「うむ。こっちに来てから、だいぶん快さそうだね。奥さんはまだ心配していたがね」

「あの病気はすぐには癒らないものですか？」

「早急というわけにはいかない。気分の転換と時間とが薬だね。……君はあの別荘には行ってないのかね？」

「お呼びがない以上、こっちからのこのこと出かけるわけにはいきません。密林に囲まれて孤立した別荘には夫婦だけですからね」

自然林の中の貸別荘は三、四軒あっても、お互いが離れていて樹林に遮断《しやだん》されている。密林中に孤立した一軒屋には夫婦だけがいるという白水の云い方は、とりようによっては礼儀を心得ているようだし、また嫉妬《ジエラシー》半分のようにも思われた。

お呼びがないというのは美那子夫人のほうからであろう。目加田はこのヒッピー画家が気に入ってはいないようである。夫人が彼を呼ばないのをこの青年は不満というよりは飢《き》渇《かつ》と感じているようだった。枝村は能古亭の会食のときを思い出し、夫妻に疎外されている白水が少々気の毒になったが、本人としては目加田のほうはともかくとして、夫人から疎外されているとは夢にも思ってないらしかった。このヒッピーの片想《かたおも》いである。

「君、つかぬことを訊《き》くようだが、あの夫人の前のご主人というのは、どういう階級の人だったのかね？」

枝村は、ふときいてみた。

「高校の教師でしたよ。理科のね。奥さんは高校教師の妻というのがひどく不満のようでした。で、奥さんのほうから別れたのです。そのあと、すぐにご主人が病死したのです。まだ籍のあるうちにね。だから人前では死別れというふうに云っておられますが……」

白水がまだ何か話したそうにしていたとき、今度は間違いなく髪の長い女の子が近づいてきて彼を踊りの中に戻るように誘った。白水は、じゃ、また、と枝村に手を振ってテントのほうに跳ねるようにして引返して行った。——実は、それが枝村の見た白水阿良夫の最後の生きている姿だったのだが。

枝村は、この辺であと戻りしようかと思ったが、もう少し先まで歩いてみることにした。それは白水が云い残した言葉が気になって、それを考えたいからだった。

美那子の前の夫は高校の教師だったので、彼女はそれに不満を持ち、一方的に離婚したのだという。枝村はここで久女《ひさじょ》の「足袋つぐやノラともならず教師妻」の句を思い出した。現代俳句では女流の異才といわれた杉田久女（一八九〇～一九四六）は九州小倉に住み、土地の中学校（旧制）の教師の妻という環境に劣等感をおぼえ煩悶《はんもん》していたといわれる。結局彼女は「ノラ」にはなれなかったが、彼女の一方の想念には高浜虚子がいた。虚子とその周辺にある《知識階級・上層階級》のきらびやかさにくらべ、地方の中学教師妻のなんと見すぼらしいことか。「虚子留守の鎌倉に来て春惜しむ」（久女）。

R会審査員、洋画壇の泰斗《たいと》目加田茂盛は美那子にとって「虚子」的な栄光の存在であったのだろうか。病死前の高校教師のもとをとび出したとすれば「久女」的なノラの願望を美那子は遂げたことになる。二十五歳の年齢の相違にはその願望が含まれていたのではなかろうか。ことごとに姿を変えて見せる美那子の変幻には上流界の社交的な要素がある。

海水浴場には人影がまばらだった。アベックは跳梁《ちょうりょう》していても、枝村のようにひとりで歩いている者はない。月の光に照らされた海にも泳ぐものはなかった。枝村は海辺をめぐり突き出た岩鼻を回った。

枝村は岩に腰を下ろして半月の海を眺めた。黒い海の水平線には白い靄《もや》が棚引いている。沖合の島々も裾《すそ》半分が靄にかすんでいる。水蒸気に包まれたような幽暗たる光景の中に、枝村は人間ひとりが黝《くろ》い海を游泳《ゆうえい》しているのを見た。ほのかに白い波がその者の脚から起り、魚類のように素ばしこく動いていた。

いったい海水浴場は岩鼻の手前であり、こっち側は狭くもあり、砂浜も少ないのだが、この晩景に人も居ない広いほうでどうして泳がないのであろうか。見るともなく見ていると、その泳ぎ手は岸に近づき、やがて身を起して渚《なぎさ》を渉《わた》り、こっちのほうに歩いてきた。枝村は、はっとして岩陰に屈《かが》んで身をかくした。月光に浮いたその帽子も海水着も黄色であって、半顔の特徴は目加田美那子であった。タイヤのような浮袋は彼女の手に無かったのである。――夫の画伯は居なかった。

枝村は能古亭に遁《に》げ帰った。いったい、あれはどうしたことだろうか。十日ほど前に見た美那子は桃色の浮袋を身に捲《ま》いて浅瀬でぼしゃぼしゃとやっていた。しかるにさっき目撃した美那子は抜き手も鮮やかに魚の如《ごと》くに泳いでいた。

その相違は、その場に夫の目加田が居るのと居ないのとにかかっているように思われる。前に見たとき目加田は海には入らずに砂浜の松に腰を下ろしてぼんやりとしていた。すなわち目加田は泳ぎができないのである。金鎚《かなづち》のためか、年齢《とし》をとったせいか、それは分らない。分らないが、泳げないことは確かである。すると美那子が浮袋を胴につけて初心者ぶっていたのは、泳げない夫に遠慮していたのだろう。だからこそ今夜は別荘を脱け出して、人の居ない夜の海を存分に游泳したのだろう。彼女は年とった夫に気を兼ねている心やさしい妻なのだ。枝村は美那子を見る眼を変えた。

第三週の水曜、十八日の朝、美那子が土地の巡査駐在所に、昨夜九時ごろ夫の目加田茂盛が散歩に行くといって出たまま戻ってこないと届け出た。服装は、半袖《はんそで》の開襟《かいきん》シャツに半ズボンという軽装で、所持品としては五千六百円入りの財布、スイス製金側腕時計、ハンカチ二枚であった。時計は十数年前に買ったもので、財布の中味も大金ではない。強盗に襲撃されたとは思えない。ノイローゼにかかっているので万一が心配されるというのが美那子の訴えであった。

駐在所では十五キロはなれたM町の本署に急報し、本署からは捜索員が七、八名駆けつけてきた。土地の者は避暑地や海水浴場として宣伝中なので、こうした避暑客の事故には真剣であった。

村の消防団が捜索の応援隊を結成した。総数の三分の二くらいは別荘のある樹林の中を中心に海岸線一帯に当る。そのほかは垣津漁港から船を出して海底の模索に当った。

午前十時ごろから捜索隊の活動がはじまったので、能古亭の付近はそういう人たちがうろうろした。海には漁船五艘《そう》が浮んで、三艘は断崖《だんがい》の下を、二艘は沖を少しずつ移動していた。船には四、五人ぐらい乗って長い竿《さお》を海中に入れ、サザエや海鼠《なまこ》を探す箱メガネで海底をのぞいていた。ときどき、連絡のため陸との間や船どうしで大きな声を交わしていた。

枝村は離れに落ちついてはいられず、能古亭の海に面した広間の端に立って捜索船の作業を見ていた。炎天の下で藍色《あいいろ》の海は凪《な》ぎ、島を縫ってゆく遊覧モーターボートのエンジンが無関心な響きを流していた。作業はタコでも釣っているようにのんびりとみえた。

能古亭の従業員たちも浮足立って仕事が手につかぬふうで、裏側の林の中に出入りしたり、海に見とれていた。

「昨夜は九時ごろが満潮ですけん、もし崖《がけ》上からでも投身されたら、それにちょうどかかりますすやな」おかみが顔をしかめて枝村にいった。「そうすると今朝からはじまる退《ひ》き潮で身体《からだ》が沖合に持って行かれる心配のござすたい。沖に行ったら潮の流れで東のほうに行きよりますけんなア」

暖流は東シナ海から対馬《つしま》に行き当り、そこから岐《わか》れた一方の支流が裏日本沿岸沖を北上している。おかみは、このへんの投身自殺者が山口県の北海岸に漂着した例をいった。

「干潮は？」

「さあ。午《ひる》からの二時ごろでっしょうや」

松林の中を捜索している警察署員が、昨夜こういう人を見かけなかったかと目加田の服装を云って今ごろ能古亭に訊《き》きにきた。田舎の警察はのんびりしている。

枝村は、美那子に何か言葉をかけに行かねばと思ったが、彼女も動転しているさなかだろうし、警察署員や消防団員が別荘のまわりをうろうろしているので、もう少し落ち着いてから見舞に行くつもりでいた。

干潮時にあと一時間（正確には博多湾の干潮は一三時四三分）というとき、当の美那子が淡いグリーンのツーピースで離れの枝村に会いに来た。この女は衣服をどれだけここに持ってきているのか分らない。美那子は蒼《あお》い顔をしていたが、横には四十がらみの背の低い、小肥《こぶと》りの半袖シャツの男と、同じ服装の若い男とが付き添っていた。肥えた男の出した名刺には、所轄署《しょかつしょ》の捜査係長の肩書があった。してみると、彼らは美那子に付き添ったというよりも、美那子が二人を案内してきたらしかった。

枝村に美那子はいった。テレビを見ていた目加田が急に起《た》ち上ってこれから散歩に行くと云《い》い出したので彼女が制《と》めたけれど、二十分ほど歩いてくるといったので、懐中電燈を持たせて出した、が、それから一時間経《た》っても戻ってこないので、彼女は別な懐中電燈を持って林の中や崖の上まで捜しに行った。が、女ひとりでは心細く、十分に探せないうちに家に戻ったが、心配で夜が明けるまで睡《ねむ》れなかった。

「目加田さんが持って出られた懐中電燈は崖の手前の、松の木の下に落ちていました」

鈴木という捜査係長は美那子の話を引きとって枝村にいった。

「先生。目加田さんのノイローゼというのは、発作的に自殺を企てるほど重症だったのですか？」

捜査係長は、自殺を企てるという慎重な表現をとった。すでに既遂は事実と考えられるが、死体も決定的証拠もまだ得られないので、こういう言葉を択《えら》んだようである。もちろん横にいる美那子夫人への配慮もあった。

「さあ、ぼくは目加田さんを診察していないので、なんともいえません」

枝村は係長に答えた。

「なるほど。それでは、先生が奥さまや目加田さんから聴かれた自覚症状から判断して、どうでしょうか？」

係長はきいた。

「ぼくが伺った範囲での概念では」と枝村も言葉を撰択《せんたく》しながらいった。「極端に重症とは思えません。しかし、神経衰弱の診断は非常にむずかしいのです。胃や腸の疾患の自覚症状を聞いて判断するのとは違い、神経衰弱の症状はなんといっても個人差が大きなウェイトを占めますから」

「一般論ではいえないわけですね？」

「そうです」

わかりました、と捜査係長は素直に了承した。そうして、この辺の潮流は案外複雑なので、万一投身されても捜索は難航するだろうといったようなことを話した。これは発見が容易でないということを夫人にあらかじめ納得させているようにも聞えた。

　枝村は、係長にそういったものの、待てよ、ノイローゼ患者に軽い頭痛、精神沈鬱《ちんうつ》、食欲不振、体重減少の症状はあっても、目加田の云うように、息切れとか多少の呼吸困難等の自覚症状があったろうか、とふと思った。そういう症例は聞いたことがない。それは神経衰弱からくる患者の「気のせい」だったかもしれない。が、それにしても未聞《みもん》だった。ほかの医局員たちの経験はどうだろうか。――しかし、この軽い疑問は警察官の前で云うべきことではなかった。

「実は、これからもう一件、行方不明になった人の捜索現場に向いますので」

　と捜査係長は引揚げの挨拶《あいさつ》代りにいった。

「もう一人？」

「そうそう。これは先生もご存知の方でしたね。こちらの奥さまから伺うと……」

　枝村が美那子を見ると、彼女のほうから慄《ふる》えを帯びた声でいった。

「白水さんが昨夜から見えなくなったんだそうです」

　枝村はおどろいた。

「それは何時ごろからですか？」

　鈴木係長が答えた。

「キャンプを黙って出て行ったのが、昨夜の九時十五分前ごろだそうです。いっしょのテントにいた白水君の友だちの話ですが。その白水君がやはり今になっても戻ってこないというので、届けを受けました」

目加田が別荘を出たのが昨夜の九時ごろ、白水がキャンプテントを出たのが九時十五分前ごろ。警察官でなくてもこの両者の間に何らかの関連があることは感じられる。いや、警察官以上に枝村にはその直感が強かった。

美那子をちらりと見ると、白水の失踪《しっそう》にはそれほどの衝撃はないといったふうに無表情でひかえていた。それは当然で、彼女には夫の投身自殺の可能性が強いだけに、その傷心にとらわれている。事実、白水の姿が昨夜から見えないといったところで、あのヒッピーのことだから、気紛《きまぐ》れにどこに遊びに行ったか分らないのだ。この前の晩も白水と話をしているとき集団でゴーゴーを踊っている群れから髪の長い女の子が彼を連れ戻しにきたくらいである。白水は美那子へ片想《かたおも》いを寄せる一方、けっこうヒッピー仲間の女と享楽《きょうらく》しているにちがいなかった。白水が見えないからといって、自殺した痕跡《こんせき》がない以上、問題にすることはないのではないか。枝村は、両人の行方不明が昨夜の九時前後という共通点に疑惑の脈絡を内心で感じながらも、捜査係長にはそういった。

「それはそうです。青年のほうは、そのうち、けろっとした顔でキャンプに戻ってくるか分りません。あの連中の行動はわけが分りませんからね。なんといっても目下の心配は目加田さんです」

鈴木係長も目加田の場合と白水のそれとを切りはなし、もっぱら捜索の重点は前者に置いている様子だった。

美那子と警察の二人が帰ったあと、枝村は畳に引っくり返って横たわったが、頭の中では次第に目加田と白水の失踪の間に結ばれている紐《ひも》の影が濃くなってきた。紐の一本は、両人が別荘とテントとを出発した時間的な一致である。両人は両方の宿舎から出発してどこかで出遇《であ》ったのではあるまいか。こまかく云うと、白水のほうが九時十五分前ごろにテントを出ているので、出会いの地点は別荘に近いほうである。別荘と、キャンプの海水浴場の間は二キロ足らずである。ヒッピー青年の速い脚だと二十分もあれば別荘の密林に到着することができよう。目加田の懐中電燈《でんとう》が落ちていたという場所が、両人の出会った地点か、それに近いところではなかったろうか。

そうすると、この場合、両人の間には出会いの約束がその前にできていたことになる。目加田は別荘を出る前にテレビを見ていたというが、それは白水との約束の場所に行く時間待ちではなかったろうか。テレビからも時間は測られる。

両人をつなぐもう一本の紐は、美那子を中心にしたものだ。白水は、美那子からお呼びがないといっていたが、あの嘆きは体裁で、実際は白水が美那子に接近の目的で、別荘の付近を徘徊《はいかい》していたのではあるまいか。画伯が眼に余って白水を林の中に呼びつけ、妻のいない所で、叱責《しっせき》するのはあり得ることだ。

が、そう考えても細かい部分でちょっと解《げ》せぬところがある。美那子の海水浴を八日前の晩に偶然に実見したときだ。あのときは白水は彼女に扈従《こじゅう》していなかったばかりか、松原のキャンプ地でゴーゴーを踊っていた。あの海水浴の場所とテントとはすぐ近くである。それなのに白水は彼女が泳ぎにきているのを知っていなかった。知っていたら好機逸すべからずで彼女の傍《そば》に駆けつけていたにちがいない。とても知らぬ顔でいられる白水ではなかった。すると、美那子は実際に白水を回避していたのだ。別荘の裏付近で泳げるなら彼女はもちろんそうしたにちがいないが、断崖がそこから神ノ岬《みさき》まで続いているのでは、遠い海水浴場に行くより仕方がなかった。

枝村は、思いつくことがあって、東京に電話した。勤めている大学付属病院の精神科医局が出ると親しい同僚の花井を呼び、目加田のノイローゼ症状の特徴を云って、他の患者に同様の症状例があるかどうかを訊いた。

「神経衰弱で、息切れや、軽い呼吸困難という自覚症状は聞いたことがないね。少なくともぼくが扱ってきた患者の経験にはないし、そういう報告も読んだことがない。しかし、まあ、教授連や他の大学の連中にもすぐに問合せてみよう。判《わか》ったら、そっちに電話するよ」

やはり目加田のノイローゼ症状は特異なもののようであった。

枝村はいささかくたびれて、うとうと睡りかけた。開け放した障子から潮の香の強い風がしきりと流れてくる。従業員たちの声がしていた。

「刑事の云っとらしたばってん、垣津漁港の小舟が昨夜、だれも知らんうちに沖に出て戻った形跡《あと》があるちゅうて、漁師の話したそうばい。誰《だい》が沖に漕《こ》いで行って戻ったかさっぱり分らんちゅうてな。……」

「そしたら別荘の画描きさんが乗って漕いで行ったのと違うやろうか?」

「画描きさんが沖で身投げしたら、舟がひとりで港に戻ってくるわけはなかとよ」

「もう一人、だれかが舟に乗っていたのと違うじゃろうか」

枝村がその話し声に、はっとして眼が醒《さ》め、身体を起したとき、従業員の話し声は風が落ちたように急に熄《や》んだ。

消防団の一人が飛ぶように入ってきた。

「おおごとじゃ。いま、神ノ岬の林の中でヒッピー族の男が死んどるとが見つかったばい」

白水阿良夫の死体発見はその日の午後二時半ごろであった。この辺の干潮が終った時分だが、神ノ岬の突端に近い、矮小《わいしょう》な松の茂みの下にその死体を見つけたのは、恋の隠れ場所を求めにきたアベックであった。そこは岩盤の上に短い草がまるで芝生の出来損いのように生え、その草が固い岩場の色を匿《かく》していた。

白水の仰向《あおむ》け死体はまことに奇妙な恰好《かっこう》をしていた。彼は両手を曲げてひろげ、腰を捻《ひね》り、両脚を屈折させていた。いうなれば舞踏している姿だった。若い警察署員が見て、まるでゴーゴーを踊っているようだ、と云ったのは適切な表現であった。ゴーゴーを踊っているときに瞬間冷凍したら、このような姿態になるかもしれない。ただ、地に立たないで横たわって貼《は》りついているだけである。

彼は真赤なパンツだけの裸体で、皮膚は日焼《ひや》けしていたが、血の気が無いため赤銅《しゃくどう》色《いろ》が褪《さ》めて黒味がかった黄土色をしていた。長髪を前後左右に振り乱し、ゴーゴーを踊る無我の陶酔が絶頂に達したときを想わせた。長い髪毛がもつれかかる頸《くび》にはアクセサリーの細い金鎖が巻きついていた。その中央の先端にはペンダントの金鍍金《きんめっき》の大きな星がつなぎとめられ、それが貧弱な胸の上に、少々ずれた位置でとまっていた。

空の青と周辺の緑のなかに鎖は金の線を描き、星は金色の光を放ち、舞踏死体を荘厳《そうごん》にしていた。

その上、ほかの星が死体を飾っていた。こっちは金ではなく朱赤の星であった。その星は死体の腹部に二つと、右上膊部《じょうはくぶ》に一つ恭《うやうや》しく載っていた。都合、三つのヒトデ。——その赤いヒトデも呼吸を停止し、星形の五つの先端は死体の皮膚の上にだらりと萎《しな》びていた。その形は揃《そろ》っていた。一つの金の星と、三つの赤い星。——金の鎖がヒッピー青年を絞め殺したのではない。なぜなら、死体の頸部《けいぶ》には索条溝《さくじょうこう》はなく、何ら異状はなかった。ならばヒトデが貝を食うように青年を咬《か》み殺したのか。それでもない。……死体には何ら外傷もなく、死因は窒息死であった。絞頸によらない窒息死。海は五メートルの崖《がけ》下に押し寄せているが、溺死《できし》でもなかった。

死体は、福岡にある大学の法医学教室に送られて解剖に付された。結果が分ったのは翌日の午前中である。死亡時刻は十七日午後十時から十二時の間と推定された。死因は、窒息死。しかも急速な死亡のようだとあった。

ふしぎなのは、解剖医にも他の法医学者にもいかなる原因による窒息か分らなかった。断定できるのは、それが窒息死というだけである。

毒薬の検出も、その反応症状もなかった。血液中からは睡眠薬の反応はない。一酸化炭素の中毒だったら、血液のなかに一酸化炭素へモグロビンが見られるがそれもない。第一、一酸化炭素（石炭ガス・炭火・豆炭・煉炭《れんたん》などの不完全燃焼から発生する）だったら血液中の一酸化炭素へモグロビンの飽和度七〇パーセントになっても二時間以上は麻痺《まひ》のままで生存している。ところが、死体には急激に死を迎えたとしか思えない所見がある。といって青酸中毒死の徴候はない。青酸による死亡は、解剖する前に死体を見ただけでも分るのである。

十九日の木曜日午後四時ごろ、目加田画伯の溺死体が宗像《むなかた》郡大島付近に漂着したとの報《しら》せが現地の警察署からこっちの所轄署《しょかつしょ》にあった。宗像郡の大島はここから東方に向い陸地の博多経由で約五十キロ、海上の直線距離にしてほぼ三十キロにもなろうか。能古亭のおかみがいったように、死体は東に流されていったのである。死体には外傷がなく、投身と思われるとの現地警察署からの報告があったという。美那子は死体確認とその引取りのために署員一人が付添いの上に即刻大島に向って出発したそうだ。枝村が、再度能古亭に立寄った署の小肥《こぶと》りの捜査係長から聞いた話はそういうことであった。

一方、所轄署では、白水阿良夫の死を殺人事件と断定して、捜査本部を設けていた。県警の捜査一課からも応援がきている。田舎の警察もにわかに騒然となったものだ。

枝村は、夕方、神ノ岬の突端に立った。死体発見の場所に張られた現場保存のための警戒縄もすでに消えていたが、昨日彼は海水浴客などの弥次馬《やじうま》が多すぎてここには死体をのぞきには来なかったものの、その跡ははっきりしていた。縄を張った杭《くい》のあとがあるのと、現場の様子は聞いていた。神ノ岬の突端からちょっと南の、海水浴場側とは反対の、松の繁《しげ》みの下であった。捜査員たちや弥次馬のため、そのへんの草は踏み荒されていたが、足あとは一つも付いていなかった。下は岩場である。これが砂地だったら、白水のほかになん人の足跡がついていたかは捜査側に分ったであろう。もし犯人が、この足跡の点を注意していたとすれば、殺人現場を計画的に択《えら》んだというべきであろう。

枝村は、垣津漁港の小舟が十七日の晩に何者かによって沖を往復した話を能古亭の従業員から聞いたとき、その舟には目加田が乗って、白水が漕いだのではないかと思った。目加田に舟が漕げるはずはない。白水はこのへんの漁村に近い土地の生れだから、舟は漕げたにちがいない。すなわち、両人は別荘付近の松林の中で会ってから、白水が計画的に目加田を誘って盗んだ舟に乗せる。沖で目加田を海に突き落したあと、舟を戻し、キャンプに歩いて帰ったのではないか。この推測は、従業員たちの話を聞いた直後、ほとんど間髪《かんはつ》をいれずに枝村の脳裡《のうり》に生じたものだった。

しかし、いまやその推定は全面的に崩壊せざるを得なかった。もし、以上の推察が当っていたとすれば、漁港から戻る白水を待ち伏せてこの場に連れこんで殺したのは誰か。あるいは、垣津漁港の盗まれた舟が事件とは無関係のものとすれば、目加田が白水を殺して投身自殺したということで、一応の辻褄《つじつま》は合う。しかしながら六十三歳の体力のないノイローゼ患者に、二十代の若者を殺せる攻撃力があったとは思えない。

さらに、白水は窒息死ということだが、何による窒息なのかその原因が分らない。判っているのはそれが確実に窒息死というだけであった。そして、ゴーゴーを踊っているような死体の恰好は何を意味するのか。——

折しも、玄界灘《なだ》の西沖合には、東の山側の黄昏《たそがれ》の進行とは別に、夕日の輝きがひろがっていた。最後の燃焼を金色にみせた落日は、空いっぱいに輝く薔薇色《ばらいろ》をひろげ、その上に棚引く雲は高貴な紫色にそめられ、そのふちは光を含んだ白色にくくられていた。が、天頂のあたりから朱色は乏しくなり、かわりに巨大な魚類の臓腑《ぞうふ》にも似た雲が伸びて、藍《あい》と紫が明から暗に繧繝《うんげん》に暈《ぼか》され、ついには層々と重なり合う東の方《かた》の蒼古《そうこ》たる黒雲に融《と》け合っているのだった。

そうした雲の下には数羽の鳥が飛んでいた。鳥はたしかに黒かったが、小さくて、当り前の鳥であった。白水阿良夫が描いてくれたような怪鳥ではなかった。しかし、雲は刻々に動き、形を変化させていたので、見ようによっては魚類の臓腑が、白水のイラスト描くところの怪奇な鳥類にも映る。いや、たしかに巨大な鳥になりつつある。鳥は黒い翼をひろげて飛翔《ひしょう》している。この怪鳥の出現で、太陽は沈み、空は暗冥《あんめい》に、島々は靉靆《あいたい》として海原の闇《やみ》に消えつつあった。

沖合にはいく条《すじ》にも白波が幽《ほの》かに立っていた。そこから風の吠《ほ》えるような声が聴える。難破した船が呼んでいるような叫びにも聞える。枝村は万葉集の「筑前国の志賀の白水郎《あま》の歌十首」の舞台が、まさに自分の見ているこの沖合であるのを思い出した。大君の遣《つかは》さなくに情進《さかしら》に行きし荒雄《あらを》ら沖に袖《そで》振る。白水阿良夫の白水姓は白水郎の子孫である。名の阿良夫は荒雄である。歌を識《し》った親が付けたか、他人が名づけ親になったか。いずれにしても姓と名はそれに変りない。されば、沖合に袖振って波に沈むは白水阿良夫でなければならぬが、小舟より落ちて海水に沈んだのは目加田茂盛画伯である。――

枝村は岬の突端の上から崖についたせまい路を下に降りた。干潮で波はかなり退《ひ》いていた。彼は岩礁《がんしょう》の間を歩いた。小さなカニや舟虫が駆け回った。岩の下のほうには海苔《のり》や海草が青くついていた。満ち潮で濡《ぬ》れた岩は下が黒くなっていた。

捜査員が相当に探し回ったにちがいないから、何も事件関係の物は落ちてないだろうと思いながらも下を見つめて歩いたのだが、岩と岩の間に小さく光るものがあった。黄昏でよく分らなかったが、指で拾い上げてみると、それはガラスの二枚の破片だった。一センチ四角ぐらいなものだが、四角ではなく、彎曲《わんきょく》した形であった。ちょうどガラス壺《つぼ》のくびれ部に当るようである。彎曲の度合はかなり急であった。枝村は、眼鏡の破片ではないかとちょっと思ったが、それにしては大き過ぎるし、角度も違っていた。それをハンカチに包んでポケットに入れ、もう少し、そのへんにほかの破片が落ちていないかと思って探したが、見当らなかった。それに暗くもなったので、シャーロック・ホームズの真似《まね》を諦《あきら》めて引きあげた。このガラスの破片が事件に関係があるかないかはもちろん分らなかった。

枝村が能古亭に戻って飯を食っていると、東京の花井から電話がかかってきた。

「だれに聞いても、ノイローゼ患者に息切れや軽い呼吸困難という症状例はないといっていたよ。教授たちも知らないと云《い》うしね。患者の気のせいじゃないか?」

花井はその電話でいった。

「さあ。そうかもしれないが……」

それだけとも思えないふしがあると枝村はいった。花井はちょっと黙っていたが、

「患者の血液をとって検査してみたか?」

と、枝村にきいた。

「血液だって?」

血液を採ろうにも当人は死んでいると枝村は云おうとしたが、途中で気がついて、

「血液を採って何の検査をするのだ?」

と問い返した。

「一酸化炭素へモグロビンの飽和度だ。その定性と定量を見たほうがいいというのだ」

「一酸化炭素だって?」

枝村はいちいち反問した。

「そう。これはK教授のアドバイスだがね。ある工場の工員が職場の小さなガス洩《も》れに気がつかないで長い期間仕事をしていた。その工場は化学製品の臭《にお》いが強かったので、ガスに付けてあるテトラヒドロチオフェンの臭いが分らなかったんだな。それに、ガス洩れは少量だし。そういうことで一酸化炭素の慢性中毒になった。その症状がね、神経衰弱の症状によく似ていたそうだ」

「その症状というのは?」

「頭痛、精神沈鬱《ちんうつ》、食欲不振、体重減少等があり、また多少とも呼吸困難があり、息切れなどがする。時には痙攣《けいれん》や神経炎などを見ることもある。さらには脳に軟化や出血を起すこともある」

「なに？」

枝村は受話器を汗が出るくらいに握った。それこそ、まさに目加田画伯の症状ではないか。

「それが、慢性ガス中毒とどうして判明したのだ？」

「その工員の一人が教授のところにきて判《わか》った。それまではほうぼうの医者のところに行ったが内科疾患と誤診されてね。なかには長いこと医者に通ってた工員もいたそうだ。もっとも、どの医者だって神経衰弱かほかの内科疾患の影響だと思うよ。……で、教授は試みに血液を採取して検査してみた。すると、一酸化炭素ヘモグロビンが検出できた。それが分って、工員たちは工場主に損害賠償の訴訟を起したそうだ。そういう例があるから、K教授は患者の血液を採ってみろとアドバイスしたのさ」

「どうもありがとう」

枝村は電話を切ってから昂奮《こうふん》が鎮《しず》まらなかった。

目加田画伯は、どう云っていたか。——原因の分らない神経衰弱が半年もつづいている。快《よ》くなるどころか悪くなる。頭痛がする、気分が重い、食欲がない、体重が減る、息切れがし、ときには呼吸困難を覚える。頭の中に無数の線ができて、そいつが霖雨《りんう》のように脳髄に降りそそぎ、いまに脳味噌《のうみそ》が腐ってゆくような気がする。最後のは自覚症状というよりも脳障害を予感する画伯の芸術的な感じをいったのであろう。

目加田の血液を検査すれば、一酸化炭素ヘモグロビンの飽和度が検量されたにちがいない。しかし、画伯本人は海に落ちて流れた。いまごろは、宗像郡大島付近で美那子夫人によって死体が確認されたあと、荼毘《だび》に付されているだろう。溺死体は外傷がない限り、海に突き落されても、投身自殺と区別がつかない。目加田茂盛の血液は肉体とともに現地の火葬場の灰になっている。……

犯人は、なぜに目加田を「神経衰弱患者」にしなければいけなかったのか。理由は一つである。「ノイローゼによる自殺」の設定だ。これだとだれも怪しまない。自殺の原因がなければ、これよりほかにない。「自殺」させるためには、彼を「神経衰弱症」にしておく必要があった。

枝村は、目加田夫妻を能古亭に招待したとき、座敷に入ってきた美那子がとっさに壁ぎわにあるガス管の頭をよけて坐《すわ》った場面を眼に泛《うか》べた。あれは挨拶《あいさつ》するのに偶然にその場所を避けて坐ったと思ったが、一度はそのガス管の前に坐りかけたのだ。彼女の視線がふとガス管に落ちたとき、嫌悪《けんお》の色がその瞳《ひとみ》に走らなかったとはいえない。枝村がそれを見なかっただけだ。潜在意識は犯行の記憶に対する情緒反応となって表われる。この場合の情緒とは「嫌悪」である。

目加田画伯は外出嫌いであった。彼は、ほとんど画室にこもって制作にふけっていた。しかも、美那子は一年前から夫と寝室を別にしていた。目加田の寝室に暖房器具をとりつけるガス管があって、冬が済んで暖房器具をとりはずしたあと、そこのガス栓を少しゆるめておけば、ガスは少量ずつ放出されていることになる。ガス洩れに気づかない以上、いちいちガス栓をたしかめる者はいない。美那子が夫と寝室を共にしていれば彼女もまたいっしょに慢性ガス中毒になるので、かくて彼女が虚偽のノイローゼを云い立てて寝る部屋を別にしたのであろう。そうして目加田の慢性中毒症状が半年前から現われはじめたのにちがいない。アトリエにもガス管がきているだろうから、同様の処置をしていたかも分らない。夜と昼を通じ「ガス洩れ」で攻めるなら、中毒効果はてきめんであろう。

……しかし、その方法でも、ここに解決できないことがある。ほかでもない、ガスの臭いだ。少量のガス洩れでも、テトラヒドロチオフェンの臭いは強く、いわゆる「ガス臭さ」はたやすく分る。もっとも家の中にいる者は嗅覚《きゆうかく》が馴《な》れて案外気がつかないが、外部の者が家の中に入ればすぐに嗅《か》ぎとる。半年以上の間、目加田家に来客が皆無だったとは考えられないから、訪客のだれかがガス洩れの臭いに気がつくはずである。

そのことがなかったというのは、ガスに臭いがなかったからだろうか。では、目加田家のガスだけがテトラヒドロチオフェンの臭いを付けてなかったのであろうか。そんな莫迦《ばか》なことはない。東京のガス会社は臭いのついた石炭ガスを一律に都内の工場や家庭に配給している。

目加田の神経衰弱は、石炭ガスの慢性中毒としか考えられない。だが、その臭いを犯人はどうして消すか弱めるかしたのだろうか。これが解明できない限り、決定的な推断とはならなかった。

枝村は、美那子の前の夫が高校の理科の教師だったことを聞いている。しかし、そんなことはこの推理を助ける何の役にも立たなかった。理科の教師の妻だったからといって、いちいち夫から理科の知識を授かっていたわけでもあるまい。それに高校の教師ぐらいで高度な化学的知識があるとは思えなかった。石炭ガスからあの強い臭気を除去するには、専門的な化学処理が必要と枝村には思われる。

翌日、午前十時を過ぎるのを待ちかねて、枝村は三つの電話をした。そのうち二つは土地のガス会社と東京のガス会社だった。土地のガス会社では配給ガスに含まれる一酸化炭素は〇・六パーセント、東京のガス会社のそれは〇・四パーセントであった。東京の配給ガスがこの地方のよりは〇・二パーセント少ない。毒素がそれだけ弱いわけだが、長期にわたるガス洩れの状態だと慢性中毒になることでは変りないはずである。どちらのガス会社の社員も、ガスの臭気を家庭で消す方法は絶対にありません、とその電話で答えた。

東京のもう一本の電話は、枝村の同級で化学肥料会社の技術部につとめている太田だった。太田はそこの技師をしている。

「家庭でガスの臭いを消す方法だって？　そんな器用な方法はないよ。ガス会社ではガス洩れを気づかせるためにテトラヒドロチオフェンやメルカプタンその他の臭いを付けているんだからね。もしその臭いを消すとなると、配給源からのガス全部から消すことになる。……不可能な話だが、まあ実験的に考えてみよう。思いつきが浮んだら、ぼくからそっちに電話するよ。それにしても東京ではうだるような暑さでものを考える気もしないのに、さすがに君は涼しい海辺に居るせいで変ったことを思案しているものだね。うらやましいよ」

太田は笑った。枝村は、事件のことを太田に云わなかった。

午後一時ごろ、垣津漁港に行ってきたという鈴木捜査係長が能古亭に立寄って枝村に声をかけた。

「別荘の奥さんがこっちに引返してこられるのは、明後日《あさって》になりそうです。昨日おそくご主人のほうの親戚《しんせき》の方が宗像郡にこられて遺体と対面されたので、昨夜茶毘に付しました」

小肥《こぶと》りの捜査係長は汗をふきながらいった。枝村は遺体から血液を採るのが完全に絶望になったのを知った。

「警察では、やはり投身自殺と認定したのですね？」

「そうです。なんら外傷も認められませんでしたからね。死後経過からみても、目加田さんが十七日夜九時ごろ居なくなったのと時間的に一致します」

係長は、白水青年の殺害との関連を未《ま》だ考慮に入れてないようだった。

「白水君の死因は分りましたか？」

枝村は水をむけたが、係長の頭は目加田の「投身自殺」と白水の事件とを完全に切り離していた。

「白水君のは窒息死には間違いないというのですがね。それが何による窒息か解剖に立会われた先生がたもまだ見当がつかないということです。非常に速い死亡らしいです。たとえば、青酸に匹敵するような。もちろん今度のは青酸による毒殺でないことははっきりしていますから、どうも面妖《めんよう》です。これじゃ容疑者のつかまえようがありません」

係長は流れる汗の顔で溜息《ためいき》をついた。殺人事件の捜査は初めから難航しているらしかった。

「犯人像の見当はつきましたか？」

枝村は、探るような気持で訊《き》いた。

「多分、不良の連中の喧嘩《けんか》からでしょうね。あのヒッピーという連中、無軌道で何をするか分らない。犯罪なんか平気のようです。このへんにも夏場にはああいうヒッピー族が流れてきて困ったものです。今後は、よっぽど取締りを厳重にしないと。夜の海岸では何をやっているか分ったものじゃありません」

「では、いま、ヒッピー連中の聞込みをやっておられるのですか？」

「そうです。それで、ちょっと有力な聞込みがありましたよ。十七日の晩十一時半ごろに、現場の神ノ岬に向って歩いている二人連れのヒッピーを目撃した者が出てきたのです。どちらも髪の長い若者で、一人は、大黒さんがかついでいるような袋を肩にかけていたというのです。アメリカの兵隊がかつぐやつです。ああいう袋はヒッピーの流行ですね、中には食料品や下着などが入っているのでしょうがね。残念なことに、目撃者からは距離があって顔が見えなかったのです。半月《はんげつ》の下だからそれほど明るくもなかったしね。それに、目撃者は向うがヒッピーですから、十一時半ごろに神ノ岬に向っていてもべつに奇妙には思わず、気にとめないでそれ以上見ていないのです。その一人の姿恰好《かっこう》がどうも白水君の特徴と合うようなので、いま、もう一人のヒッピーを捜査しています」

それがつかまれば、白水阿良夫の原因不明な窒息死も判明する、と係長は楽観しているようだった。

枝村は、思い当るものがあって、服のポケットからハンカチに包んだものを取り出して係長に見せた。

「ガラスの欠片《かけら》じゃありませんか？」

と、係長はハンカチの中をのぞいていった。

「そうです。だが、普通のガラス板じゃありません。ガラスの壺《つぼ》みたいなのが壊れた欠片ですね。ぼくは、この二枚のガラス欠片の角度から壺のかたちを知りたいのです。正確な復原でなくても、それに近い種類の形をね。実は、これを昨日の夕方、神ノ岬の下で拾ったのです。岩の間に落ちていたのをね」

「現場近くじゃありませんか？」

「そうです。しかし、これが事件に関係があるかどうかは分りません。別な日に無関係の人が岬の上からガラス瓶《びん》を下に投げたかも知れないのです。が、とにかくこれを県警の鑑識の人に見せて形を判定してもらえませんか？」

「それはわけないです。今日もこれから県警に連絡に行く者がいますから、その者に持たせてやりましょう」

ハンカチごとそれを預かった係長は、能古亭のおかみが出した西瓜《すいか》を食べたあと、さっき垣津漁港に行った用事を自分からいった。十七日晩、小舟を無断で使われた漁師がいるので話をたしかめたのだが、収穫にはならなかった、と炎天に出かけた苦労をこぼした。

「くだらん話ばかり聞きましたよ」

と、ふとっちょの係長は西瓜のあとでまた流れる顔の汗を拭《ぬぐ》っていった。

「十七日の晩十時ごろにね、沖合から屎尿《しにょう》投棄船が通る臭《にお》いが風に乗って流れてきたというのです。臭いを鼻にしたのは、二、三人ですがね。あのへんは夜早く寝るから。寝ないで海に向うほうの雨戸を開けて起きていた者が、その臭いをかいだというのです」

「あの沖を屎尿投棄船が通るのですか？」

「通ります。W市役所の屎尿投棄船が玄界灘の沖合二十浬《かいり》のところに汚物を棄《す》てに行くのです。垣津港の沖がその船の通路に当るので、風向き次第では汚物の臭いがかすかに漂ってくることがあります。屎尿投棄船が夜十時ごろに沖を通り、その臭いが風に乗ってきてもふしぎではありませんよ。つまらんことを聞いてきました」

「しかし、係長さん」と枝村はいった。「W市役所に、市の屎尿投棄船が十七日の夜に汚物を棄てに行ったかどうか、行ったとしても垣津漁港の沖を通過する時間が十時ごろだったかどうか、これを一応問合せたほうがよくありませんか。いや、余計なことのようですが」

　捜査係長は妙な顔をして枝村を見た。


「やっぱり十七日夜はW市の屎尿投棄船は通っていなかったよ。その晩は休んだそうだ、と捜査係長は教えてくれた」

　九月に入った夜、九州から帰京した枝村は、銀座のビル屋上にあるビヤホールで花井とビールを重ねながらいった。

「だが、ぼくは沖の汚物の臭いというので、すぐにぴんときた。その晩は垣津漁港の小舟が無断で何者かに使われているからね。その臭いから、白水阿良夫の原因不明の窒息死の謎《なぞ》が解けた」

「君には硫化水素と判《わか》ったのだね？」

と、花井はジョッキを握っていった。

「急速な死亡が青酸に匹敵するというなら硫化水素しかない。よく下水渠《げすいきよ》が詰ったため、修理工夫がマンホールから入って即死することがあるが、あれはご承知の通り、汚物腐敗による硫化水素ガスが蓄積しているためだ。硫化水素が〇・二パーセントの濃度のところに入れば人間はたちどころに死ぬ。〇・〇五パーセントでも極めて重篤《じゆうとく》な呼吸困難、胸苦しさをおぼえ、窒息症状を示すというからね。……ところがあの卵の腐ったような臭いは実に強烈だ。人間の鼻は空気中に〇・〇〇一パーセントの微量の硫化水素があってもこれを感じることができるそうだから。高校の理科の実験室で、教師がキップのガス発生装置により硫化鉄に硫酸を注いで硫化水素をつくって生徒にみせることがあるが、その臭気はどんなに密閉した教室からでも洩《も》れて、学校の周辺まで漂ったりする。だから今は滅多にこういう実験はやらないそうだが」

「以前は学校でその実験をたびたびやっていたのかな？」

「やっていたそうだ」

「それで君は目加田美那子の前夫が高校の理科の先生で、美那子はその硫化水素をつくる実験の話を前夫から聞いていたと推測したんだね？」

「それだけではない。白水もその調合の仕方は知っていたろう。彼は薬大の中退だから、硫化水素の実験ぐらいはしているだろう。だから彼にそれが造れたのだ。つまり、白水は美那子にたのまれて硫化水素をつくったのだ。キップのガス発生装置のフラスコ瓶など一切の道具や原材料は白水が東京で購入して九州に持って行ったのさ」

「美那子の夫殺しを手伝うつもりだったのだな？」

「そうさ。美那子は、ガスの漏洩《ろうえい》によって夫の画伯を慢性中毒にさせる装置も白水にやらせている。ところが、利用するつもりの白水が彼女にのぼせて、しつこく云《い》い寄ってくるので煩《うるさ》くなり、計画の神経衰弱だけでは手間どるから硫化水素で夫を殺そうと白水をそそのかし、彼のつくった硫化水素を逆に白水に使ったのだ」

「ちょっと待ってくれ。……白水が硫化水素をつくる際の臭気を人に知られないために、垣津漁港から十七日午後九時半ごろに舟をぬすんで、海上でそれを行なった。その臭いが十時ごろに垣津の住民の鼻に臭った。卵の腐ったような臭いも、住民には習慣としていつも沖を通る屎尿投棄船の臭いのように思われた。そういうことだね？」

「そうだ。そうして白水は濃度〇・二パーセント以上の硫化水素を得て小舟を漕《こ》いで漁港に戻る。彼はこの辺の育ちで、子供のときから舟が漕げたそうだ」

「そのとき、画伯はどうしていたのかね？」

「画伯は午後九時ごろには、別荘裏の断崖《だんがい》に美那子に誘われて佇《たたず》んでいたところを彼女によってうしろから海につき落されている。彼は老人だし、一酸化炭素による慢性中毒で身体も弱っていた。もしかすると脳軟化の症状もはじまっていたかもしれない。とにかく腰も脚も弱かったから、後ろから美那子にふいに突きとばされたら、ひとたまりもなかったろう。あの辺の満潮は午後九時ごろだ。……その上、林の中の貸別荘は三、四軒あっても、お互いの家は離れていて樹林に遮断《しゃだん》されているから何が起っても分りはしない。夫婦だけが住んでいるというので、日ごろから近所の者も寄りつくのを遠慮していた」

「画伯がテレビを見て、九時ごろに外出したというのは美那子の嘘《うそ》だったわけだな。それから、どうした？　つまり、白水が舟で硫化水素をつくって陸に戻ってからだが」

「美那子は彼を神ノ岬の東、つまりぼくの泊っていた能古亭からあまり遠くないところで白水を待っていた。これが十一時すぎと見てよかろうね」

「すると、ヒッピー二人を目撃したというのは、一人は美那子だったのか？」

「彼女は長い髪をしているから、姿さえ変えればいい。彼女は東京から着るものを実にたくさん持ってきていたようだ。もちろんシャツとジーパンは用意していたろう。目撃者は距離があったし、半月の明るさでは正体がよく見えない。それでなくともヒッピーは男か女か分らん。おそらく、ぼんやりとした黒い影にしか映らなかったろうからね。大黒袋をかついでいたのが白水だった」

「硫化水素は、どうして運んだのだ？」

「硫化水素は……美那子の浮袋に入れたのだ」

枝村はいった。花井は眼をむいた。

「美那子は泳げた。それはぼくが見て知っている。泳げる者が前に浮袋を身体につけて浅瀬でばたばたやっていた。その浮袋の輪も、小型自動車のタイヤを思わせるほどの大きさだった。ぼくは泳げない画伯のために美那子が気をつかって浮袋で浅瀬を泳いでいたのかと、一時は彼女の気持を尊敬したくらいだったよ。その浮袋が硫化水素の容器に使用するためとは知らなかったよ。白水は舟の上でキップの装置によって硫化水素をつくると、そのまま持ってきて彼女の浮袋に充塡《じゅうてん》して、道具といっしょに大黒袋に入れ、それを肩に担《かつ》いで彼女と神ノ岬に向ったのだ」

「白水には、画伯がその岬にいると美那子が云ったのか？」

「そうさ。白水を殺すのに別荘の近くでは美那子も困るからね」

「そうして、両人は現場につくと、美那子は白水の油断を見すまし……たとえば愛撫《あいぶ》する様子にみせかけて横になっている白水の鼻に、こっそりネジをとった浮袋の口を押しつけた。青酸に比例するような即死性の濃度のある硫化水素を、というわけか？」

「そうだ」

といったが、枝村はこのとき何か云いたそうにして黙った。

「白水が死んでから、美那子は証拠になるようなキップの装置のフラスコ瓶を神ノ岬から満ち潮の海に捨てた。その瓶の欠片が君に拾われたのだね？」

「そう。二つのガラス欠片の曲率を見ると、どうも壺が二つあったとしか見えない。二つのガラス壺が一つになっているとしたら、それはヒョウタン形だ。県警の鑑識で検べてもらった捜査係長の報告でもやはりヒョウタン形のガラス瓶だといった。正確には二つの円形の瓶がすり合せになっているのだがね。すると、そういうのはキップのガス発生装置だ。実は、漁民のかいだ汚物の臭いと、このフラスコの欠片から、硫化水素ではないかというヒントをくれたのは、S化学肥料にいる太田だ」

「ああ、あいつがね」

「太田に電話したら、いろいろなことが分ったよ。もっとも、奴《やつ》もいちどには分らず、あとで調べて電話してくれたがね。……たとえば難問の配給ガスについたテトラヒドロチオフェンの臭いを消す方法だ。これは家庭のガス管に、活性炭（動物の骨やヤシの実でできた炭）の粉末を入れた濾過器《ろかき》を挿入《そうにゅう》すると効果があるそうだ。大量のガス放出では駄目だが、少量の、ガス洩れ程度のことならその装置でガス臭さが除《と》れるといっていた。果して警視庁で目加田の家を調べたら、画伯の寝室とアトリエに当る床下にそういう装置が発見された。なに、その装置は案外簡単だ。十カ月前、白水が画伯の留守に、美那子に頼まれて床下にもぐり、道具でガス管の継ぎ目をはずしてその濾過器を挿入し、また継ぎ目を元通りにしていたそうだ。これが、美那子の犯行の決定的な証拠になったがね。その濾過器を床下のガス管から外しておけばよかったのだが、判らないで済むと思ったんだろうね」

「まだ分らないことが二つある」と花井はいった。「一つは、なぜ白水はキップのガス発生装置を小舟から沖に捨ててこなかったのかね？　そうすれば、君にフラスコ瓶の破片を神ノ岬の崖《がけ》下で拾われることもなかったろうに」

「一回だけでは白水にも美那子にも不安だったのだ。うまく硫化水素ができればいいが、失敗した場合を考えた。一応、美那子の浮袋には水素を詰めたものの、それが失敗だったときは、もう一度つくらなければならない。その場合、またまたキップの装置を購入に行くわけにはゆかない。そのために白水は器具を舟から捨てずに大きな大黒袋に入れて持って帰った。おそらく美那子の指示もあったのだろう。美那子は、硫化水素の出来が失敗したときは、白水殺しをもう少し先に延ばしたろうね。夫を海に突き落したあとだから、次のは別な口実で、白水にもう一度硫化水素をつくらせただろう」

「では、美那子は、白水殺しに浮袋から硫化水素を出したり、また殺害後は残りの不必要な硫化水素を浮袋から放出したにちがいないが、その強烈な臭いを、どうして海水浴場付近の松原にあるキャンプ場テントの住人が気づかなかったのだろうか？　能古亭の方も同じだが」

「十二時近くじゃだれもまだ起きていないよ。それに、風向きが十一時をさかいに沖のほうに変っていたこともある。それは福岡の測候所で十七日のを調べてもらった」

「美那子が夫の目加田画伯を投身自殺にみせかけて殺したのは、夫にもの足りなくなったのか？」

「最初は美那子も望んで目加田さんと再婚した。しかし、年をとりすぎた夫は、美那子の期待通りではなかった。画壇の地位も思ったほど上位ではなかった。画の値も安かった。それに夫は地味な性格で、出無精だ。華やかな交際をもたなかった。美那子は、この夫から離れて、もう一度飛翔《ひしよう》を望んでいた。が、彼女は離婚よりも未亡人になることを願っていた。高校の理科の教師だった前夫の場合を思い出そう。ノラ的に離婚した女になるよりも、未亡人のほうが同情されるし、男性に魅力もある。彼女はそう思ったのだろう。彼女に第三の亭主の候補者があったかどうかは分らないが、無いにしても、離婚を承知しない夫の絆《きずな》からはなたれて、未知の期待に満ちた大空への飛翔を考えていた。白水は美那子を愛していたから、彼女の願望を鳥の画にしたのだ。あいつは、そういう男だ。前には好きな少女の顔ばかり描いていたというからね。美那子を愛するようになってから、そのパラノイア的なものが鳥に転換したのだ。まさに、その鳥も怪鳥だったよ」

ボーイが新しいのと引替えに、空のジョッキを引いて行った。

「ああ、もう一つ聞くことを思い出した」と花井はいった。「白水のゴーゴーを踊るような死体の恰好《かつこう》は、何か意味があったのか」

「彼女が木に吊《つ》って乗っていたハンモックさ」と枝村は答えた。「美那子は自分の大黒袋に詰めてきたハンモックを白水の顔にふざけるような様子でかぶせて、ぐるぐると捲《ま》いたそうだ。白水はその網から脱《ぬ》けようとしてもがいているうちに、硫化水素を浮袋の口から鼻に入れられたのだ。硫化水素の調合は上出来だった。だから白水はもがいているかたちで即死した。それが舞踏死体となった。……ぼくも、ハンモックのことは美那子が警察で告白するまで気がつかなかったよ」

「君は、美那子がちょっと好きだったんだね？」と花井がいった。

「そうかもしれない」と枝村は正直にいった。

理外の理

ある商品が売れなくなる原因は、一般論からいって、品質が落ちるか、競争品がふえるか、購買層の趣味が変るか、販売機構に欠点があるか、宣伝に立遅れがあるか、といったところにだれの結論も落ちつく。商業雑誌も――その「文化性」を別にすれば――やはり商品の範疇《はんちゅう》に入るにちがいない。したがってその種の雑誌の売行きが思わしくなくなった場合、上記の原則に理由が求められるだろう。

不振の商品売行きを挽回《ばんかい》するには、品質の向上を図って競争品を引き離し、購買層の動向を察知して商品のイメージ転換をなすことが先決である。他の販売機構の不備とか矛盾とかは、商品が好評を博するとあとを追って自《おの》ずから改まるものだし、宣伝も生々としてくる。利潤が増大すれば経営者は宣伝費を奮発するようになる。この一般論は営利を目的とする雑誌にも適用されよう。何種類かの雑誌を発行しているR社が、社長の裁断で、そのなかの一誌である娯楽雑誌「J――」の衣裳《いしょう》替えをするようになったことについては、この一般的な法則がぴたりと当てはまった。

R社の他の雑誌はともかくとして、ここ五、六年来「J――」誌の売行きは下降するばかりであった。この社は戦後に設立されたのだが、当初は「J——」誌が売行きの看板雑誌であった。それがどうして不成績になったかというと、べつに競争誌がふえたわけでもなく、品質を落したのでもなく、購買層たる読者の趣味傾向が変ってきたからである。読者の教養が高くなって、戦後の活字なら何でも読むといった無秩序な一時期から尾を引いた「低級な」通俗小説が次第に読まれなくなったのだった。一般商品でいえば「流行遅れ」になったのである。

社長に嘱望されて別の出版社の腕利《うでき》きが編集長として入社してきた。新編集長が「J——」誌の内容・体裁にわたって変革を企図したのはいうまでもない。入社前の彼の意見によると、戦前の娯楽雑誌は小学校卒や高等小学校卒が読者の水準だったが、現在は高校卒が基準になっている。いや、高校卒よりも大学卒のほうがふえつつある現状だから、娯楽雑誌もその知的水準に焦点を合わせた性格に脱皮しなければいけない、いつまでも総振りガナの活字雑誌のイメージでは自滅の運命にある、というのだった。その証拠に、他の知性や教養のかなり高い小説雑誌はいずれも売行きがよいではないか、あれを見よ、あの雑誌の仲間に入るべきだ、競争の激甚《げきじん》はもとより覚悟であるが、内容の質さえよければ十分に勝算がある、と力説した。これは目下の雑誌の赤字難に悩む社長もかねて考えていたことであったから意見は完全に一致し、かつ、彼は編集長として懇望されたのだった。雑誌の変革計画については一切新編集長に任された。

まず執筆者である。新しい革嚢《かわぶくろ》には新しい酒を、の道理で、古い酒と入れかえなければならない。長い間の交際で編集者としては従来の常連執筆者に対し情誼《じょうぎ》においてまことに忍びないものがあったが、新編集長の厳命で、やむなく部員が各執筆者の間を手分けしてまわり事情を説明して、当分の間は原稿依頼ができないだろうといって陳弁した。執筆者は全部といっていいほど不満顔だったし、なかには、使える間はこき使っておいて、方針が変れば弊履《へいり》のように棄《す》てるのか、とそこまでは露骨には云《い》わないにしても、皮肉はずいぶんと吐かれた。係の部員はただ両手を突くだけである。

しかし、それでも、何とかして新方針の雑誌にも自分の原稿を従前通りに採用してもらえないかと頼みにくる人もないではなかった。寄稿家須貝玄堂もその一人だった。

須貝玄堂は小説家ではない。いわゆる随筆的読物の執筆家だが、それも江戸時代の旧《ふる》い話を随筆に書くのが得意であった。とにかく、江戸期のいろいろな書籍を博《ひろ》く読んでいる。年齢は六十四、玄堂は号で、本名は藤次郎。頭は禿《は》げているが、前から頭の毛はイガ栗《ぐり》に短く刈っていた。もとは遠州浜松にある禅寺の僧侶《そうりょ》だったというが、本人は否定しているので、たしかなことは分らない。だが、漢籍の白文《はくぶん》を流れるように読み、古文書のひねくれた字体も活字のように速読できるということだった。とにかく博覧強記の人である。編集長はかげで、玄堂翁《おう》とか玄堂老人とかいっていた。

須貝玄堂はそういう人だから、江戸の考証ものを書く実力は十分にあった。しかし、それでは「J――」誌にはむかない。それで、江戸期の巷説《こうせつ》逸話を同誌むきにこなした読物を書いてもらっていた。三枚ぐらいのときもあれば五枚程度のこともあり、多くても二十枚を出ない。もちろん編集者の注文からだった。当時の玄堂はそのほか二、三の雑誌にも同種の読みものを書き、そういうのを集めた単行本も五、六点出していた。そのころが玄堂の最盛期だったが、そうした雑誌も今は潰《つぶ》れたか、残っていても、やはり時世に合わないためか彼に依頼しなくなっていた。然《しか》るべき雑誌さえあれば、須貝玄堂は特徴ある読物作家になり得るのだが、彼はその舞台にも伯楽《はくらく》にも恵まれなかった。原稿に万年筆を使わず、鉛筆などはもってのほかで、毛筆で楷書《かいしょ》に近い几帳《きちょう》面《めん》な字を書いてくる。墨字の和紙の罫紙《けいし》は枚数ぶんがきちんと観世縒《かんぜより》でもって右上隅で綴《と》じられてある。誤字、当字《あてじ》、脱字などはない。一説によると、墨を硯《すずり》に摺《す》るのと観世縒をつくるのは、玄堂の若い女房の役目だということだった。先妻は十年前に死んだ。いまの後妻は三年前から彼のアパートの本棚に囲まれた部屋に坐《すわ》るようになったが、そのとき玄堂は、訪ねてきてびっくりする編集者に、目もとを赧《あか》らめ、てれ臭そうに短く紹介しただけであった。その女房は二十二、三も年下で、もとは派出家政婦をしていたらしいという噂《うわさ》だった。色白で、体格もよく、容貌《ようぼう》も悪くない。難をいうと、口かずが少なく愛嬌《あいきょう》がなかった。それを補うように、玄堂が来客に対して饒舌《じようぜつ》になっているかたちで、ずいぶんと気を遣っていた。はたの者にも初老の彼が若い女房に目のないことが知れた。

晩春の或《あ》る日、玄堂がR社に、これまで係だった編集者の細井を訪ねてきた。受付からそれを報《しら》された細井は困った顔をした。細井は係としてのひいき目だけでなく玄堂を買っていた。これまでも須貝玄堂の原稿をずいぶんと雑誌に載せていた。原稿料も細井の計らいで小説の原稿なみに高く払っていた。読物の稿料は小説の半分ぐらいに安いのである。しかし、どのように細井が個人的に玄堂の書くものを評価したところで、新編集長の方針はその採用を断乎《だんこ》として拒絶させた。雑誌の改革は社の方針なのである。

ところが、玄堂はその後も新しい原稿を書いては細井に見せにくるのである。面白い内容なら必ず採用してくれるという自信が玄堂にあって原稿を書いては持ってくるというよりも、何とかそれを使ってもらって金に代えたい希望だとは目に見えていた。

痩《や》せて、身体《からだ》が小さく、四十キロぐらいしかない玄堂老人は、今度は雑誌の新性格むきに話も文章も高尚に書いたといってその都度細井に原稿を見せにくるのだが、編集長は、江戸の巷説ものは古いといって一顧もしなかった。編集長は話の内容よりも従来の執筆者の名を目次面から抹消《まっしょう》する意図だった。ことに須貝玄堂の名は常連の一人だったから、編集長の拒絶の意志は絶対であった。

細井は、玄堂から前回に預かったままになっている和紙罫紙に墨字の原稿の入った封筒を握って、階下の応接間に降りた。椅子《いす》に遠慮がちに坐っていた身体の小さい玄堂は、細井が片手に持っている封筒を見るなり、忽《たちま》ち失望の色をそのしょぼしょぼした眼に現わした。玄堂はいつものことだが、原稿によほどの期待をかけていた。これまで長い間、細井のほうが玄堂に執筆をお願いに行く立場だったが、新方針によって一挙にして玄堂は「持込み」をする哀れな立場に転倒していた。実はこれで十一回目の持ちこみであった。

「このお原稿を面白く拝見しました」

細井は、失望に悄《しょ》気《げ》ている玄堂に云い、封筒をテーブルの上に置いた。彼にはその返却原稿が石のように重く感じられた。

「やっぱり駄目ですか。わたしは話の中味は面白いと思うんですがねえ。文章がいけませんかねえ？」

玄堂は嗄《しわが》れ声で呟《つぶや》くように云い、小首をかしげるようにした。文章を気にするのは、もちろん衣替えした雑誌の新方針の「高尚」に彼なりの焦点を置いているのだった。が、その考慮がかえって新しい原稿から漢語まじりの硬い文章にさせていた。玄堂はそういう文体を高級のように思っているらしかった。

細井がその原稿を面白く読んだというのはまんざらのお世辞でもなかった。話の筋はこういうことだった。

——或る藩に何の（姓不詳）弥平太という飲むと酒癖の悪い藩士がいた。あるとき、藩中の剣術の師匠を中心に門人どもが酒盛りをした。剣術の師匠は藩主の師でもあったから一同はとくに師匠に敬意を表していた。それが弟子でない弥平太には不愉快だったのだろう、飲むほどに酔うほどに悪い癖が出て座の者を罵《ののし》り、はては剣術は自分の上に出る者はいず、ここの師匠といえども実力は自分に及ばないなどと暴言を吐くようになった。心憎しと思った門人らが、それなら師匠とこの場で立会ってみよ、というた。弥平太は年三十ばかりの大の男である。師匠は竜鍾《りようしよう》たる老人の、筋骨こそ太けれ、肉落ちて、背も少しかがみ、声も低い。しかし、剣の技は格別である。剣の奥《おう》儀《ぎ》を極めた師匠であれば一撃のもとに憎い暴言男を叩《たた》き伏すと門弟らは思ったから、師匠に立会いをすすめ勝負の結果に溜飲《りゆういん》を下げようとした。だが、師匠はひたすらに固辞した。それが門弟どもには師の謙虚な態度として奥床しく思われた。しかるに酔漢は、師匠が臆《おく》したと見たか、いよいよ傲慢《ごうまん》に云い募る。門人どもは師匠に早く彼奴《あやつ》めを懲《こ》らせよと慫慂《しょうよう》する。師も今は辞するに言葉なく、木刀を持って立ち上った。かくて弥平太と道場の中央で対峙《たいじ》した。勝負は、門弟の見まもるなかで瞬時についた。年寄りの師匠は血気の弥平太の一撃に血を吐いて倒れたのである。師匠は謙遜《けんそん》から試合を拒んだのではなかった。それを奥床しと勘違いした門人らが師匠を否応《いやおう》ないところに追いこみ、無理に試合に起《た》たせて、殺した結果になった。……

玄堂が書いたこの掌篇などは、短篇小説として時代ものでも現代ものでも書ける素材になっている。

しかし、老人の須貝玄堂にはそれを換骨奪胎して他の小説に仕立てる才能はなかった。彼はただ江戸期の随筆もの、たとえば「反古《ほご》の裏書」とか「奇異珍事録」とかいった類《たぐ》いから話を拾って、そのままを小話にするだけであった。といって、この種の原稿を紹介取次ぎしてあげる他の適当な雑誌社の心当りも細井にはなかった。

「まことに残念ですが、これはお返しします」

細井は封筒の端を指先で玄堂のほうへ軽く押した。

五日ほど経《た》って、細井はまた須貝玄堂の第十二回目の原稿をあずかることになった。社に訪ねてきた玄堂の前では、中を読まないうちにその場で原稿を突返す真似《まね》はさすがにできなかった。拝見しておきます、といったものの結論ははじめから出ていた。

「これがあなたに云う無心の最後になるだろうと思います」

玄堂はさすがに半ば諦《あきら》めたように、沈痛な顔で細井にいった。

「これで採用にならなかったら、わたしは原稿を持ってくるのをもう断念します。三日後に結果を聞きにきますから、それまでに読んでおいてください」

細井は三日後に玄堂に来られるのが、身を切られるように辛《つら》かった。いっそ受付に手紙といっしょに返却原稿を預けて居留守を使おうかと思ったが、玄堂とのこれまでの仕事上のつき合いと、必死にすがりついてくるような老人の様子を見ると、そんな残酷な行為はできなかった。返却という同じ残酷さでも玄堂の顔を見て謝り、老人の気持が和むようにできるだけつとめ、慰めてあげたかった。

実際、玄堂が欲しいのは金だった。R社が出す原稿料だけが今の玄堂夫婦の生活を支える当てであった。二十以上も年下の女がなぜに玄堂といっしょになったのかよく分らないが、三年前というと、玄堂もR社のほかにも二、三の雑誌に原稿をよく書いていて、単行本も数点出し、それほど多額ではないが、印税も入ってくるといった彼の最盛期であった。派出家政婦が玄堂の収入と、些少《さしょう》の「名声」にひかれていっしょになったことは想像できる。彼女はいい着物をきて鷹揚《おうよう》に坐り、編集者を何となく見下し顔の「夫人」気どりでいるようにみえた。細井は、雑誌が新方針に変って以来、もう三カ月もそのアパートには行っていないが、そういう後妻に惚《ほ》れて生活を維持しなければならない玄堂はたいへんだろうな、と思った。たぶん今は蔵書でも売って食いつないでいるにちがいなかった。蔵書の中には江戸期の古書や漢籍の珍しいのがあったはずである。

細井は、憂鬱《ゆううつ》な気分で玄堂の十二回目の持込み原稿を机の上でまずばらばらと繰ってみた。今度は原稿が二回ぶんあった。これが無心をお願いする最後です、といった玄堂老人の言葉が思い出された。

第一の話の筋はこうである。

——麴町《こうじまち》に屋敷がある某の組内《くみうち》に早瀬藤兵衛という同心がいた。酒を飲むと落し咄《ばなし》などを身振りおかしくすることで組中の人気者であった。春の日の永いころ、組頭《くみがしら》の家で同役の寄合いがあって夕刻から酒宴になったが、約束した藤兵衛が現われない。組頭の家人も藤兵衛の余興を愉《たの》しみにしていたが、待てど暮せど当人はこなかった。不機嫌になっていたところに藤兵衛がようやくその家の玄関に姿を見せた。ところが彼はひどく急いだ様子で、家来に云うに、実はやむを得ない用向きでご当家の御門前に人を待たせている、それでご一座できないことをお断りに参ったので、これよりすぐに立ち帰るといった。家来は許さず、まず主人と一座の客人にその旨《むね》を通じるからそれまでここにお控えをと止めた。藤兵衛は甚《はなは》だ難渋の体《てい》であったが、やむなくひとまずその通りに従った。かくて家来から主人にそのことを報せると、何用か知らねど、先刻より一同で待ち侘《わ》びているのに、たとえやむを得ない用事にしてもそれを云わずに去って行く法はないと無理して藤兵衛を座敷に引き上げた。そこで組頭をはじめ皆が藤兵衛に用事の次第を聞いた。藤兵衛が答えるに、それはほかでもない、実は喰違《くいちがい》門内で首を縊《くく》る約束をしたから、ここにぐずぐずしてはいられない、早くお放ちを、と云うなりひたすら中座を請《こ》うた。主人の組頭は頗《すこぶ》る訝《あや》しんで、さてこそこやつは乱心したと見える、こういう際には酒を飲ませるに限ると、大杯につづけさまに七、八杯を無理に藤兵衛に飲ませた。では、これで御免くだされ、と落ちつかなく云う藤兵衛の口に皆してまた七、八杯を注ぎこんだ。主人は、では例の声色《こわいろ》を所望するぞ、というと藤兵衛は一つ二つ声色を落ちつかなく云っただけで、また立ち去ろうとする。それを取り押えてまた酒を飲ませた。そうしてかわるがわる大杯をすすめながら組頭がじっと藤兵衛の様子を見ると、彼は次第に落ちついてきて、ここを出るとは忘れたように云わなくなった。別に乱心とも見えぬ。そのとき、家来が入ってきて、ただ今、喰違御門内に首縊り人があったと組合からいってきた、当家人をさし出したものかどうか、と主人にきいた。

組頭はそれを聞いて膝《ひざ》を打ち、さてさて縊鬼《いき》は藤兵衛がここにいたため殺すことができなかった故《ゆえ》、他の者を代りに殺したとみえる、も早、縊鬼は藤兵衛から離れたぞ、と大声でいった。そのあと、組頭に様子をたずねられた藤兵衛はぼんやりした顔でこう答えた。夢のようでよくおぼえていませんが、手前が喰違門前にさしかかったのは夕刻前でありましたが、一人の男がいて手前にここで首を縊れと申します。手前は断わることができず、いかにもここで首を縊ろう、しかし今日は組頭の家の寄合いに出る約束をしているので、そこに行ってお断りをしたのちにそのほうの言う通りになろうと申しました。その人は、それならば、と御門前まで手前について参り、早く断りを言うてこい、と申します。その言葉がいかにも義理ある方の云いつけのような気がして、その人の言葉に背《そむ》いてはならぬように思われました。どうしてあんな気になったのか今となっては、手前にもさっぱり分りません、と藤兵衛は夢からさめたような顔で語った。聞き終った組頭が彼に向い、では今から首を縊るつもりがあるかと訊《き》くと、藤兵衛は自分で首に輪を捲《ま》く真似をして、ぶるぶる、とんでもありませんと身を慄《ふる》わせた。縊鬼に見こまれたのから脱《のが》れ、一命が助かったのも酒を飲んだお陰であると皆は云《い》い合った。……

第二の話の筋は短い。

——宝暦年間のことである。江戸に「オデデコ」という見世物の人形が出て、たいそう流行《はや》った。これは男の人形に浅黄の頭巾《ずきん》をかぶらせ、袖《そで》なしの羽織を着せ、人形の胴体をなしている簀《す》の尻《しり》に紐《ひも》をつけて人形遣いが持つ。後ろのほうで囃子方《はやしかた》が三味線や太鼓の鳴物入りで「オデデコデン、ステテコテン」と囃す。そのたびにいろいろな品を取り替える。その取替えが早いということで江戸中の人気となり、あっちにもこっちにも「オデデコ」の見世物人形が続出した。しかし、江戸っ子の気は変りやすい。ほかに目さきの変ったもの、目新しい趣向のものが現われると、たちまち人気はそっちのほうに向い、さしも流行をきわめた「オデデコ」も廃《すた》れてしまった。人形も物置きに投げこまれ、埃《ほこり》にまみれたままになった。さて、両国吉川町新道《しんみち》に弥六という見世物師がいた。この者があるとき、にわかに高い熱を出してどっと床に就いた。その様子がただの風邪とは違う。弥六の目つきは異常となり、言葉も狂人のようにあらぬことを口走るようになった。呂律《ろれつ》のまわらぬその言葉を傍《はた》の者がよくよく聞いてみると、弥六はしきりと詫《わ》びているふうで、済まねえ、済まねえ、オデデコが受けて流行っているときはおめえにチヤホヤいってこき使っておきながら、流行《はやり》がすたるとまるで廃物のようにおめえをうっちゃっておいたのは、まったく申し訳がねえ、おめえが憤《おこ》るのは尤《もっと》もだ、おれがあんまり身勝手過ぎた。どうか勘弁してくれ、頼む、この通りだ、勘弁してくれ、と言っているのである。そうして許しを乞《こ》うように物置きの方にむかって手を合わせたりしている。弥六は使い捨てたオデデコ人形の恨みの霊にとり憑《つ》かれたのだった。流行るときは調子よくおだてて使う、衰えて利用価値がなくなると、古草履のように捨ててしまう。人情の浅ましさ、人形でさえこの通りである、まして人に於《おい》てをやで、人間は一度受けた恩を忘れてはならない。……

細井は、須貝玄堂の二つの小篇を読み、あとの「オデデコ人形の怨《うら》み」に玄堂の痛烈な忿懣《ふんまん》と皮肉とが籠《こ》められているような気がした。そこには江戸時代の見世物人形に託して、使われなくなった寄稿家の雑誌社に対する怨念《おんねん》が伝わっているようであった。

細井は、とにかくこの原稿を編集長に見せた。どうせ掲載しない原稿だが、とにかく最後として編集長の眼に入れたのは、玄堂の憤《いきどお》りを少しでも伝えたかったからである。

編集長は山根という名で他の雑誌社を二度ほどわたり歩いてきたこの道のベテラン

であった。中背だが、小肥《こぶと》りの体格で顔つきは精悍《せいかん》、皮膚には脂《あぶら》が滲《し》みこんで光っている感じだった。山根は玄堂の原稿を読了すると、さすがに下唇を突き出して苦笑した。

「玄堂老人というのはずいぶん皮肉なことを書いて来たもんだね。オデコ人形なんて、おれたちとの間のことをそのままに書いているじゃないか。いったい、これは老人の作り話かね、それとも何かの本から見つけてきたのかな?」

玄堂老人は決して創作はしない、みんな史料から引いてくるのだと細井は説明した。

「それにしても、ちょうどいい材料が史料にあったもんだね。なかなか、やるじゃないか。第一話の喰違門で首縊りを命令する鬼の話なんか面白いじゃないか」

「それじゃ、こっちのほうだけでも使いますか?」

「駄目駄目。いまさら須貝玄堂でもないよ。目次面にその活字がならんだだけでも、雑誌が元に逆戻りして陳腐にみえる。まあ、これも時代の流れだから、老人には気の毒だが、致しかたがないと諦めてもらうんだな」

山根も、ちょっとしんみりした調子になっていった。

編集部内では玄堂の「縊鬼」の原稿が話題になった。江戸の実話らしいが、こういうことがあるだろうかという現実性の問題である。江戸時代なら迷信の多いときだからあり得るだろうという者がいる。いや、いくら昔でもこんな莫迦《ばか》なことがあるはずはない。実話だというが、多分、世間の噂《うわさ》を書きとめた当時の随筆だろうからアテにはならないという者がいる。結局、玄堂老人の考えを聞いてみたらどうか、ということになった。

原稿を採用するならともかく、いよいよこれきり縁切りとなる玄堂に細井もそんなことはきけなかった。しかし、その話には強い興味もあった。彼は迷った。

約束の三日後、細井が苦にしていた須貝玄堂が彼を訪ねて社に現われた。応接間に降りて行く細井の心も足どりも錘《おもり》を何本もぶら下げたようだった。しかし、その心配も憂鬱も、玄堂にいざ面会してみると、案外にそれほどでもなかった。というのは玄堂は結果を見通していたのか、入ってきた細井の持っているふくれた封筒を一瞥《いちべつ》しても、前のようには顔色を変えなかった。そうして細井が吃りがちに、しかし断りの口実は従前と同じに、陳謝しながら述べるのを、終りまで聞かずにおとなしく云った。

「もう結構ですよ、細井さん。ぼくも一昨日《おととい》の晩あたりから考えて自分が間違っていたことがわかりました。所詮《しょせん》はこれも時代の流れです。いま流行作家として景気よく売れている人たちも、いつかは時代の波に置き去られるときがくるでしょう。これは自然淘汰《とうた》、人類進化の法則ですから、何人《なにびと》にとってもどうしようもないことです。まして、わたしのような老人がいつまでも執筆に未練や執着を持っていたのは心得違いでした。どうも、あなたには度重ねてご迷惑をおかけして申訳ありませんでした」

老人は椅子《いす》に坐《すわ》ったまま両膝に手を置き、細井に深々と禿《は》げた頭を低《さ》げた。

「そうおっしゃられると、ぼくも一言もありません。なんとお詫びしてよいか……」

細井も胸が詰ったが、老人が案外に淡々とした調子でいるので彼も救われた。

「そんなに心配してくださらなくても、いいですよ。この原稿のことでしたら、ほかの雑誌社で買ってくれる見込みがつきましたから。もっとも三流の雑誌ですがね」

三流の雑誌であろうが三文雑誌であろうが、原稿の採用先の当てがついたと聞いて細井もほっとした。道理で今日の玄堂は明るい顔で現われたと思った。細井は老人に祝福の言葉を述べ、お世辞でなく、お原稿は拝見して結構に思いました、その雑誌の編集部もよろこぶでしょう、といった。実際、細井もそれをよそに渡すのが惜しい気がした。が、須貝玄堂の名を目次面に出したのでは雑誌そのものが色褪《あ》せて見える、という山根編集長の意見も道理なので、編集長を無理に突き上げることもできなかった。

玄堂の明るい様子に細井は、気楽に「縊鬼」の現実性について質問することができた。

　すると、玄堂は真面目《まじめ》な顔でいった。

「この話は化政期の鈴木酔桃子が書いた『反古《ほご》の裏書』から取りました。鼠璞《そばく》十種という近世随筆集にも収められています。ところで、今の若い方は万事が合理主義で、そういう話をナンセンスだと一笑に付されるでしょうけど、昔の話だといって、そう莫迦にしたものでもありません。世の中には理屈では解けない、理外の理といったふしぎなことが少なからずあるものです。この『縊鬼』にしても、心理学者の先生方に訊けば、一種の催眠術的な心理現象だとか何とかいわれるかもわかりませんね。けど、そういう理論通りに割り切れない現象もあるもんですよ」

　そう云ったあと玄堂はふと何かを思いついたように別な目つきになり、

「どうですか、細井さん、ものは試しで、ひとつこの『縊鬼』の条件通りにして実験してみませんか？」と、係だった編集者の顔をのぞきこむようにした。

「それはやってもかまいませんがね」

　細井は、老人がそんなことを云い出すまでに心の余裕をとり戻したかと思うと自分も、つい、明るい気持になって、老人に対する詫びのしるしも兼ね、意を迎えるためにも応じることにした。もちろん、それには好奇心が先行していた。

老人が冗談半分に出した「縊鬼」の第一の条件とは、喰違門は現在の赤坂紀尾井町だからそこまで来てもらいたいというのであった。

「喰違門というのは、現在、四谷見附《よつやみつけ》と赤坂見附との間の濠端《ほりばた》に沿って行く途中の喰違見附、紀尾井町にむかって狭い土堤《どて》の道を渡ったところにありました。今でも門の石垣が残っています。そうです、そうです、ホテル・ニューオータニに行くあたりですね。ホテルの建っている辺が井伊掃部頭《いいかもんのかみ》の中屋敷、その隣が紀州家の中屋敷、井伊家の前が尾張家の中屋敷というように三つの中屋敷がならんでいたので、この三家の名前を一字ずつ取って間の坂を紀尾井坂と付けたのです。喰違門といっても実際は城門をつくらず、乾《いぬい》の方位に当るために柵《さく》を設けただけでした。土堤口と門との位置も少しずれていたので喰違門の名が起ったのでしょう。今でもその柵門のあとの石垣が残っていますね」

このへんの考証になると玄堂老人の得意の場であった。さて、玄堂がつづいて云うには、その喰違門跡の石垣の角に明後日の晩十一時半ごろに来てほしい。いまどき、「縊鬼」のような幽鬼は出まいから、わたしが仮にここで「縊鬼」となって、あなたに喰違門内に来て首を縊れと命令した、ことにする。……

「つまり、細井さんが早瀬藤兵衛の役になるのです。どうしてもその時刻に首を縊る約束の義理を果すために、その場所に行かねばならない。いいですか、元の赤坂離宮前から濠を東の紀尾井町のほうに向って渡った土堤口のところですよ。ホテル・ニューオータニが右手に見えるところです。間違わないでください」

細井さん、あなたが其処《そこ》においでになってもよいし、あなたは早瀬藤兵衛の役だからよんどころない用事が出来たことにして来なくともよい、そのかわり、首縊りの代人として誰かを寄越してください、「縊鬼」の話の条件通りにやってみましょう、その代人がくればその人は自分から首を縊る気持になるでしょう、世の中に「縊鬼」の話のような理外の理があることがわかりますよ、けど、気味が悪ければ、どなたもおいでくださらないでよろしい、とにかくわたしだけは見物のつもりでそこに行っておりますから、といった。

細井はその冗談半分の約束を決めたが、少しばかりうす気味悪くなってきたのはわれながら妙であった。小さな身体の玄堂老人は、歯の欠けた口を開けてげらげらと笑った。

老人が椅子から立ち上ったとき、細井はこれが編集者としては最後の面会だと考えたから、思わず云った。

「奥さんにどうぞよろしく」

玄堂は、どうも、と頭を低《さ》げて応《こた》えるかわりに、今度は微笑して、

「いや、あの女はわたしから逃げましたよ」

と、あっさり云った。

「えっ、い、いつですか？」

細井はおどろいた。

「一カ月ぐらい前です。黙ったまま家出しましたよ。やっぱり年の違いすぎる後添《のちぞ》いはいけませんな。これからは何もかも新規蒔《ま》き直しです。幸い、この原稿もよそに売れ口が決りそうですから」

玄堂老人のむしろ明快な調子だった。


二日経《た》った夜、編集長の山根は指定の喰違見附の土堤口に洋傘をさしてひとりで出向いた。十一時半である。右手のホテルの高い建物も窓のほとんどが明りを消していた。濠端の道路には走る車の灯が多かったが、ここに出入りする車は少なかった。朝から小雨が降ったり熄《や》んだりする天気で、いまも雨が少し降っていた。空は真黒であった。そのせいか、この時刻では人通りも絶えていた。

山根が、早瀬藤兵衛役の細井の代人を買って出たのは、編集部で「縊鬼《いき》」の実験が

話題になり、それなら俺が行ってみようと云い出したからである。山根は強がりである。好奇心も少なくはない。が、それを実行する気になったのは、一つには自分が編集長になって以来、原稿を突返してきた須貝玄堂に対して後ろめたいものがあり、こういう戯談《じょうだん》めいた対面を機に軽く詫びたい心があったのだった。山根は係の細井ばかりを使っていて、自分は玄堂に直接面会したことがなかった。

喰違門があったという土堤口の石垣の角に大きな風呂敷《ふろしき》包みを背負った低い人影が、その背の荷物を石垣に凭《もた》せかけるようにして立っていた。寂しい外燈《がいとう》の光や遠いホテルの玄関の灯がその老人の半顔を浮き出していた。石垣の上には松の木が繁《しげ》っていた。

「須貝先生ですか？」

山根は距離を置いて声をかけた。

「はい。あなたは？」

玄堂はこっちを見透かすように見たが、その眼の半分が外燈の加減でぴかりと光った。

「ぼく、J誌の編集長の山根です。……いつも、細井がお世話になりまして」

近づいた山根は洋傘を傾けて頭を深々と下げた。詫びの気持であった。彼は玄堂が若い細君に逃げられたことも細井の口から聞いていた。その原因となったらしい玄堂の収入の道を絶ったことにも責任を感じないではなかった。が、それだからといって公私の混同はできないと思っていた。

「いやどうも。あなたが山根編集長さんですか。わたしこそ長い間御誌にはお世話になりました」

須貝玄堂はうす暗い中で明るい声を出し、ていねいに挨拶《あいさつ》した。その様子には微塵《みじん》も恨みがましい様子も、ひねくれた態度もみえなかった。気遣っていた山根も安心した。実は、玄堂に遇《あ》ったら、どんな悪罵《あくば》を浴びせられるかわからないと半分は覚悟してきたのである。まさか殴られることもなかろう。暴力を振われても相手は年寄りだし、そのほうはタカをくっていた。部員の一人二人がいっしょについて此処《ここ》にくるというのを、それでは約束の「縊鬼」の実験条件に反すると彼は断わってきたのである。一人でも大事はない。事実、いま眼の前にいる玄堂は、体重四十キロそこその、背の低い、貧弱な老人であった。

「あなたが、藤兵衛役の細井さんの代りにこられたんですね?」

老人は笑いながら云《い》った。

「縊鬼のために、首を縊《くく》らされに来ました」

山根も笑って応じた。

「この石垣の中から喰違門内になります。まあ、石垣の上の土堤に上ってみましょう」

老人は片手に洋傘をさし、大きな風呂敷包みを背負ったまま土堤の上によろよろした脚どりで登った。土堤の高さは下の道から五、六メートルはある。土堤上は幅六、七メートルの遊歩道になっていて、両側は松や桜の並木になっていた。ベンチがいくつか置かれてあったが、雨のためにアベックの影もなかった。外燈には雨が降りそそいでいた。濡《ぬ》れたベンチの前がずっと下に落ちたグラウンドだが、これは濠を埋めたのである。遠くに四谷辺の灯がならんでいた。

「どうですか、自分で首を縊る気が起りそうですか?」

遊歩道を歩きながら荷物を背負った玄堂がやはり笑いながら横の山根にきいた。小さな男の彼は山根を見上げるようになる。身体が背中の重味でうしろに引張られている恰好《かっこう》だった。

「いや、まだ起りそうにないですなア」

山根は莫迦莫迦しいと思いながらも興じたように答えた。

「それじゃ、もう三十分だけここに居ましょうかね」

玄堂が云った。三十分が一時間でも、いや、夜が明けるまでここに残っていても自分から首を縊る気づかいはまったくなかった。催眠術的心理状況になるには、自分の肉体も神経もあまりに健全すぎるのだと山根は思った。

玄堂は相変らず風呂敷包みを背負ったままである。それでよけいによろよろしていた。

「なんですか、その背中の荷物は？」

山根はさっきから気になっている風呂敷包みのことを老人に訊《き》いた。

「わたしの蔵書です」と、玄堂は答えた。「知合いの古書店に晩に持って行ったのですが、値段が折り合わずに持って帰るところです。けど、家に戻って出直すとここにくるのが遅くなりそうなので、仕方なしにこんなものを背負ってまわっているのです」

「書籍なら重いはずです。ぼくがちょっと代ってあげましょう」

山根は見かねて申出た。

「そうですか。……済みませんねえ。助かりますよ」

本の入った大風呂敷は山根の背中に移った。五、六キロの重さはあった。小肥《こぶと》りの彼は、風呂敷の端を前で結んだが、短めのために結びが固くなり、頸《くび》の上にかかった。片手に傘を持っている彼は片手を結び目のところにかけていた。二人はもとのほうに引返しかけた。

「山根さん、本が一冊落ちそうです。その鉄柵の上にそのままで荷の底を置いてください」

玄堂の声に、山根が遊歩道わきの、鉄柵の上に背負ったまま風呂敷包みを乗せた。高さ一メートル足らずの鉄柵をはさんで玄堂が背後にまわると、もうよい、といった。その声に山根が背を起す。玄堂が傘を捨てた。

後ろの風呂敷包みの上に玄堂が取りついて全身をかぶせた。四十キロの老人の体重が六キロの本の包みの上にかかった。身体の安定を失った山根は、両手を上に挙げて後ろに傾いたが、背中と風呂敷包みとの間に鉄柵が挟《はさ》まり、その柵の上に腰の上あたりを当てはしたものの、上部が浮いて足の先が地から離れた。背後の玄堂は風呂敷包みの上にかけた重量をいっこうに除《の》けぬ。包みの固い結び目が、山根の仰《あお》向いた顎《あご》の下に喰いこんだ。声も出ない。身体は背の柵に阻《はば》まれて地に落ちもせず、後ろにのけ反《ぞ》って両脚の先を空《くう》に蹴《け》り、宙吊《ちゅうづ》りになった恰好である。

《重い風呂敷包みを背負っている際に、包みの固い結び目が頸動脈《けいどうみゃく》を圧迫して窒息させた事故死の珍しい例である》

と法医学の本は書いた。

東経一三九度線

内閣の改造が行われて文部政務次官に群馬県第×区選出代議士の吉良《きら》栄助が就任した。当選三回、三十九歳である。東京のP大学文学部国史科卒だから、政治家としては毛色の変ったほうだった。

当選三回目で政務次官にありついたのは、吉良栄助が派閥の親分に対して初当選以来忠勤を励んだせいだった。ボスは党内の主流派である。

政務次官というのはわが国官庁機構の上では昔から盲腸的存在である。あってもなくてもいい。これを創《つく》ったのは戦前だが、要するに代議士の肩書に虚栄心を付加する程度である。あるいは派閥の親分が忠勤を励んでくれた乾分《こぶん》に、君もゆくゆくは大臣じゃから今のうちに官僚操縦法をおぼえとくほうがよかろう、というようなことを云《い》って論功行賞の具にする。当人は感激であるが、古来官僚というものは面従腹背の徒が多く、大臣といえども気に入らなければこれに対して極めて丁重な抵抗をする。まして政務次官など眼中になく、各省に政務次官室・事務次官室という応接間のついた立派な部屋があるが、事務次官室には書類を持った官僚が目白押しで行くが、政務次官室にはとんと寄りつかない。そこで或《あ》る省の政務次官のごときは局長連を怒鳴り散らし、爾今《じこん》重要書類はすべて政務次官にも見せるべしという達しをした。それからは「重要書類」が政務次官の机上にも積まれたが、それらはどうでもよい内容のものだった。

とくに経済省庁でない文部政務次官はいたってウマ味がなく、陳情に業者などが廊下にならぶという現象はない。また、たとえば日教組などの問題が起ると、新聞に派手に載る発言は大臣か事務次官あるいは初等中等教育局長であって、政務次官のところには新聞記者のだれも寄りつかない。

しかし、弱冠とはいえないにしても、とにかく三十九歳の若さで文部政務次官に起用された吉良栄助の満足はなみなみならぬものがあった。彼は選挙区の地方紙に就任の抱負を語った。

《わが県は古典に見える上毛野国《かみつけぬのくに》であって、往古より中央に負けぬ文化が栄えた地方である。げんに国の文化財たる古墳群は全国的に有名である。自分は大学では国史科出身であるから、今後は本県の文化財については重点的にこれが保護政策に当り、また文化庁をして保護技術の開発に当らせるつもりである。現在、文化庁の予算はきわめて少ない。これでは文化国家とはいえぬ。自分が就任したからには国家予算をもっ

と取るつもりだ》

もう少し長く新聞記者たちにしゃべったのだが、記事はこの程度に要約された。地元紙でも政務次官の肩書にはそれほど権威を認めなかったのである。

しかし、吉良栄助をめぐる友情は別だった。彼の出身校であるP大学では学長や文学部長など主だった教授たちと、同級生や後輩たちとが集まって吉良の就任祝を催してやった。もっとも学長にしてみれば、文部政務次官ならば本学の利益に多少役立つこともあろうという打算から出ていた。

祝賀パーティは赤坂のホテルの小宴会場で行われた。折から隣合った小宴会場では結婚披露宴が行われていて美しい粧《よそお》いの婦人たちが集まっていたが、文部政務次官のパーティには女性の客はほんのわずかしかなかった。それは義理をつとめにきた女代議士か、学長に狩り出された大学の女子職員だった。ほとんどが年配の婦人で華やかな姿は一つもなかった。文部省という役所の性質上、こういうパーティにありがちな芸者とかバーのホステスとかいった女性たちの動員もなかった。参会者は五十人あまりだった。その中には教科書会社の社長や役員もいた。

金屏風《きんびょうぶ》を背にし、真白な菊の大輪の徽章《きしょう》を胸にした吉良栄助は、たった一人で佇立《ちょりつ》して祝辞を受けた。本学の名誉をたたえる荘重だが内容のない学長の祝辞、絢爛《けんらん》だが空虚な文学部長らの祝辞のあと、吉良栄助の恩師である岩井精太郎教授がマイクの前にすすんだ。教授は五十六歳だが、白髪の多い頭と猫背のせいか実際の年齢よりはふけてみえた。

「吉良君、おめでとうございます」

岩井教授は金屛風の新文部政務次官に一揖《いちゆう》して云った。その祝辞を要約するとこうなる。

「吉良君の居《お》られた学級は、わたしの強い印象となっている。優秀な学生を輩出した。学究には最も熱気のこもったクラスの一つであった。いま思い出して数えるだけでも十指にあまる名前が浮んでいる。現在、京都のD大学助教授をしている谷田修君、福岡のQ女子大助教授の前川和夫君、さては文部省の文化課課長補佐をしている小川長次君など錚々《そうそう》たる顔ぶれが浮ぶ。その十指にあまる俊秀の中には吉良栄助君は入っておらなかった。（笑声）しかし、学校での成績順位が直ちに社会での成績順位とはならぬことを吉良栄助君が今回立派に証明された。これはわれわれ学校教育者は反省しなければならない。試験の答案がうまく書けたとか、卒論が立派だったとかいう学校だけの評価がまことに小さいものであることを痛感する。吉良君は政治家になられたけれど、しかし、凡百の教養なき政治家（笑声）とは違い、歴史に対する造詣《ぞうけい》は深く、また感覚も鋭い。文部政務次官になられたのは、まことにその任を得たものであり、また人を得たといわなければならない。いささか私事にわたるようだが、吉良君は学生のころにわたしの家にも他の学生諸君と共によく遊びに見え、わたしのつまらない話を聞いて帰られたものである。それにつけても想《おも》うのは、わたしの家内が生きていて今夕《こんせき》の吉良君の立派な姿を拝見でき得たらどんなによろこぶかということである。十年前に死んだ家内は吉良君をもっとも尊敬しておったから、わたしよりも家内のほうに見る眼があったわけである。文部政務次官になられた吉良君は、必ずや今日危機に瀕《ひん》している文化財の保護に前向きの政策を推進してくださるものと期待している」

そのあと、いくつかの祝辞がつづいたけれど、岩井教授のように一同に感銘を与えたものはなかった。それはやはり恩師と教え子との関係がもつ独自性であった。

後輩たちも岩井教授の祝いのスピーチを聞いて、初めて教授と先輩吉良栄助との親愛な関係を知ったのだった。彼らは会場の後方の隅のほうにかたまっていたが、そのすべてが学者とか教育関係者ではなかった。大学の史学科を卒業したところで変った職業に就いているのもある。山口光太郎などは、どういうはずみでか警察庁にまぎれこんでいた。そのほか天知義孝のように土建会社の用地部長や脇田弘一のようにデパートの仕入部長などもいた。もちろん彼らは学問の世界に身を置いてなかったから、岩井教授のあげた弟子の「俊秀」の中には入っていなかった。

そのあと、吉良栄助の謝辞があったが、彼は政治家としての抱負を謙虚な言葉の中にも自信をもって語り、

「さきほどから文化財の保護については皆さまのご要望を肝に銘じて承っております。私は前々から切実にそのことを感じている一人でありまして、在来、形ばかりで予算がとれぬためはかばかしい仕事ができないでいる文化財保護事業にうんと予算をとって業績を上げたいと考えております。そのためには私は身体《からだ》を張って大蔵省と予算折衝をするつもりでおります。さきほど恩師岩井先生がご指摘になりましたように、私は先生の不肖の弟子でありますが（笑声）、ひろく文化国家の見地に立って埋蔵文化財の保護はもとより文化一般の政策推進に邁進《まいしん》することが、私が受けた本学諸先生方の学恩、ならびに先輩、友人諸氏へのご厚情に酬《むく》ゆる唯一《ゆいいつ》の道であることを誓ってここに申上げたいと存じます」

といったふうに締めくくった。

それから吉良栄助は会場の各テーブルをまわったが、もとより学長と岩井教授のところがいちばん長かった。とくに岩井教授との歓談は師弟愛の極致を見せ、新政務次官はグラスを片手に持ったまま恩師の前にぺこぺこと頭を下げ、教授はうれしげに相《そう》

好《ごう》を崩して次官の肩を敲《たた》き一口云っては笑い、笑っては一口語りかけていた。

会場の入口に近いテーブルに吉良栄助が回ってきたとき、その中から黒い顔の五十近いとみえるしょぼくれた背広の男が離れてきて、目尻《めじり》に皺《しわ》をいっぱい溜《た》めて彼に笑いかけてきた。

「吉良君、おめでとう。ほんとに今夜はぼくもうれしいよ」

前歯一本と奥歯三本抜けた口をひろげて、そこから息洩《も》れのするような嗄《しわが》れ声で云った。

吉良栄助はその顔を愛嬌《あいきよう》の消えぬ眼で、だが瞳《ひとみ》だけを凝らすようにじっと見ていたが、

「やあ、君は小川君だな。小川長次君だったなア」

と、初めて判《わか》ったように眼をひろげた。

「小川だよ。君とは五、六年ぐらい遇《あ》わなかったからちょっと見て判らなかったんだろうね。それにぼくはこの通り色が黒くなって皺がふえ、白髪《しらが》もぼつぼつ出てきたしね。君は政治運動で張り切ってきたせいか、ずいぶんと若いよ」

小川という男は云った。

「君も変らないいじゃないか」

吉良はグラスの端を唇に当てていった。

「こんなに陽に焼けて顔が黒くなったのは、ぼくが地方の現場に一年のうち半分くらい出張するのでね。古墳を掘るといえばそこに行き、弥生《やよい》の住居址《あと》が発見されたといえばそこに行く。貝塚、洞窟《どうくつ》、周溝墓、発掘のたびに本省からやらされる。ぼくはそれが好きな性分《しょうぶん》だから、じっと立って眺めていることができない。学校の先生や学生、生徒にまじって土方のようなことをする。それで、こんな百姓親爺《おやじ》みたいな顔になった。手だってこの通りだ」

と、皺の筋が縦横に走った硬い掌《てのひら》をひろげて見せた。相手が文部政務次官になったとしても、このときは旧友の言葉だった。

「好きな道ならいっこうにかまわないじゃないか。研究と職業とが一致しているから、これくらい愉《たの》しいことはあるまい」

吉良栄助の笑う眼の端には、ちらりと憐愍《れんびん》に似たものが走った。

小川長次といえば、さっき岩井精太郎教授が吉良栄助の学級が優秀な学生を輩出したとして名前をあげた京都D大の谷田助教授、福岡Q女子大の前川助教授と共に三俊秀の一人であった。卒業順位は谷田が首席、前川が二番、小川は四番であった。そうして吉良栄助は二十五番目であった。

「そうだ。ぼくはこれが天職だから愉快にやってる。愉快といえば、君はぼくの勤務している文部省に今度政務次官としてやってきた。こんな愉快なことはない。昔の同期生としてなにぶんにもよろしく頼むよ。君はぼくの最高の上司になってきたわけだからね」

陽焼けした顔の小川長次はそう云うと、くるりと背を回し、わざわざテーブルの自分のグラスをとってむき直り、慇懃《いんぎん》に頭を垂れて吉良栄助のグラスに当てたものだった。

「いや、文部省では君のほうが先輩だよ。ぼくのほうこそよろしく教えてもらいたいね」

吉良栄助は如才なく応じたが、その心地よげな瞳には再び憐愍と軽蔑《けいべつ》と、新しい優越感とが加わっていた。おれが政務次官になったものだから、早速にもこの男、おれにとり入って引き上げてもらおうとしている。役人根性の浅ましさをまる出しだ。もっともいまだに課長補佐では仕方があるまいが。東大卒万能の中央官庁では、この私大のP大卒では浮びようがない。それにくらべると、やはり代議士だな、いきなり次官とくる。同じ三十九歳、岩井精太郎教授が自慢した三人の俊秀は、二人が地方私立大の助教授で一人が文部省の現場係の課長補佐だ。まさに教授の祝辞の中にあったように「学校での成績順位が直ちに社会での成績順位とはならぬ」のだ。——吉良栄助の瞳に籠《こも》った愍《あわ》れみと誇りとを分析して推量するなら、こういうことであったろう。

折から岩井精太郎教授が旧弟子二人の交歓ぶりを認めたのか、満面に笑みを湛《たた》え、グラスを片手に保持しながらその白髪とやや猫背の瘦身《そうしん》を此方《こなた》に運んでくるのが見えた。

序幕で主要役者のほとんどを揃《そろ》える歌舞伎《かぶき》の手法に「だんまり」がある。終始無言のまま多勢の人物が暗闇《くらやみ》の中で探り合いながら争闘する情況の半舞踊劇で、この序幕の「だんまり」で投げかけられた謎《なぞ》を解く芝居があとにつづく場面のときは「だんまりほどき」という。——吉良栄助文部政務次官就任祝賀パーティの序幕は主要人物のほとんどが出揃ってその相互の関係も観客にはほぼ説明されたが、それが投げかけられた謎でもある点で「だんまりほどき」に似ていないでもない。

「だんまり」にこだわっていえば、この序幕にもう一人出てこなかった主要人物がいる。主要だが、観客の眼にさらす必要はない。しかし、筋の上に影響力を与えている点ではその人は最高に権威的である。もし、この方がおられなかったら、文部政務次官吉良栄助は文部省文化課の課長補佐ごときのすすめに決して動かされることはなかったろう。この場合、大学時代の同級生という関係は役に立たない。なぜなら次官は同級生に対する親しみよりも課長補佐という役所のしくみによる下級官僚を軽蔑していたからである。

その方というのは戦前は皇族だったが、現在では民間人になっておられる。皇族でも皇統譜の上で重要な宮家《みやけ》であったから、現在でも人々はその方が民間人であるにもかかわらず、皇室の敬称である「殿下」とお呼びしている。

「殿下」は日本の古代史に深い造詣をもっておられた。近接学問である考古学、東アジア史、文化人類学にも詳しい。その意味では学究の徒である。しかし高貴な方は与える影響力が大きくても、現実の世界にはあまりお姿をお見せにならない。伝わる話だけである。

小川長次は「殿下」に親しくしている。その由縁《いわれ》は、ずっと以前、島根県仁多《にた》郡に古墳群が発見されたことがある。山峡の谷々に五十基を越す円墳で、いわゆる群衆墳と学者が云《い》っているものである。しかし群衆墳という名称が適切かどうか小川長次は疑問をもっている。その意見は「殿下」とは直接に関係がないが、古代史の上で重要な出雲《いずも》にたくさんな古墳群が発見されたというので「殿下」が興味をもってわざわざ東京から見に来た。文部省の文化課から派遣された小川長次が現場にいて説明したのである。その説明の仕方が一介の行政下僚役人とは異《ちが》うものがあったので、突込んだ種々の質問があった。その結果、旅館に来てくれということになって、その夜、小川は松江は宍道湖畔《しんじ》の旅館に行き話をした。それには大学の教授などにないような独自性があり、机上で論旨を立てるアカデミーの学者とは違う、現場主義によって得た帰納とそれを統一する直観の鋭さがあり、古代史と考古学の美事な接合が行われた。それより小川長次はときどき目黒のお邸《やしき》に行って「殿下」にそういう方面の話をしている。

吉良栄助が文部政務次官に就任して半年ほど経《た》った。その間、彼と小川長次とは公的にも私的にも何の往来もなかった。当然である。官庁の組織体系からいって次官と課長補佐とが仕事上で直接に話合うこともないし、私的な関係は前にいったように吉良のほうで冷静なものだった。パーティの席での言葉はお愛想である。吉良には同級生を課長補佐からいきなり部長に抜擢《ばってき》してやる考えは毛頭なかった。

だが、半年経った或《あ》る秋の午後、吉良栄助が文部省に気まぐれに登庁して政務次官室に休んでいるとき、官房長が入ってきて、小川課長補佐が次官がお手空《てす》きなら少しお話し申上げたいと云っていると取り次いだ。政務次官はたいていお手空きである。この次官室に憩《やす》んでいるのも、昨夜何とか会という派閥の会合が赤坂の料亭であって深飲みをし、少しく宿酔《ふつかよい》の気分を癒《なお》すためであった。政務次官も半年ほど経つと文化国家建設のために身体を張って大蔵省から予算を獲得するといった情熱は宿酔と同じように醒《さ》めつつあった。就任当時の新鮮さの代りに環境に「馴《な》れ」が生じて怠惰になった。それと、大蔵大臣に対して自己の無力を自覚したのだった。

官房長の取次に吉良政務次官は横に積まれた「重要書類」にもの憂《う》げに眼を遣《や》り、気はすすまなかったが十分間ぐらいなら話を聞いてもいいと答えた。省内にいる同窓生にあまり冷たくしても人気にかかわるだろうと反省したのである。そのあと、研修会と称する派閥の会合が控えていた。

「小川君はどうだね？　あれはぼくと大学時代に同級だったが」

吉良政務次官の問いに官房長は、

「そうだそうでございますね。小川君は、局長や課長の話によると、仕事熱心な真面《まじ》目《め》な課長補佐ということでございます。少し変ったところもあるそうですが」

と吉良の顔色を注意深く見ながら云った。

「変ったところというと？」

「いえ、小川課長補佐は現場的な仕事では特殊技術的な才能をもっているそうで、いわば一種の職人気質《かたぎ》と申しましょうか。職人気質には普通の人とはちょっと変ったところがある、そういう意味でございます」

つまり小川長次には行政の才能がなく、文化財保護の方面では、職人的な技術屋に近いということだった。偏屈なところがあるのだろう。吉良はパーティの席で遇った小川長次の真黒い顔と「土方のような仕事」という言葉を思い出した。小川の話というのは体《てい》のいい昇進運動にちがいない。それなら断わろうと政務次官は決意した。公私混同をしたくないという名分がある。

二十分ばかりして小川課長補佐が次官室に入ってきた。黒い顔に眼ばかり白く、目玉をきょろきょろと動かして入口に佇《たたず》んでいた。官庁の秩序に従う敬恭をとるべきか、級友として個人的な親愛をとるべきか、小川長次は中間地帯に迷っているように見えた。吉良栄助は微笑を浮べ、気軽に大机の前をはなれて横の応接用のクッションに小川長次を招じた。次官としての威厳と級友としての親睦《しんぼく》が彼の態度には代議士らしくうまく調和されていた。

「かけちがっているが、元気そうだね」

と、吉良は云った。かけちがっている、というのは同じ省内にいていという意味である。もちろん地位が違うので当り前だが、という意味でもあった。

小川長次はまだ宙ぶらりんの姿勢だった。それは、

「元気にやっていますよ。役所の仕事に追われ放しでね」

という敬語と友だちの言葉とが半々になっていることでもわかった。

「そうか。それは結構だな。君はいいよ、昔から勉強好きで、それが今もずっと仕事の上に生かされてるんだからね。羨《うらや》ましいよ。それにくらべると政治家というのは雑駁《ざっぱく》な生活でね。虚《むな》しいものさ。絶えず選挙区には気をつかってね、つまらん金がかかる。ときどき自分が穴に落ちたような気になるが、ここまできたら仕方がない。乗りかかった舟だ。まあ、やれるところまでやるよ」

吉良はひとまず政務次官――上司と下僚の関係の態度を捨てた。が、根本的には全く放棄したのではなかった。可愛《かわい》い顔の女子職員が茶を運んできた。その女の子が去ると、吉良栄助は、何だね、という目つきで小川にむけて顔を挙げた。

「実は、あの、お忙しいところをお邪魔に来たのはほかでもないのですが、群馬県の富岡市、あそこに貫前《ぬきさき》神社というのがありますね。あなたの選挙区だからよくご存知でしょう?」

小川長次は遂《つい》に吉良に対して級友でなく上司に対《むか》う態度になった。

「貫前神社かね。ああ、知っている。あれは一ノ宮というんだ。だからもとは一ノ宮町といったが、現在は市町村合併で富岡市になっている」

吉良は富岡市での前回の得票数を思い浮べるような顔で云った。

「貫前神社では、いまでも太占神事《ふとまにしんじ》をやっているのをあなたもご存知と思いますが、ごらんになったことがありますか?」

「太占ね」

国史科卒だけに吉良栄助はすぐに理解した。古事記の「天児屋命《あめのこやねのみこと》、布刀玉命《ふとだまのみこと》を召して、天の香山《かぐやま》の真男鹿《まをしか》の肩を内抜《うつぬ》きに抜きて、天の香山の天の朱桜《ははか》を取りて、占合《うらな》ひまかなはしめて」の一章を、正確ではないにしてもおぼろに憶《おも》い出すのは容易だったろう。

「うむ、十二月何日かには鹿の肩胛骨《けんこうこつ》を火箸《ひばし》で通して、その様子からその年に火事が多いか少ないかを占っているらしいな。ぼくは一度もまだ見に行ったことはないが」

吉良政務次官は茶碗《ちゃわん》に口をつけて云った。小川課長補佐の用事はどうやら昇進の自薦運動ではないようだとは思ったものの、あとでどんな話になるか分らないと油断はしてなかった。

「貫前神社のは今は火災予報の占卜《うらない》になっているようですが、本来は昔のように狩猟か農耕の吉凶を占っていたんだろうと思いますね」

小川は茶碗を大事そうに手にとった。いい香りが鼻の先に漂った。次官室の茶は、文化課の茶とは格段に違っていた。

小川長次は上州貫前神社の鹿の肩骨《かたぼね》の太占について云い出した。その祭りは、神殿の前に神籬《ひもろぎ》を設け、拝殿正面の扉のところに炉と称《とな》える八角の火鉢を置き、それで焼いた錐《きり》で鹿の肩骨に穴をあける。その方法は古事類苑《こじるいえん》や、伴信友《ばんのぶとも》の「正卜考《せいぼくこう》」に出ている通りです、とそのほうの話をていねいに、悠長に語った。

面会時間は十分間と官房長から小川に云わせてあるはずだが、彼の「正卜考」の話だけですでに七分は経過し、まだ終りそうにもなかった。吉良は小川がそんな話を自分に何で云いに来たのだろうと訝《いぶか》った。そのうち旧友のよしみにすがるという頼みになるのかもしれない。神様めいた話に熱中しているようだが、それはマクラで、そのうちに自分を何とかいい位置に頼むと云い出しそうにみえた。

約束時間にあと一分というときになって小川は突然、云い出した。

「吉良さん。実は、その上州貫前神社に倉梯敦彦《くらはしあつひこ》さまがお訪ねしたいというご意嚮《いこう》なんですけどね。あそこはあなたの選挙区だし、便宜を図っていただけないでしょうか?」

吉良栄助も急に眼がさめた顔になった。

「なんだって? 倉梯敦彦さまといったら、あの元の宮様かね?」

「そうです。倉梯宮敦彦王殿下です。いまは民間人になっておられますけど、ぼくらはお会いすればやはり『殿下』とお呼びしていますよ。皇族から民間人になられたのは倉梯宮の個人的な責任ではありませんからね」

「君は、倉梯さまを知っているのか？」

吉良栄助は眼をまるくして云った。

「よく存じ上げています。ときどきお屋敷にお伺いしてお話をしているんです。殿下は皇族のときから古代史と考古学に興味をもっておられます。そのご造詣《ぞうけい》の深さは、素人《しろうと》ではなく、もう学者です」

「よく知っている」

吉良栄助はにわかにひきしまった表情で云った。戦前から新聞雑誌などで倉梯宮敦彦王の趣味はひろく知られていた。

「ほんとに、倉梯さまが貫前神社においでになるのかね？」

吉良栄助は唾《つば》を呑《の》んできいた。

「殿下に貫前神社には太占《ふとまに》の神事が行われていると申上げたら、たいそう興味をもたれましてね。それはぜひ見たいとおっしゃいました。で、ぼくはあなたのことを殿下に申上げましたよ。わたくしの大学の級友で、貫前神社のある地方から出ている代議士がおります、その者は現在文部政務次官をしておりますから、その取計らいにはちょうど適当でございましょう、とね。殿下は、それじゃよろしく頼んでくれとおっしゃいました」

「頼んでくれと……この吉良に頼んでくれと殿下はおっしゃったのか?」

吉良栄助は思わず小川長次の口が移って旧皇室典範の敬称敬語になり、眼が赫《かっ》と輝いた。これは吉良栄助が「忠臣」という意味ではない。もとの倉梯宮殿下を選挙区にご案内することは宣伝になって次の選挙がもっと有利になるという代議士の本能が働いたのだった。素朴な選挙民には、宮様(元のという考えよりも恭敬の観念が先に立って)をお連れしたということでどれだけ吉良栄助に対する株が上るかもしれない、と吉良自身は思った。

「その話をもっと聞こう。小川君」

吉良栄助は、こうなったら派閥の研修会など遅刻してもかまわないと思った。まず選挙地盤をこの上とも鞏固《きようこ》にしておくことだ。十分間の約束が一時間に延びようと、それには代えがたかった。

「もし、殿下が貫前神社においでになると、その晩のお泊りは、おそらく鬼石《おにし》の町になると思います」

小川長次はやはりもとの同級生に敬語を使った。官庁の下級役人として下積みで長く過している彼は、同級生でも文部政務次官は最高地位に近い上司としてその権威が眩《まぶ》しそうだった。政務次官の云いつけで、茶からコーヒーに代えられたが、小川課長補佐はそのコーヒー茶碗を悠然と手に持っていた。

「鬼石の町にお泊りだって？」吉良栄助は再びおどろいて訊《き》き返した。「殿下は即日に東京にお帰りになるんじゃないのか？」

「たぶん、鬼石町ご一泊だと思いますよ」

「鬼石町には殿下をお泊めするような立派なホテルも旅館もない。伊香保《いかほ》温泉か水上《みなかみ》温泉にお泊りねがったらどうだ？」

「伊香保も水上も悪くはありませんが、両方とも東経一三九度線ですからね。けど、殿下は翌日に秩父《ちちぶ》地方を通られて東京都青梅《おうめ》市の御嶽《みたけ》と五日市の阿伎留《あきる》神社とにおいでになります。そのためには北寄りの伊香保も水上も秩父からは逆になって遠いですからね」

吉良栄助は首を傾《かし》げた。

「君は、いま、妙なことをいったね。東経一三九度線がどうだかって。それはどういうことかね？」

「鬼石町も、伊香保も水上もだいたいその線にならんでいるということです」

小川はやはり課長補佐として次官に対する態度を崩さなかった。卑屈といえばいえるが、それは役人の習性である。

「温泉の鉱脈が一三九度線に沿って南北に連なっているという意味かね？　鬼石にもすぐ近くに温泉があるけれど」

「温泉の鉱脈とはあまり関係はありません。げんにぼくの生れた西多摩郡は青梅の在、旧吉野《よしの》村も一三九度線に沿っていますが、温泉はありません。梅林はありますが」

「へえ。よく分らんね。いったい、どういうことかね？」

「ぼくが、太占《ふとまに》の神事を現在行なっている神社または近年まで行なっていた神社を調べているうちに発見したんです。いまその太古の遺習を神事として残している或《ある》いは残していたお宮は、新潟県の弥彦《やひこ》神社、群馬県の貫前神社、東京都の御嶽神社、神社はやってないが太占の記録を残している五日市の阿伎留神社、伊豆半島の南端は下田市の近くにある白浜神社、ここだけしかありません。それ以外、西のほうにもなければ、東のほうにもないのです。……ぼくがこういうとあなたはあまり信用なさらないかも分りませんが、この鹿の肩骨占いの神事や亀卜《きぼく》の神事については、国学院大学教授の藤野岩友先生がちゃんと講演をしていらっしゃいます。これはその講演筆記ですが」

小川長次はそういうと、上着のポケットから小冊子を取り出して吉良栄助に見せた。表紙には「国学院大学日本文化研究所紀要第六輯《しゅう》所載『亀卜について』藤野岩友」という活字があった。

「ぼくの手がかりはこれなんです」と、政務次官からみて、遥《はる》かなる役所の下僚は云《い》った。「亀卜というのは対馬《つしま》の卜部《うらべ》家がその卜法を朝廷中心にやったらしいのですが、それがだんだん形式的になって廃《すた》れ、今では亀卜の面影を伝えているのは対馬だけらしいです。藤野先生のお話では、亀卜は少し前までは伊豆の八丈島に卜部があって各村ごとにそれをやっておった、また伊豆の白浜、越後の弥彦などにもあったが、今はその神事が残っていない、しかし明治の初期ごろまではあったらしいと云っておられます。伴信友も『正卜考』に書いていますからね。その亀卜が廃れているのに、鹿卜《ろくぼく》のほうは数カ所に残っています。藤野先生の文章を読むとこういうふうになります。……」

ここで小川長次は遠慮げに指先に唾をつけてページをめくり、その一章を気をつけて読んだ。

《鹿卜のほうは上野《こうずけ》の一宮の貫前神社、これは橘三喜《たちばなみつよし》の『一宮巡詣記』に、元禄《げんろく》九年に神司から鹿卜の古伝を聞き、神事の概要を記しております。それから武州の御嶽神社、ここでは明暦・万治の頃には既にあったと伝えております。五日市の阿伎留神社のは天保《てんぽう》時代にはもう失《な》くなっております》

「こういうふうに書いてあります」

小川は政務次官のぼんやりした顔に視線をやはり遠慮深く走らせた。

「ついでに、亀卜のほうの越後の弥彦神社と伊豆の白浜神社を、『正卜考』についてですが、ここに書き抜いてきたのは短い文章だから、あなたなら二、三分ぐらいでお読みになれると思います」

小川長次は文部省用の公用便箋《びんせん》に書き写したものを吉良政務次官の前にさし出した。

《○弥彦伝。こは越後国蒲原《かんばら》郡、伊夜日子《イヤヒコ》神社の神官行事方と称《い》ふ職に、古《いにしへ》より伝はれる太占箱と題《ウハガキ》せる箱中に、亀甲一枚、帛《きぬ》に裹《ツツ》み納《い》れたり、相伝て云、上古の鹿の太占の卜を、後世亀甲に代て用ひたる、その亀甲なりと云へり、其《その》亀甲に添たる卜法の書なりとて、其神官高橋国彦（字《あざな》は斎宮）が写して、去《イニ》し文政三年三月見せにおこせたるを写せるなり。》

《○白浜縁起は伊豆国加茂郡白浜なる、伊古奈比咩《イコナヒメ》ノ神社の（つねには、白浜大明神と申す）縁起中に見えたる亀卜の事をとれるなり。……当国の卜部の卜事せることを記したりけむ。》

——国史科卒の吉良栄助次官は垂れた顔を起して、

「なるほどね。だいたい分った。こうしてみると亀卜よりも鹿卜が古いわけだね。ぼくは鹿卜神事は、わが選挙区の貫前神社のほか全国のお宮さんに相当あるかと思ったが、北陸と関東地方だけとは知らなかったね」

と感服したように云った。吉良は友人としてさっきから口をきいているのだが、小川長次は次官に対する敬語を崩さなかった。小川からみると、いくら吉良が友人の口調になろうと、それは上司の下僚に対する口ぶりとしかとれないのだろう。

「西にも東にもありません。しかも、北は弥彦神社から南は白浜神社まで、すべて東経一三九度線に沿っているのです。この南北線を中心にして多少の出入りはございますが、それでも三十分とはズレておりません」

小川長次はそう云うと、今度は上着の別なポケットを探り、同じく文部省用箋に書いたものを吉良栄助の前にさし出した。

越後・弥彦神社　　一三八度四〇分
上州・貫前神社　　一三八度三八分
武州・御嶽神社　　一三九度一二分
同・阿伎留神社　　一三九度一三分

伊豆・白浜神社　一三八度五八分

「よろしいでしょうか」

小川長次は吉良政務次官がこの表に眼をさらしているのを前からつつしみ深く見下ろしながら云った。

「東経一三九度を中心線にして、弥彦が西に二十分、貫前が同じく二十二分、白浜は

同じく二分しかズレていません。御嶽は東に十二分、阿伎留は十三分のズレです。この北端の弥彦と南端の白浜との差は、わずか十八分です。本州を約三百五十キロ縦断した端と端の、たった十八分差の日本海岸と太平洋岸とに亀卜の神社がある、そうしてその直線上に鹿卜の神社がならんでいる。……面白いとお思いになりませんか。武州御嶽神社と阿伎留神社とはたった一分の差でしかないのです。一分というのは、ご承知のように、一・五キロですからね」

「おどろいたもんだ」

吉良は呆《あき》れ顔で小川長次の顔を打ち眺めた。顔もだが、風采《ふうさい》の上らない男である。

「これは、君の発見かね？」

「はあ、そうです」課長補佐は上司に報告書の一カ所を指摘されたときのように軽く頭を下げた。「伴信友翁《おう》も藤野先生も書いておられません。ぼくは、これら各神社の位置がなんとなく南北にならんでるなアと思って二万五千分の一や五万分の一の地図に当ってみたのです。すると、みんな一三九度線に沿っていることが分りました。三十分の出入りもありません。まず、一三九度線として決めていいと思います。もし三十分のズレまで認めるとですな、八丈島まで入ります。一三九度三〇分ですからね。この島には江戸時代に各部落ごとに卜部がいて亀卜を行なっていたという藤野先生の話はさっき云った通りです」

「びっくりしたな、もう。こういうことになってるとは知らなかった」

吉良栄助は一三九度線の「卜占《ぼくせん》」神社配置表にもう一度眼を落して、太い息を吐いた。

「だが、小川君、これは偶然かね、それとも何か原因か理由のようなものがあってのことかね？」

「殿下からもそのようなお尋ねがありました」

「なに、殿下から？」

吉良は小川を見つめた。

「はあ。あなたと同じような疑問をお持ちになられました。で、ぼくはぼくなりの感想を申上げました。神社のあるところは、おそらく昔からその卜占の風習があった地方でしょう。それが村から廃れて神社の神事に移ったのでしょう。往古の人間は本能から居住地を定めたと思います。気候の寒暖、四囲の山、河川湖沼《こしょう》などの水、狩猟地帯と農耕地帯の接合点、その他いろいろの自然現象と立地条件が微妙にからみ合って一致したと思います。弥彦と白浜とは亀卜《きぼく》ですが、これは日本海岸と太平洋岸とを考えると、狩猟種族の鹿卜《ろくぼく》、漁撈《ぎょろう》種族の亀卜という材質の問題だと思います。伊豆の八丈島もそうです。いわゆる海人部族《あまべ》ですが、卜部《うらべ》の亀卜が対馬から出ていることを思えばこれは、はっきりしているように思われます」

「なるほどね。偶然じゃないわけだね？」

「偶然のようにみえますが、いま云ったようなことを考えると、ただの偶然じゃありません。でなかったら、どうして一三九度線上だけにならぶでしょうか。近畿《きんき》、四国、中国、九州または東北のほうにこの鹿卜なり亀卜なりの神社があってよさそうです。それが一つもありません。しかも北陸、関東でも一三九度線を外れた東西には、これまた一つもないのですからね。偶然では、こうはきちんとならないと思います。……殿下にもそう申上げておきましたが」

「ほう、殿下に？　何といわれたかね？」

「殿下はたいへん興味をお持ちになりました」

小川長次の説のユニーク性は吉良栄助にとって大した関心事ではなかった。元宮さまの倉梯敦彦氏が興味を起し、貫前神社に出かけるというのが地元選出の代議士としてゆるがせにできないことだった。

「しかしね、殿下が貫前神社にもお出かけになり、御嶽や阿伎留神社をもお訪ねになるのは、ただそれだけじゃありません」

小川長次が云ったので、

「まだ、あるのかね？」

と、吉良は小川の顔をじっと見た。

「あります。それは東経一三九度線のことです」

「それはいままで君に聞いたところだよ」

「そうではなくて、一三九度そのもののことです」

小川課長補佐は上司の突込みに柔らかく弁解するように云った。

「そのもの？」

吉良は判《わか》らないといった顔をした。

「一三九度を、数字式にすると139となります。これを電話番号の読み替え式に云ってみてください。たとえば1147番だったらイイシナ（いい品）、0145番だったらオイシイとか云うふうに」

小川はためらいがちに云った。

「139……か。イサク……イミク……どうも語呂《ごろ》合せにならないな」

「あの、平安朝以前は一はイチとはいわなかったと思います。ヒイといったと思います。四はシではなくヨンとかヨウといったでしょう。九はキュウではなくココノツと云ったと思います。ヒイ、フウ、ミイ、ヨウ、イイ、ムウ、ナナ、ヤア、ココノツ。それで読み替えてみてください」

課長補佐は小学校一年生に対《むか》う教師の如《ごと》くならないように気をつけて次官につつしみ深く云った。

「そうか。じゃ、139だから、ヒイ、ミイ、ココノツ……ヒイ、ミイ、コ……」

口ずさんだ吉良栄助は飛び上るときのように叫んだ。

「ヒミコじゃないか、君。あの邪馬台国《やまたいこく》の卑弥呼《ひみこ》！」

やっと判りましたか、というように小川課長補佐が黒い顔を莞爾《かんじ》とさせた。

小川長次が遠慮勝ちに話し出したのは、こうである。

——魏志倭人伝《ぎしわじんでん》に記載されている邪馬台国は三世紀半ばのことである。その後、邪馬台国はどうなったか、中国の史書に出ていないので分らない。同国は「鬼道に事《つか》える」女王卑弥呼が死んで台与《とよ》（壱与《いよ》）の代になったが、対立していた狗奴《くな》国に滅ぼされたらしいというのが一部の通説で、朝鮮からきた扶余《ふよ》系の民族に滅ぼされたらしいというのが他の通説である。

魏志のあとは宋書《そうしょ》倭国伝が史料的価値が高い。これは五世紀の前半のもので、いわゆる「倭の五王」が中国の南朝と通交したりして近畿には中央政権ができていたようである。魏志と宋書の間の約百年、四世紀の日本のことはまったく分らない。この間に日本では重要なことが起っていたらしい。

自分、すなわち小川長次は、邪馬台国は滅亡したのではなく、この集団勢力は新しい強力政権に追われて東のほうに移るか、あるいは移されるかしたと思っている。なぜなら、のちの奈良朝期の中央政府の政策を見ると、半島の動乱を脱《のが》れてきた朝鮮人集団の多くが東国に移住せしめられているからだ。上総《かずさ》、上野《こうずけ》、武蔵《むさし》、甲斐《かい》などの関東地方は、いわゆる「帰化人」の移住地域であった。

これは前々からの政策を奈良期の政府が踏襲したまでであって、四世紀のころは、敗北した部族は中央政権によって関東に移されていたと思われる。邪馬台国が北九州にあったか大和にあったかその論争はいまだ決着がつかないけれど、いずれにしても邪馬台国は敗北後に関東に移り、その部族は山間部と平野部の接点、いいかえると狩猟と農耕の混合した地帯に散開したと自分は推定している。

卑弥呼は鬼道に事《つか》えたというが、この鬼道が北方大陸系のシャーマンであろうとはすでに定説化されている。中国では殷《いん》代の占い、これは亀卜だが、国王が自らやっていたことが殷墟《いんきょ》から出た「卜辞」を通して知られる。あと、周、秦《しん》、前漢、後漢、魏、晋六朝《しんりくちょう》、隋《ずい》、唐とずっと卜占《ぼくせん》の王朝行事がつづく。これをみても大陸系シャーマニズムとして卑弥呼の鬼道と鹿卜・亀卜とが一致する。亀卜の卜部は対馬《つしま》から出たというが、対馬、壱岐《いき》はもともと卑弥呼の女王国の勢力範囲だったことを考えるといい。

だから――

「関東の一三九度線に南北一列上に散在している鹿卜・亀卜の神事は、邪馬台国の鬼道の名残りだと思います」

小川長次の長い話は終った。

「それはたいへん面白い説だ。君ならではの新説だね。君は学生のころから変った新説を出しては岩井教授をおどろかしていたな」

吉良栄助は派閥の研修会よりもこっちのほうが面白くなった。それに倉梯元宮殿下の予定もしっかりと聞いておかなければならなかった。

「しかしね、その説は面白いけど、大きな難点があるね。一三九度はヒミコと云《い》い替えはできる。君は、どうやらその数字にヒミコの秘密が匿《かく》されているように考えているらしいが、経度というのはロンドンはグリニジ子午線を基点として東と西にそれぞれ一八〇度に測ってこしらえたものじゃないか。三世紀末か四世紀初めの邪馬台国の残党がさ、近代のグリニジ測定線を予見していたとでも云うのかね？」

吉良栄助が初めてうす笑いしながら抗議的質問をすると、

「殿下からも、あなたと同じようなご質問がありました」

と、小川長次は恐縮したように答えた。

「もちろん緯度経度はグリニジ子午線を基点とした近代の人工的目盛です。その一三九度をもってヒミコに当てるのはナンセンスかもしれません。けどね、ぼくはこれは天の啓示だと思うのです。四世紀に関東に移動したらしい邪馬台国の部族は偉大なる女王卑弥呼を尊崇していた。そうしてその鬼道なるシャーマンの鹿卜・亀卜を奉じていた。その土地は当時のかれらが本能的に択《えら》んだ場所だったと思います。気象条件・立地条件の一致した生活に快適な土地です。それが千数百年隔てたグリニジ子午線による測定で一三九度線になったのは決して偶然とは思えないのです。神秘は時間空間を超え、科学をも超越すると思います」

「ふうむ」

吉良栄助は小川長次の遠慮深い熱弁にたじろいだものの、まだ疑わしげな目つきを解かなかった。

「それでは、もう一つ申しましょう」

と、課長補佐は自分の報告書が上司に信用してもらえないときのように、かなしげな目つきで弱々しく云った。

「旧吉野村、これはぼくが生れたところで、梅林の名所です。梅見頃には都内から多数人が車で押しかけてきます。そんなことはどうでもよいのですが、この吉野村が実は合併していまの名前になったのを知る人は少ないようです。もとは日向《ひなた》和田、日影《ひかげ》和田、下村、由木の四つの村だったのです。その日向和田というのが、ちょうど一三九度一三分に当るのです。つまり五日市の阿伎留《あきる》神社と南北に山一つ隔てて位置しています」

「日向和田村が一三九度一三分にあったといっても、そこと鹿卜とが関係があるのかね？」

「鹿卜とは関係がありません。それはすぐ近くの御嶽《みたけ》神社です。けど、日向は九州の日向《ひゅうが》と同じ字を書きます。昔はヒュウガといっていたのを日向の漢字からヒナタというようになり、それが日に当る場所というふうにとられ、日の当らない場所を日影というあとの名ができたと思います。また、宮崎県の日向をヒュウガといっているけれど、ずっと往古ではヒムカといったと思います。これは卑弥呼をヒミカという地名をつけた人名と解すべきだという一部の説とも一致します。ですから御嶽神社のすぐ近くに日向和田という村の名があったのも偶然ではありません」

「なかなか面白いが……では、和田は何だね？」

「和田は古代朝鮮語の海を表わすワタです」

「あ、そうか。綿津見《わたつみ》神のワタだな。卑弥呼が海人族だということと一致するわけかね？」

「はあ、そうです」

「なかなか、うまくいっている。一三九度線だけじゃなく、ちゃんと卑弥呼の名も土地に残っているということか」

「はあ、そうです」

課長補佐はあたかも起案書類に次官の決裁がもらえたときのようにうれしそうな顔をして、

「殿下もそれにはたいそう興がられておられました。そこで、貫前神社から御嶽神社、阿伎留神社へのご旅行の思召《おぼしめ》しになったのですが」

といった。ご旅行を危うく行啓と云いそうな口もとであった。

「それそれ」と吉良栄助は次官よりも代議士の自覚に戻った。「いったい、殿下はいつごろ貫前神社においでになるのかね？」

「それは、吉良さん、あなたに貫前神社へのお手配がねがえるかどうかで日程が決るのですが」

次官と呼ばずに吉良さんと呼ぶところに小川長次の同級生らしい感情がわずかに出ていたが、吉良栄助はそんなことに気をかけられないほど、「殿下」のお越しに胸が沸いていた。

「いうまでもないじゃないか。小川君。この吉良がそれには一生懸命になってお取計らい申上げるよ。すぐに殿下にそう申上げてくれないか」

吉良はせきこんでいった。心では、小川が遠慮して云い出さなくとも、こういうことを自分に云ってくるからには昇進依頼の下心があると思い、官房長にそう云いつけて課長にさせようと思った。選挙区の有利を思うと、こんな安い報酬はなかった。

「では、そうします。……実は、このことではぼくは岩井先生にご相談したのですが」

小川長次は膝《ひざ》の上に両手を揃《そろ》えていった。

「なに、岩井教授に？」

吉良はかすかに眉《まゆ》を曇らせた。ちょっと面倒なことをしたな、という表情だった。

「はあ。なんといっても岩井先生は母校の恩師だし、史学界の大家ですから」

「うん、そりゃ結構だ。岩井先生は何と云われたかね？」

「大乗気でした。ぼくの一三九度ヒミコ説は学界には正面から云えないけど、しかし、関東のその線上にだけ太占《ふとまに》の神事があるのは興味深い、また、邪馬台国が滅亡したのではなくて、敗北して関東に移されたというのは、のちの帰化集団移住の事情からみて面白いと云われました。そこで、自分も殿下の貫前、御嶽、阿伎留のご旅行にはお供をしよう。ついでに、京都D大の谷田君、福岡Q女子大の前川君もいっしょに連れて行こうと云われましたので、そのことをぼくは両君にも連絡しました」

「谷田君と前川君とを？　それは先生が京都と福岡の愛弟子《まな》をお供にしたいという意味かね？」

吉良栄助は少しいぶかしげな眼をした。

「いいえ、それだけじゃありません。ぼくの提起したこの問題が邪馬台国に関連していますからね。谷田君も前川君も邪馬台国論争には一枚加わっています。京都の谷田君は、畿内大和説、福岡の前川君は北九州説です。それで、この両陣営の花形助教授をいっしょに呼んで連れて行ったら、さぞかし世間の反響を呼ぶだろうという先生の意見なのです。全国には邪馬台国論争が相当に知れ渡っているし、この論争のファンも多いですからね」

「ううむ。岩井先生も考えたね」

吉良栄助は唸《うな》った。思ってみると、これはいい着想である。全国的な話題をよぶだろう。高松塚には及ばないかもしれないが、マスコミを賑《にぎ》わすにちがいない。選挙区はよろこぶ。「殿下」をお連れしているのだからなおさらである。「殿下」を案内し、一人の大学教授と二人の京都・九州の俊秀助教授と、その他大学教師連の先頭に立っている文部政務次官の自分の新聞写真を吉良栄助は華やかに想像した。選挙区の人気は爆発的になろう。

「たいへん結構な話じゃないか、小川君」

吉良栄助は同級生の肩を敲《たた》かんばかりにして相好《そうごう》を崩した。

「はあ、ぼくもそう思いますけど」

小川長次は、同級生の磊落《らいらく》な友情を投げかけられても、次官と課長補佐との距離を崩さなかった。永い間の役所の下積み暮しでは、下僚根性が滲《し》みついているようにみえた。

「で、殿下のお気持はどうだね、そのプランで？」

第一に「殿下」であった。

「殿下もたいそうご満悦です。そういう権威のある学者がいっしょについてきてくれるなら、どんなにか勉強になるかしれない、そのように実現してほしいとぼくにお言葉がありました」

「そうか、そうか。よかった、よかった」

吉良栄助は肩を動かし、両手を揉《も》み合せた。

「ついては、これは殿下をご案内する前に現地を下見しておくのがこれまでの慣例でございますからね。倉梯さまは今は民間人ですが、やはり元皇族としてそれだけの敬意を払わないといけないだろうと思います。神社での神事の次第など、各神社の宮司《ぐうじ》などとも打合せしておかないと、いきなりでは宮司のほうがあわてますからね」

小川長次は、こういう場合のしきたりを云った。

「そりゃ、もちろんだ。そうすると、岩井先生も、その下見というか、殿下がお見えになるときの予行演習というか、それに参加していただいたほうがいいだろうね?」

吉良栄助も下見の段階から選挙区に自分の晴れがましい姿を見せるには、なるべく権威ある学者を引具して行ったほうがいいようだと思った。

「実は、岩井先生にそのことをぼくがお話したところ、先生は自分もぜひ殿下にお供する前に現場を見たい。まだ一度も貫前神社にも御嶽神社にも阿伎留神社にも行ってないし、その神事について宮司さんの予行演習も拝見したい、そうしないと、殿下にご説明するときに落度があってはならないという意見でした」

「もっともなことだ」

吉良栄助はうなずいた。

「それから、これはぼくが云ったのじゃないのですが、岩井先生は京都の谷田君と九州の前川君とに電話してこの話をされたらしいですな。すると、両君ともぜひ、その下見のときから参加したいという希望だったそうです。鹿卜の古習俗を学問のためによく見ておきたいというのです」

谷田助教授も前川助教授も小川長次にすれば依然として変りない同級生であった。

「なに、谷田君と前川君とが？」

「はあ。ぼくは結構ですとお答えしておきましたが、それでよろしいですか？」

小川長次は上司に伺うように訊いた。

「もちろんいいとも。ぼくも久しぶりに両君に会えるのだから愉《たの》しいよ。そりゃ、いい。京都と九州の両新進学徒が下見のときから参加するなら、邪馬台国の大和・九州両説の対立にからんで、世間に事前の興味を起させるだろうな」

前宣伝は派手なほどよかった。

「……ところで、その下検分の日取りをいつにするかね？」

「京都や九州からかけつける両君の都合もありますから、岩井先生ともよく相談してのちに報告に上ります。まあ、漠然とですが、十一月の半ばごろはどうでしょうか?」

「あと二十日ばかりあるね。よかろう。ぼくのほうはそのつもりで日程の調整をしておく。だが、なるべくはっきりした日どりを決めてほしいね」

「そうします。十一月半ばというと紅葉のさかりですからね。秩父の山中はことに美しいです。もっとも、殿下がお越しになるのは十二月八日で、紅葉には遅すぎますけれど」

「貫前神社から秩父を通って青梅の御嶽に行くんだったっけな」

　ここで吉良栄助はふと浮かない顔になった。

「ぼくは御嶽まではお供はできないかもしれないよ。東京で党の用事もあるし、大臣の相談も受けなければならん。殿下が鬼石の旅館にお泊りになるなら、翌朝、お車のお見送りをして失礼することになるかもわからないよ」

　青梅などについて行ったところで、選挙のとき一票にもならないのである。

「それで結構です。お忙しい身体ですから」

　小川長次は慇懃《いんぎん》に承諾をした。

十一月十五日午後一時、小川長次文部省文化課課長補佐の案内で、東京P大学の岩井精太郎教授、京都D大学の谷田修助教授、福岡Q女子大学前川和夫助教授らが高崎駅に到着し、これを前日に選挙区に帰っていた吉良栄助が駅頭に出迎えたことは、その日の夕刊の地元新聞に賑やかに報道されている。近いうちに元宮さまの倉梯敦彦氏を貫前神社にご案内して鹿卜の神事を見ていただくための準備だというので記事は派手に扱われ、ついでに毎年十二月八日に行われる神社の鹿卜の神事について詳しく紹介してあった。地元紙がわざわざそう解説しなければならないほど、近年はその古式の神事を土地の者も、また消防団の者も拝観に行くことが少なくなったのである。貫前神社の鹿卜は、御嶽のそれが新しい年の一年じゅうの農耕の出来不出来を予想するのに対して、これは近郷各村の火災の多少について予報するのである。肝腎《かんじん》の消防団関係者をはじめ市町村民が鹿卜神事を拝観せずに、その神示の予報だけをあとで神社へ聞きに行くという横着さは困ったものであると新聞は書いた。もっとも貫前神社の北側に当る丘下の杉林の中が最近はアベックの巣になっていて、夜中はもとより昼間から灌木《かんぼく》や草むらの間に自家用車が数台もひそんでいるようでは神さまのありがた味も分らなくなったのだろうと皮肉ってあった。

ところで、新聞が鹿卜神事に関連したことで、大々的に報じたのは東経一三九度線がヒミコをあらわしているということで、この線に沿って鹿卜《ろくぼく》・亀卜《きぼく》の古俗のある神社がならんでいるのは九州の卑弥呼の勢力が関東に来たのだという小川長次の「邪馬台国東遷《とうせん》」説であった。「邪馬台国」問題はかなり一般的に知られていることなので、この記事は相当に興味をひいた。とくに郷土史家には反響を呼んだようである。新聞にこうした記事の材料を流したのは地元選出代議士としての吉良栄助であって、いわば「前景気」を紙上で煽《あお》らせたのである。

さて、高崎駅に一行を出迎えた吉良栄助と岩井教授との間には就任祝のパーティ以来の師弟の挨拶《あいさつ》があり、また京都の谷田助教授、九州の前川助教授二人と吉良栄助との間には同級生として久闊《きゅうかつ》の言葉が交わされた。

「小川は妙なことを考えついたもんだね。グリニジ子午線測定の東経一三九度が三世紀半ばに生きていた九州の卑弥呼の予見的暗号だったというんだからね。この珍説には度胆《どぎも》を奪われたよ」

前川和夫が肥《ふと》った身体をゆるがした。

「いや、九州の卑弥呼じゃない、大和の邪馬台国にいた卑弥呼だよ」

邪馬台国畿内説の谷田修が細長い顔をにやにやさせて前川の言葉尻《じり》をとらえたが、もとより本気に訂正しているのではなかった。九州説であろうと大和説であろうと邪馬台国の一三九度線「東遷説」はその論争を超越していた。

小川長次がここでも、文部政務次官室で吉良栄助に説明した通りのことを繰返したのはいうまでもない。

「いやいや、とにかく小川君の新説で、われわれがこうして鹿卜の神事を拝見できるようになったのだから、ありがたいと思わなければいけないね。聞けば倉梯さんも小川君の新説に興味をもたれて、ここの貫前神社や武蔵の御嶽、阿伎留神社においでになることになったんだからな。一三九度線卑弥呼一致説は別として、この一三九度線に鹿卜・亀卜の神社が南北につらぬき、その東西に一つもないというのは、だれも今まで気づかなかった発見だよ」

岩井教授はおだやかに笑っていった。十年前に愛妻を急に失ってからは年齢以上に老《ふ》けこんでいるとは衆目の一致するところだった。頭はよほど白くなっているし、顔の横皺《よこじわ》は多いし、背は前にかがみ加減だし、初対面のだれもが五十六歳というほんとうの年齢を云《い》い当てはしなかった。

教授が後妻を娶《めと》らずに独りで暮しているのは、よほど亡《な》くなった夫人を愛していたからにちがいないとみんなは云っていた。実際、教授は夫人の死後、あまり会合にも出ず、娯楽的なつき合いも好まなくなったのである。教授の家に遊びに行く学生の話では、教授が書斎にばかりいて、ときどき会話の途中でもまったく別なことに思索が走っているように、茫乎《ぼうこ》とした表情になるが、その暗い顔つきからみて、あれは喪《な》くした奥さんのことをふいと想《おも》っているのだろうということだった。もしそうなら、教授にとって教え子に囲まれての今度の小旅行は明るい気晴らしであり、愉しみにちがいなかった。

吉良栄助は高崎駅前から富岡市の貫前神社に行くのに、中型の自家用車ベンツ二八〇を提供した。

「先生」

吉良栄助は岩井教授に外車の新品を見せた。そのボディは黒大理石のように光って艶々《つやつや》していた。

「倉梯さんがお見えになったら、これに乗っていただこうと思っております。この辺にはロクな車がありませんので。今度も東京のわたしの家から昨日わたしがこっちに乗ってきたのです」

「おう、君は学生時代から車が好きだったな。今でも自分で運転するのかね?」

教授はベンツと吉良栄助の顔を見くらべてにこやかに訊《き》いた。

「はあ。ドライブは好きだから自分で運転します」

「車は危ないから、なるべく運転手に任せたほうがいいな。君なんか、政治のことや文教政策のことでいろいろと考えることが多いだろう。運転中に考えごとをしていると危険だというからな」

教授は忠告した。

「大丈夫です。役所への登庁は文部省から送迎の車がきますし、都内を走るときはまさかわたしが運転もできません。やはり、その体面がございますから、運転手にさせます。ドライブのときだけです。けど、今日はこうして運転手を連れてきておりますから」

吉良栄助は三十歳ばかりの熟練した腕のお抱え運転手の背中を指した。

「そんならいいけど、なるべく自分では運転しないほうがいいね。やはり交通事故の多いときに危ないよ。君もこれからという大事な身体《からだ》なんだからね」

あとで考えると、恩師のこの老婆心《ろうばしん》は不幸にも翌朝には的中したことになる。けれどもその時には居合せた者の誰もそんな先のことを予想するものはなかった。

「大丈夫ですよ、先生。吉良はたとえトラックと正面衝突しても死ぬような男じゃありませんから」

そういったのは九州の前川和夫であった。

「いや、それくらいの身体と馬力がないと、とても代議士になったり政務次官になったりはできない。……どうだい、小川。吉良は文部省では評判が悪いだろうな。こんな程度の悪い政務次官は歴代中初めてだと云ってないか?」

京都の谷田修が小川長次を見かえってきいた。

「いやア……そういうことは……」

小川は返辞ができずに詰った。

「そんなに評判は悪くはないよなア、小川君?」

吉良は笑いながら級友として冗談を云ったのだが、小川は吉良に対《むか》うときだけ課長補佐と政務次官の意識から脱《のが》れられないらしく、

「そうですね、評判はいいですよ」

と答えた。

「こいつ、吉良にゴマをすってるぞ」

げらげらと笑ったのは前川だが、小川は顔を赧《あか》くした。両助教授にだけは、前川、谷田と呼び捨て、おれ、お前の友だちの言葉だが、吉良にだけは吉良さんであって言葉も丁重なのは教授や二人の同級生の手前、少々気恥ずかしかったのであろう。が、かれらの手前を考えてこの場だけを吉良とかお前とか呼ぶことはとうてい小川課長補

佐にはできなかった。前川和夫は冗談にしても心ないことをいったものである。小川は現場の「技術屋」らしくポケットに折畳み式の木製測量尺を入れていた。

前のベンツには吉良栄助と岩井精太郎教授が乗り、二人は座席にならんだ。吉良はお抱え運転手に気をつけてやってくれといった。次には吉良が地元の選挙区で用意させたハイヤーがつづき、小川長次と前川和夫と谷田修とが乗った。あとの一台は吉良の選挙区の後援者で県連の県議が二人と市議が二人乗った。最後の一台は地方新聞社の車だった。

高崎から富岡までは途中の丘陵地帯についた道を通って約二十三キロである。途中の吉井町には多胡《たご》碑文があって二番目の車の中では碑文の「給羊」をめぐる解釈に花が咲いたりした。小川長次は前川、谷田という遠慮のない友人に囲まれてその議論をのんびりと愉しんでいた。

富岡市の町なみを西にはずれると、すぐ右手に丘陵がある。丘は杉の杜《もり》に蔽《おお》われたいわゆる「神奈備《かんなび》」型である。そこから社殿は見えない。その代り前に朱の大鳥居が立っていた。高い石段だが、横に急な勾配《こうばい》の舗装された車道がついている。先頭のベンツはその十二、三度はありそうな一車線の急坂を慎重に登って行った。

登り切ったところが丘陵の嶺《みね》になる。石段の下から目測すると四十メートルはありそうである。車はその嶺の頂上でとまり、人はそこで降りなければならない。この車道は嶺について東側の丘陵の端を曲り、再び急勾配を北側に降《くだ》る。この谷を綾女谷と呼んでいる。丘陵上の道の西側は鬱蒼《うっそう》とした杉、松、樅《もみ》、欅《けやき》、樫《かし》、檍《もちのき》、それに榊《さかき》が密生している。榊はホンダ・サカキといって自生では本州の北限だそうである。道の東側は切り立った断崖《だんがい》で石段のあるところと同じ高さの約四十メートルである。しかし、この道路は神域の中ではあるが神社の建物の外周になっている。

社殿には、鳥居の石段とそれに沿った急勾配の車道を上り切った嶺、つまり人々が車を捨てたところから谷の中ほどに降りて達しなければならない。そこにも石段がある。その石段を降りると朱塗りの楼門・回廊が木立を背景にして真正面に見下ろせる。社殿が綾女谷という渓間《たにま》に深く隠れているような感じで、境内を上り下りして社頭に達する「下り参道」という珍しい形式である。社殿は総漆塗の極彩色で、上州の「日光」の称がある。が、日光よりは旧《ふる》く、徳川初期の様式で、久能《くのう》山東照宮や富士浅間《せんげん》神社などと共に日光東照宮の美術建造物を生む行程の建物であった。

宮司《ぐうじ》、禰宜《ねぎ》はその楼門の前まで石段を下ってくる一行を迎えていた。

これより一行は社務所で小憩し、拝殿に案内され、神官によって鹿卜の神事を拝見することになった。元宮さまの「殿下」にお見せする通りに予行するのであるから、むろん神官たちも衣冠束帯の神々《こうごう》しい白衣姿である。鹿卜の準備は、八角の専用炉に注連縄《しめなわ》を張り、拝殿の正・中・北側に据える。神籬《ひもろぎ》である。中央と四方に九寸くらいの忌串《いぐし》を立て、鑚金《きりかね》、鑚石、錐《きり》、鹿《しか》の肩胛骨《けんこうこつ》、添え木などの祭具を一式、漆塗折敷《おしき》に並べて傍に置く。……

このとき小川長次だけは、「殿下」をお迎えするのに境内を検分してくると云って出て行った。文化課課長補佐となれば責任上手落ちのないように何かと気をつけるのである。中座したのは、鹿卜の儀式に時間がかかり、それが済むのを待っているとあたりが暗くなるからである。

——鹿卜の神事予行が済んだのは午後四時半ごろであった。日が短いのであたりはうす暗くなっていた。

その儀式の終りごろに外から戻って参加した小川課長補佐が、儀式が済んでから宮司の耳にささやいた。

「おどろきましたね。境内の裏を降りた林の中や藪《やぶ》の中はアベックの天国ですな」

神官は顔をしかめた。

「困ったものです。あの連中が来てご神域をけがしますわい」

近ごろのことで、農家の若い者はみんな車を持っている。——

一行は秩父に隣りする群馬県境の南端、鬼石近くの八塩《やしお》温泉に泊ることになった。ここでなければならぬのは、この町がほぼ東経一三九度に当るからである。「殿下」も来る《きた》十二月八日の夜はここにお泊りになって秩父を越え、青梅の御嶽や五日市の阿伎留神社においでになる。同じ一三九度線下でも伊香保や水上温泉では逆方向で遠すぎるのである。

鬼石は秩父の登り口となっていて、町の中には秩父の庭石がいたるところに転がっている。秩父の山中からは結晶片岩や秩父古生層、ジュラ系の岩石が出る。西部からは石英閃緑岩《せんりょくがん》が出る。これらは庭園用の石につかわれるので、秩父の町にも銘石屋と称する石屋が多く、東京その他の各地に送り出されている。

八塩温泉では「泉石」という旅館に泊った。地元の人間は遠慮して早く帰った。師弟五人だけで夕食をとり、京都と九州からかけつけてきた谷田修助教授と前川和夫助教授は疲れたといってそれぞれ個室に八時ごろに引きとった。

八時半ごろ、岩井精太郎教授が高崎から吉井の町を通ったときに立ち寄れなかった多胡碑を見たいと云い出した。多胡碑は八世紀の貴重な金石文として日本はもとより中国にも知られている。夜だけど、懐中電燈《でんとう》で眺めたいといった。岩井教授が別の部屋にいる吉良栄助を呼んで、吉井町まで君の車を使わせてくれないか、と頼んだ。吉良の運転手を同じ旅館に泊めているのである。

「申訳ありませんが、車は少しあとでぼくが使うのです。ちょっと約束したことがありまして。済みません、タクシーを呼ばせましょう」

これは女中がそばで聞いていた。

タクシーがきて、岩井教授は小川長次を案内役にしていっしょに吉井町にむかって出て行った。ここから吉井町は十キロあまりしかない。

そのあと、四十分ほどして吉良栄助が自分の運転手のいる部屋に行って、

「ちょっと車で高崎まで行ってくる。キイを出してくれ」

といった。運転手が、わたしが運転しましょう、と云うと、

「いや、おれが運転する。君は寝ていていい」

と、キイをポケットに入れて玄関を出た。吉良栄助は旅館のガレージに入れたベンツを引き出し、女中たちの見送りをうけて、これを器用に運転しながら門を走り出た。

運転手は、主人の吉良がひとりで車を運転して高崎市に行ったのは、自分のお伴では都合の悪い行先だろうと推察した。東京でもたびたびそういうことがあった。お抱え運転手つきの車というのは主人にとって不便なことが多い。運転手はその夜の吉良

の単独行動を吉良が高崎で懇《ねんご》ろになっている料理屋のおかみに結びつけた。

十一時近く、岩井教授と小川課長補佐とは宿に戻ってきた。小川長次はすでに床に入っていた前川和夫と谷田修とを女中に起させた。

「いま、多胡碑を見に行ってきたよ。あそこの近所の農家が碑文の拓本の複製を売っていたからね、君たちにおみやげに買ってきたよ」

と、小川は友人の助教授二人に云った。畳二枚ぶんはありそうな拓本の複製がひろげられた。教授と小川とは洋服の着がえもしていなかった。

「なるほど見事なものだね。本の写真版では何度もお目にかかっているが、やはりこれくらいの実物大になると迫力が違うね」

と、九州の前川が感嘆して見入っていた。

「そう感心するだろうと思って、君たちを起したのさ。先生はもう遅いし、寝ているから明朝でいいじゃないかとおっしゃったけどね」

小川が教授のことをいった。岩井教授は、起して悪かったね、とにこにこ笑っていた。拓本の複製をたたんでいた京都の谷田が、ふと、教授を見上げて訊いた。

「先生、向うで多胡碑を実測していらしたんですか？」

「いや。そんなことはできないよ。碑石はお堂の中に入っていて、格子《こうし》窓《まど》からのぞいて見る程度だからね」

「そうですか。ぼくはまた先生がポケットに折尺を入れてらっしゃるので、寸法を測っていらっしたのかと思いましたよ」

「ああ、これか」

教授は自分のポケットを見て気づいた。

「碑石が測れたらと思って小川君に借りたままになっていた。君、返すよ」

教授は小川文化課課長補佐に折尺を返却した。

「これを見たら、ぼくらも実物を見に行きたくなりましたね。明日、吉良君に案内させましょう」

「そうしたまえ。……吉良君はまだ起きているかしら?」

「先生。さっきはぼくらのあとで車で出て行くようなことを云《い》ってたじゃありませんか。まだ戻ってないかも分りませんよ」

「ああ、そうだったな」

教授はうなずいた。小川課長補佐も当の吉良政務次官が眼の前に居ないと、友人なみの言葉で敬語は使わなかった。

「せっかく寝ているところを、つまらないことで起して悪かった。さあ、寝てくれたまえ」

教授は弟子二人に詫《わ》びた。

「いいえ。ぼくはまだ布団《ふとん》の中で本を読んでいましたから。かえって結構なものをありがとうございました」

前川和夫が恐縮していった。

吉良栄助は、その晩、宿に戻ってこなかった。ぼくもそうです、と谷田修がつづいた。

吉良の運転して行ったベンツの事故は高崎市内では起らなかった。富岡市一ノ宮の貫前神社の境内、あの蓬ケ丘《よもぎがおか》と呼ばれる神奈備型の丘陵の上についた半円の道路から車が外れ、四十メートルの崖下《がけした》に転落していたのだった。吉良栄助は潰《つぶ》れた車の中で圧死していた。

発見はその翌日の早朝で、付近の通行人がみつけた。その連絡が富岡の警察から旅館にくるまで吉良栄助の伴《つ》れは何も知らなかった。運転手は主人が高崎で事情のある外泊をしたと思って、皆には朝までの不在を告げなかったのだった。

――警察によってこの重大事故の検証が行われた。ベンツは断崖が彎曲《わんきょく》した角に車輪を上にして破壊されていた。吉良栄助は即死だったが、ハンドルを右に切って急ブレーキをかけた状態でこと切れていた。外車で運転席は左側についている。

吉良がハンドルを右に切り、急ブレーキをかけた理由は、現場の調査で分った。東側の崖が彎曲しているように、その四十メートル上についた一車線の道路もそこが急なカーブになっている。西のほう、鳥居のある石段の横についた急坂の車道を駆け上ったベンツは、そのまま上の東西に半円形についている道を東方にむかった。カーブを曲ると、北にむかい境内の綾女谷を駆け下ることになる。吉良のベンツはそのカーブまで相当な速力で来た。が、そのときにブレーキを踏み、ハンドルをとっさに右に切った。道は一車線でせまく、しかもスリップした。道路の上は夜露が下りていたのだ。道にはベンツのタイヤが乱れた爪跡《つめあと》のようについていて、崖ぶちの灌木《かんぼく》の群れを押し倒していた。

なぜに運転者は右に車の方向を急に変え、ブレーキを踏んだのか。そのわけは、道の西側、崖ぶちとは反対側になる土手の下に残っている別のタイヤのあとが解いた。タイヤは国産の中型車のもので、最も普及している車である。これが土手の端に寄せて駐車していたことがタイヤの深いあとで知れた。土は柔らかく、その上に落葉が溜《た》まっていた。この溜まった落葉にも車輪の片側があとをつけていた。

これを要するに、吉良栄助は道路を走ってきてカーブのところにさしかかって曲りかけたとき、左側に駐車している車を発見した。不運なことに、外車で左ハンドルだったから、こういう場所の条件だと障害物の発見が遅れる。左側の曲り角の向うにかくれ、道路に半分はみ出た駐車に見通しがきかなかった。それで吉良はあわてて衝突を避けハンドルを右に切った。急ブレーキも踏んだ。速力もついていたから車は停止しないで四十メートルの崖下に飛びこんだ。

そういう場所に夜間ひそんで停《とま》っていた車はアベックにちがいない。この境内の北側山裾《やますそ》はアベックの集合所で、いつもほうぼうに車が置いてある。アベックは車内に閉じこもるよりも、外に出て密林と草むらの中にひそむのが多い。綾女谷の北麓《ほくろく》は境内地総坪数二万六千四百坪のほぼ半分近くを占めている。この広大な自然林の中は時代劇の撮影隊がよくやってくる。夜は、神官を嘆かせるアベックの別天地であった。

問題の道路駐車中の車も、北麓の谷下から上ってそこに停っていたのであろう。そのときアベックが車の中にいたか、外の杉林の中を彷徨《ほうこう》していたか、それは分らない。どっちにしても、自分らの駐《と》めた車のためにほかの車が崖下に飛びこんだと分っては仰天してそこから退散したのだろう。車を動かして下に降りたタイヤのあとも道についていた。

警察では、その駐車した車の所有主を探したが分らなかった。だれもそんな恥ずかしい行為を名乗り出る者はなかったのである。

吉良栄助の不幸な事故死から三カ月ほど経《た》った。霞ケ関《かすみがせき》一帯には小さな雪が降っていた。道路だけは激しい車の疾走で解けていたが、枯れた緑地帯や裸梢《らしょう》だけの並木の上にはうすく積っていた。見た眼からはそのほうが大雪よりは寒さをおぼえる。

文化課の課長補佐小川長次は昼休みに警察庁の刑事部にいる山口光太郎警部の来訪を受けた。実は午前中に山口から電話で連絡があって時間を打合せていたので唐突ではなかった。どちらもP大学の国史科卒で、小川のほうが三期先輩であった。山口は背広の上にコートを着たまま文部省の正面玄関受付のところに立っていた。

小川が玄関にコートを片手に抱えて出ると、山口は細い眼をして笑い、頭を低《さ》げた。色の白い男で背も高く身体も大きかった。電話での山口の話は近くの中華料理屋へ行って昼飯をいっしょにしようという申入れだった。

「ご無沙汰《ぶさた》をしています。吉良さんの政務次官就任パーティ以来ですね。役所はご近所なのに、なかなかお会いできません」

後輩の山口は小川に丁寧に云った。

「そりゃ、こっちも同じことさ。どれ、出かけようかね。生憎《あいにく》の雪だな。どこか、うまい味の店を知ってるの？」

小川は先輩らしい口を利《き》いた。虎《と》ノ門《もん》まで歩いて中華料理店に入った。料理屋ふうになっているので、小部屋に通された。暖房は利いていた。昼休みに酒も呑《の》めないので、サイダーで鍋《なべ》ものをつつくことにした。二人はしばらく雑談をした。

「吉良さんが交通事故で亡《な》くなって、もうどのくらいになりますかね?」

山口は熱い食べものを口の中で吹き吹き小川にきいた。

「そうだな。もうそろそろ百カ日がくるんじゃないかな」

小川も象牙《ぞうげ》の長い箸《はし》を動かしていた。

「もうそうなりますかね。岩井先生の祝賀スピーチをパーティの席で聞いたのは、ついこの前だったような気がしますが」

「早いね。あのときは岩井先生もぼくも吉良の世話で上州の貫前《ぬきさき》神社というのに鹿卜の神事を見に行っていたから、どうも吉良には気の毒なことをしたよ。あのとき、ぼくが殿下のご見学をおすすめしなかったら、吉良に貫前神社に案内してもらうこともなく、したがってああいう不幸はなかったと思うがね。吉良は生きていたらゆくゆくは大臣になっていたかもしれんよ」

「文部政務次官としてはどうでしたか?」

「うん。まあ、あんなものだ。文部行政には素人《しろうと》の代議士だからね。こっちが手をとって教えてやらんといかん。吉良はアクが強かったから、省内の評判はあんまりよくなかったね。まあ、それでなくては代議士なんかにはなれないのだろうがね」

「貫前神社の話、京都の谷田さんからも聞きましたよ」

「君は京都に行ったのか？」

「この前、大阪の近畿警察局で連絡会議がありましてね。京都に久しぶりに行って博物館をのぞいたら、谷田さんの大学が近くにあったので、つい、寄る気になったのです。来られていなかったら、そのまま帰るつもりで」

「そうそう、谷田の大学は東山だったな」

「そのとき谷田さんから聞いたんですが、谷田さんも九州の前川さんも貫前神社には岩井先生のおすすめで、あなたや吉良さんといっしょに行かれたそうですね？」

「そうだった。ぼくは殿下が貫前や御嶽などにおいでになる前に下見のつもりだったのだが、先生が両人を誘ったらしい。ところが吉良の神社境内での交通事故死で、殿下のご見学もとりやめになった。殿下に申しわけなかったよ」

「倉梯さんもがっかりなさったでしょう。ところで、谷田さんから聞きましたよ。あなたの東経一三九度線卑弥呼説を。あれは面白かったです。しかもその一三九度線の南北に鹿卜《ろくぼく》や亀卜《きぼく》神事のお宮が一線にならんでいるというんですからね。あなたは興味深いことを見つけたもんですね？」

「いや、あれは偶然でね。ぼくの生れがいまは青梅市に編入されている旧吉野村の日向和田でね。ここがだいたい一三九度線に当っている。近くには御嶽の鹿卜神事がある。ところが伊豆の白浜と越後の弥彦には亀卜の神事があったというのを藤野岩友先生の本で読み、地図を見たら、これが本州を通る一三九度線の両端になっているんだなア。発見のきっかけはそこからだよ。まあ、小川のやつ、ずいぶん奇妙な新説を考え出したと思うだろうが」

「いや、面白い。たいそう面白いです。だから倉梯さんが貫前や御嶽においでになるお気持によけいになられたのでしょう。卑弥呼が出てきたので、邪馬台国の所在比定では大和説と九州説とで対立する谷田さんや前川さんまで岩井先生のお供に加わったということですねえ」

　ここで小川長次は自説をもう一度後輩の警部に話してやった。出無精の岩井教授がわざわざ貫前まで出馬したのも、やはり自分の説を面白がられたためだと語った。毛色の変った職業についているが、同じ国史科出身であり、岩井精太郎教授の教え子である山口も耳を傾けて聞いていた。

「元の宮さまの倉梯さんが貫前神社などにおいでになる予定がなかったら、吉良さんも動かなかったでしょうな。代議士にとっては選挙区に対するまたとないPRですからなア」

山口はフカのヒレを箸の先でつまんでいった。

「うん。まあ、そうだな」

「故人に対して批判的になって申訳ありませんが、吉良さんは自分を売りこむようなことであそこまで行ったようなところがありましたね。あなたのいわれるようにアクの強いところがありました。ぼくはあのときのパーティのスピーチで岩井教授が、学校の成績が社会に出てからの順位にならないという意味の話を興味深く聞きましたよ。卒業順位は吉良さんが二十何番目かで、谷田さんが一番、前川さんが二番、小川さんが四番……」

「学校の成績の話なんかあまり面白くないね」

小川はあまり愉快でない顔だった。

「いや、済みません。ぼくなんかビリのほうだったんで好成績の人が羨《うらや》ましいのでしてね。ところで同じ岩井先生のスピーチの中で、吉良さんは学生のころ先生のお宅によく遊びに行っていたとありましたが、あのころはまだ学生たちと先生との親愛感の紐帯《じゅうたい》が残っていたんですね。現在の相互不信と違って……」

教授のスピーチは《吉良君は私の家にも他の学生諸君と共によく遊びに見え、わたしのつまらない話を聞いて帰られたものである。それにつけても想《おも》うのは、十年前に死んだ家内は吉良君を最も尊敬しておったから、わたしよりも家内のほうに眼があったわけである》というのだった。

「そうだな。吉良もそうだが、谷田、前川それにぼくもよく先生のところにお邪魔したな。奥さまにもよくしていただいた」

小川は山口の言葉に誘われたように述懐した。

「十年前に亡くなった先生の奥さんというのは、きれいなひとだったそうですね」

「うん。美しい方だった。やさしくてね」

「その奥さんのことを忘れかねて、先生が再婚をなさらないんだそうですね？」

「そういう噂《うわさ》だな。ぼくも、そうかもしれないと思っている」

「奥さんは急に亡くなられた。病名は何でしたか？」

「心臓麻痺《まひ》」

「いや、一部には自殺だという声もありましたね」

「え？」

小川長次の顔が緊張した。

「だれがそんなことを話した？」

「だれということはありません。最近になって自然とそんな話が耳に入ったもんだから、死亡診断書を書いた医者に問合せてみたのです。すると睡眠薬の飲みすぎだったといいました。奥さんは岩井登美子さんといわれた。登美子さんはその一カ月前から睡《ねむ》れなくって睡眠薬を少しは飲んでいた。が、それは初めのほうだから常用者のように多量ではなかった。それが致死量を飲んだものだから、あるいは自殺かもしれないと医者は一応考えたのだそうです。しかし、岩井教授が極力否定したものだから、社会的地位のある人だし、誤って薬の飲みすぎだと思い、心臓麻痺ということで死亡診断書は書いたといっていました。十年前に警察に届けなかったのを咎《とが》められるのじゃないかと医者はだいぶん恐縮していました」

「それは初めて聞く話だね。君はさすがに警察に居る人だな」

　小川は溜息に似た、大きな息を吐いて云《い》った。

「もし、奥さんが自殺とすればですね。遺書はなかったかもしれませんが、考えられそうな原因がありますか？」

「初耳だから、こっちもびっくりするだけだが、自殺の原因は考えられないね。夫婦仲はよかったし、先生はあれほど奥さんを愛しておられたからね。奥さんには云うところのない夫だった」

小川は岩井教授夫人登美子の自殺説を信じない顔だった。

「そうですか」

沈黙があった。その間に二人は食べものをしきりと口に運んでいた。

「吉良さんは」と山口光太郎のほうから声が出た。「あの晩、つまり去年の十一月十五日の午後九時十分ごろに、泉石という旅館を車で出ています。運転手を泊めているのに、運転手から車のキイを受けとって自分がベンツを運転している。運転手には高崎に用事があると云ったそうですが、高崎には行かないで貫前神社の境内に行っています。そうしてあの車の事故になったんですが、どういうわけで吉良さんは夜になって貫前神社なんかに行ったんでしょうね？」

「さあ、それはわれわれにもいまだに分らんね。運転手は吉良の単独行動を高崎にいる好きな女のところに行ったものと想像していたそうだがね」

「単独行動というのは秘密がつきものですからね。ぼくは吉良さんがほかの秘密な取引であの境内にむかったと思いますよ。吉良さんがあの晩、運転手から車のキイを受けとってベンツを運転して宿を出たのが九時十分だったそうです。貫前神社のある富岡市一ノ宮までは藤岡市経由で約三十キロです。その時間だったら道路も空《す》いているでしょう。境内につくのに四十分要したとして、九時五十分ごろにはあの曲り角の道にさしかかったと思います。そんな時間にあんなところに行くのは、秘密な用件、それも取引だったたという感じがしますね」

「どんな取引だね？」

「ぼくはそれを岩井先生の吉良さんの政務次官就任祝のときのスピーチにヒントを取ってみました。ぼくはあの話をまだ憶《おぼ》えているのですが、それは吉良さんが学生時代から、よく岩井先生の家に遊びに行っていたということ、先生が、家内は吉良君を最も尊敬していたと表現したことからです。それと、先生の奥さんが十年前に急死なさっていることとです。十年前というと吉良さんが二十九歳。そして、吉良さんは学生時代からひきつづき、先生宅に行っていたようです」

「君はまさかそのころ恩師の奥さんと吉良とが妙な関係だったというのではあるまいね？」

　小川長次は屹《きつ》となったように云った。

「恩師といわれると困ってしまうのですが、真実を求める場合はやむを得ないときがあります。小川さん、実は、ぼくはそう想像しているのですよ。先生の奥さんは睡眠薬の飲みすぎではなく、自殺だったと思うのです。その自殺の原因は何か。遺書がなかったというから分りませんが、やはり吉良さんとの不倫の間を後悔して、清算されたのでしょう。善人の夫を裏切ったということでね。吉良さんは、あのころから調子のいい人だったと思いますよ。あとで代議士になれたくらいにね」

「吉良という人間が調子のよかったことは認めるが、先生の奥さんとは結びつかないよ」

「そうでしょうか。先生のスピーチでは、家内は吉良君を最も尊敬しておった、という表現がとられました。微妙な言葉の遣い方です。尊敬というのは、愛情の云いかえを先生がなさったと思うのです。苦心の表現ですよ」

「深読みだな。警察に居ると、そんな深読みになるものかね?」

小川は中華料理が熱いのか額の汗を拭《ふ》いた。

「かりにですな、だれかが、先生の奥さんは遺書を書いている、先生宛《あて》には書けなかったが、信頼する人に自殺の前に、十年間は開封しないという条件で、渡したとする。その人は約束通り十年経《た》って封を開いて読んだ。そうして、これはいかん、政務次官にもなった男を昔の古キズで醜聞の中に陥《おとし》れたくない、と思った。しかし、黙って破るには忍びないものがある。つまり、苦しみ抜いて死んだ人の気持を相手の男、すなわち吉良さんに分らせたい、そうでなければ自分で生命を絶ったひとが浮ばれない、と考えた。で、その人は吉良さんにその旨《むね》を云って遺書を渡すという約束で時間、場所の条件をこしらえてあそこに誘《おび》き寄せたのではないか、と思ってみたりしました」

「それは初めから吉良を車の事故死にするためにか？」

「そうです。地形からいっても、吉良さんの運転する外車で左ハンドルということも、崖《がけ》ぶちに墜落しやすいようにできています。吉良さんは、その遺書が先生やほかの人の手に渡ったらたいへんだと思って指定通り貫前神社にベンツを走らせた。だれがそう指定したかというと、十一月十五日に吉良さんと貫前神社行をした一行以外にはありません。その日に、吉良さんにそういったのですからね。その遺書を渡すにも、その晩十時ごろまでにあの境内の北側に来ることができるような人物です」

「北側の境内だったら、参道上の西から行かなくても、丘下の神社裏の道をいくらでも行けるよ。アベックの車はその道からくるからね」

「ところが、十四日と十五日に限り、神社裏の東西に通じる道は両方の端が午後七時から土木工事のために通行止めになっていたのです。そこで、吉良さんはどうしても神社前の道、丘陵上の道を西から東に向わねばならなかったのです。計画者はそこまで分って計算していた。吉良さんのベンツがカーブにさしかかるところに、アベックの車が駐車しているように見せかけた。吉良さんが右にハンドルを切る、急ブレーキ、東側崖下転落の計画を遂行したのです」

「駐車した車があったように見せかけたとは、どういうことかね?」

「そんな車はなかったのです。あったのは駐車したタイヤの跡だけです。駐車した車のタイヤ跡は北側の道に下っている。これはおかしいです。そっちに降りても、東西の道が午後七時限りで通行止めになっていますからどこにも行かれない。近くからきたアベックならそれを知っている。吉良さんの車が崖下に転落したのは、さっきも云ったように午後十時近くと見られますからね。……アベックの車は駐車したカーブの場所から夕方七時前には北側に引返して行ったのですよ。が、引返して行ったのはアベックの運転だったが、そのカーブのところまでアベックの車を持ってきたのは、別な人間です。その車は北側の神社裏の境内に置いてあったのを、その人間が黙ってカーブのところに運転して持ってきたのです。何時ごろかというと、鹿卜《ろくぼく》の神事中の拝殿から中座して姿を消した人のあった四時前から四時半ごろの間です。車を北側下の道に運転して行ったのは、蒼《あお》くなって奪《と》られた車を探しにきたアベックです。そういう連中はあとになっても恥ずかしくて警察には届けません。実害はないのですからね。ただ、計画者の失敗はアベックがカーブの場所から裏側道に降りて行ったことですよ」

「吉良君は十時に崖から落ちた。アベックの車がカーブのところから七時前にいなくなったとすると、理屈に合わないね」

「車がいなくてもいいのです。計画者には、駐車したタイヤのあとがそこに残っていればよかったんです。駐車している車の代りに出すものがあればよいのです。……カーブの林側から白い布でも竿《さお》の先につけて突き出すんです。これはふいだから、夜間の運転者は横合いから人間でも飛び出したかと思ってびっくりして急ブレーキと同時にハンドルを右に切りますよ」

「長い竿が必要だね。その場に捨ててあったのかね?」

「竿の代りなら、いくらでもあります。しかも伸縮自在なのがね。たとえば折尺ですよ。あれはいっぱいに伸ばすと長さが一メートルくらいになる。たたむと二十センチくらいになって洋服のポケットに入りますよ」

長い沈黙があって、小川長次が苦しそうに云い出した。

「君は、谷田君から聞いたね。吉井町の多胡碑から帰った岩井先生のポケットにぼくの折尺が入っていたのを?」

「この前、京都に行って谷田さんからその話を聞き、それが竿の代りだと気づきました。その前から群馬県警にある当時の資料をとり寄せて調べていたのです。しかし、カーブの駐車跡のトリックは分ったが、駐車した車の代りになるものがない。折尺のことでやっと謎《なぞ》が分りました」

「われわれは旅館からのタクシーを吉井町で捨てた。富岡方面に行くトラックはいくらでもあるから、それにすぐに乗せてもらい、一ノ宮で降りてあの境内のカーブの場所に待ち伏せした。二十分ぐらいしてベンツがヘッドライトの二つの目を光らせてきたよ。君はもう推定しているだろうが、岩井先生の奥さんの遺書なんかありはしない。あれはぼくが吉良をあそこに誘う術策だったよ……われわれはベンツが崖下に転落するのを見届けて、また道に出た。心配だったのは、車の転落した音をだれかが聞いて駆けつけてこないかということだったが、あそこは田圃《たんぼ》で人家が遠い。それに家の中で少々な音を聞いても、トラックの故障はしょっちゅうだから、だれも家の中から出てこなかった。ぼくらは秩父の石を運ぶトラックに乗せてもらい、吉井町で降り、多胡碑の拓本を買って、十一時近くに旅館に戻った。多胡碑に行ったことを知らせるために、寝ている谷田と前川を起して拓本を渡したのはいいが、先生のポケットに折尺が入っていたのを谷田に見咎《みとが》められたよ。あれは、先生が使用したあと昂奮《こうふん》していてぼくに返すのを忘れていたんだ。ぼくも気がつかなかったのは昂奮していたんだね」

そこで小川長次は太い息をついて山口に云った。

「先生には十年間の忍従だった。ぼくには役所に入って以来の下積み役人の憤《いきどお》りが吉良という人物を得て爆発したのだ。これはね、忍従に対して、抑圧された忿懣《ふんまん》の協力だよ。もちろん計画者たる主犯と従犯の関係はその逆だがね」

女中が飯と漬物を盆にのせて入ってきた。外は雪が激しく降り出しました、と云った。

解説

中島河太郎

従来の推理小説は、冒頭から不可解な謎《なぞ》を提出するのが、常套《じょうとう》的手法であった。松本清張氏がこの領域に関与するようになってから、面目を一新した。著者のストーリーの導入は、虚仮《こけ》おどしを極力避けて、語り口は淡々としている。

著者の筆はなにが起ったかを、性急に説きたてるより、まず人物と情景を的確に浮びあがらせてから、事件へと移っている。推理小説の型に嵌《は》まってしまうと、奇矯《ききょう》な外貌《がいぼう》を追いかけがちだが、近年の作風はますます悠揚迫らず、しかも内実の鋭い切りこみかたと、斬新《ざんしん》な処理法に目を瞠《みは》らせるものが多い。

本書は昭和四十八年七月に刊行された短篇集で、四十五年から四十八年にかけて、はじめに「小説新潮」に発表された成果を纏《まと》めている。表題作の『巨人の磯《いそ》』には、「常陸国風土記《ひたちふどき》」が引用されているし、『東経一三九度線』には例の「魏志倭人伝《ぎしわじんでん》」が採りあげられるから、推理小説一般から眺めるなら、極めて奇異な着想とも見られよう。

松本氏が作家以前の新聞社在勤時代に、その余暇をぬすんで考古遺跡の旅を楽しまれたことを、聞いた覚えがある。国東《くにさき》半島の思い出を語られたのが羨《うらや》ましくて、私も十年余を隔ててしまったが巡歴してきた。

初期にはわりに歴史小説、時代小説を多く見かけるのも、著者の若い時分から養われた史心とも名づけるべきものの具現かと思われるが、特に古代史への関心が作品への繫《つな》がりを示したものとしては、『陸行水行』がある。三十八年末の作品で、「魏志倭人伝」の論点に新解釈をうち出した地方研究者の姿を捉《とら》えている。

著者はその二年後に、本格的な古代史研究に乗りだした。その『古代史疑』は、これまで膠着化《こうちやく》していた邪馬台国《やまたいこく》論争に新鮮な刺激を与えた。アマチュアの研究と称するものは、往々独断と偏見に支配されがちだが、著者の史論はその弊を免れているばかりか、創見をもって学者の蒙《もう》を啓《ひら》いたことも尠《すくな》くはない。

ここに収められた作品の執筆された昭和四十五年以降は、著者がなお古代史探求に旺盛《おうせい》な意欲を示した時期であった。新聞・雑誌で史学者としばしば対談を試み、『新解釈魏志倭人伝』、『古代探求』、『日本の古代国家』などの論考を発表していた。それはやがて万葉集、古事記などの古典にも及ぶようになるのだから、『巨人の磯』の冒頭場面から、風土記が紹介されるのも異とするにたりなかった。

この風土記では巨人の所業と見做《みな》された貝塚が、東茨城郡常澄《つねずみ》村大串《おおくし》に現存しているので懐《なつ》かしい。「播磨《はりま》国風土記」でも託賀《たか》郡の条に、その地名の起原を巨人のせいにしているが、日本の巨人伝説で代表的な存在は、関東・中部地方に大きな足跡を残しているダイダラ法師であり、九州では大人《おおひと》弥五郎が山造りに携わっている。後には現実味を帯びて、百合若《ゆりわか》大臣や弁慶を登場させたため、スケールが小さくなったが、自然創造神に対する信仰の衰退を反映したものであろう。

著者はその起原について、異人種漂流説、アイヌの祖先とみられたクロポックグル説をはじめ、先住巨人説、英雄巨人説などを並べ、最後に超自然的なものに対する古代の呪術《じゅじゅつ》心理と解する柳田国男説をあげている。

そのあげく、主人公の口を借りて、「こうした説にはどうも従いかねる」といわせ、著者の新解釈の伏線が張られている。

大洗の夜の海岸に出て、幽暗な沖を眺めていた主人公が、岩の間に波と戯れている巨人を発見した。その正体は土左衛門《どざえもん》だったが、普通人の三倍にも膨れあがっていたし、ぺろりと前に垂れた舌が貝をくわえているように見えた。さながら風土記の巨人である。

長年、柳田国男の著書に馴染《なじ》んできた私などは、巨人伝説発生の民俗学的解釈を素直に受け入れるのだが、主人公はそういった「ロマンティックな説には、どうも傾聴することができな」くて、ものごとを即物的に考える現実主義者に仕立てている。

そのためには主人公を法医学者にして、当地の警察に示唆《しさ》させ、解決に導いたばかりでなく、医学による古代説話の「経験的」解釈を提示し、意表をついている。既存の権威にとらわれずに、自由で大胆な発想のもとに、史眼を働かせている著者の面目が躍動している。

『礼遇の資格』は力量はあるくせに、押出しの足りない風貌のお蔭《かげ》で、頭取になれない「不運」な銀行マンを主人公に拉《らっ》してきた。妻に死なれたので、後妻に迎えたのは三十以上も齢《とし》のちがうバーのマダムだった。亡妻と正反対の陽気な性格が気に入ったのだが、次第に夫婦間の間隙《かんげき》が拡《ひろ》がっていく。妻の不貞に気づいた夫の犯行を描く犯罪小説の体裁をとっているのだが、その際使用された凶器が奇抜であった。

江戸川乱歩は内外の推理作品のトリックを分類し、八百例を要領よく整理しているが、そのなかに「異様な凶器」の一項がある。それぞれの作家が智能《ちのう》を絞っているのだが、この著者のアイデアは秀逸の部にちがいない。

推理小説に扱われる犯罪の動機の千篇一律に愛想をつかした著者だけに、妻の不貞の相手への膺懲《ようちょう》と同時に、主人公の鬱積《うっせき》していたものを吐きださせたのも利《き》いているし、事件が終ったあとの妻の開けっぴろげな態度も、陰惨な物語の幕を閉じるのに印象的であった。

『内なる線影』ではもっとトリックに凝っている。耳なれぬ化学薬品の名前が出てくるが、そういう計画犯罪の究明よりも、まず人物を紹介して、そこにおのずと醸成されるそれぞれの係わりあいに紙数が費やされている。

地図入りで化学的トリックといえば、マニア向きに思われそうだが、画壇の重鎮夫妻、精神科医、ヒッピー・スタイルの画描きの言動のなかに、悲劇の要因が秘められていることを読みとらねばならない。

著者は画家の若い後妻に触れて、杉田久女を連想し、その句を挿《はさ》んでいる。この作品と舞台を同じくする福岡県在住の女流俳人で、華麗な俳風と痛ましい晩年とで知られている。著者自身も彼女をモデルにした『菊枕《きくまくら》』一篇を捧《ささ》げているほどだが、久女をもってきたことで、画家の妻の陰翳《いんえい》を濃くしている。

『理外の理』でも時勢に遅れてしまった読物寄稿家に焦点を合わせている。雑誌の編集方針が改められたので、主人公の原稿は採用しないことになったが、主人公が稿を改めては何遍も持ちこんでくるので、馴染《なじみ》の編集者はほとほと弱りきってしまうのだ。

喰違《くいちがい》門跡での面会が悲劇に終りそうなことは、読者にも予想できるのだが、引かれ者の小唄《こうた》ならぬ賭《か》けを介して、著者は見事にうっちゃりに成功している。

著者はその後についていては、筆を惜しんでなにも語っていないが、時勢おくれの考証家の風貌を、あざやかに浮き彫りにするだけでは満足しないで、「意外な凶器」の用例を新たにつけ加えて、心胆を寒からしめている。

『東経一三九度線』は「魏志倭人伝」を踏まえて、大胆な仮説を提示した。著者は『古代探求』で、「倭人伝」にいう灼骨《しやっこつ》、火坼《かたく》について説明している。どちらも火で骨や亀《かめ》の甲羅を焼いて卜占《ぼくせん》する法だが、東北アジア系統だといわれる。

現在、神社の神事として鹿《しか》の肩骨灼《かたぼねや》きが残っているのは、群馬県富岡市一ノ宮の貫《ぬき》前《さき》神社、東京都青梅《おうめ》市御岳《みたけ》の御獄《みたけ》神社などで、著者は貫前神社の宮司《ぐうじ》から、占いの済んだ鹿の肩骨を一個貰《もら》ったという。また東京都西多摩郡五日市の阿伎留《あきる》神社は、鹿卜《ろくぼく》の神事はやらないが、明治のころに対馬《つしま》の卜部《うらべ》家所蔵のものを写した鹿卜の書を伝えている。

亀卜《きぼく》の記録としては宮廷のほかに、越後の弥彦《やひこ》神社、伊豆の白浜神社のがあるが、亀甲の現物は全国どこからも出土していない。

これら卜占に関する神社についてふしぎなことがある。越後から関東を南北にはしる一三九度線上に散在していることで、文部省課長補佐はこれを邪馬台国の鬼道の名残りだと説いている。この新説に興味を催した元皇族が、卜占の神事を見たいというのが事件の発端である。

なぜこの線上の神社だけが卜占に関係があるのか、読者の関心をもっとも強く惹《ひ》きつける問題だが、発見者の役人の仮説は説得力に乏しい。それだけにもっと妥当な解釈が与えられそうで、読者を興奮させずにはおかない宿題であろう。

著者が四十八年に連載した『告訴せず』は、選挙資金を持ち逃げして蒸発した主人公が、太占《ふとまに》の話を耳にして、その占いにもとづいて、持ち金を小豆相場に投ずる場面がある。

占いの行われるのは高崎市の西北にある比礼《ひれ》神社で、主人公は寄付金をはずんで、所伝の秘書「神伝鹿卜秘事記」を読ませて貰っている。同題の書物は先に記した阿伎留神社の蔵書だから、その占法をこの長篇のなかに活用し、見事に消化している。著者の小説作法はまさに端倪《たんげい》すべからざるものがある。

神秘的な一三九度線に気を奪われているうちに、恩師を中心に二人の助教授、文部省役人、代議士の弟子たちが集合して、下検分を終えたあとに不慮の事故が起った。巧緻《こうち》な犯罪工作の底に秘められたものが最後に明かされると、動機の根強さを痛感させられる。

絶えず新境地を求めてやまなかった著者は、これらの近作でもなおトリックと動機に斬新さを競っている。しかも小説としてのおもしろさをなおざりにせぬ周到な用意は、いつまでも初心を忘れぬ作家であることを見事に立証している。

（昭和五十二年三月、推理小説評論家）

解説

福井健太

日本推理文壇の巨匠・松本清張——その作品群はあまりにも有名だが、詳しい来歴を知る人は少数派かもしれない。一九〇九年に広島県で生まれた松本清張（本名・清《きよ》張《はる》）は、戸籍上は福岡県の出身とされている。尋常小学校の高等科を卒業後、給仕や会社職員などを務めながら小説に耽溺《たんでき》するものの、知人に借りた左翼文学誌のために投獄されたことで文学を断念。四二年に朝日新聞社の正社員に採用され、翌年には召集を受けて陸軍に入隊した。復職後の五〇年に書いた「西郷札」が『週刊朝日』の懸賞小説に入選し、五二年には木々高太郎の勧めで『三田文学』に「或《あ》る『小倉日記』伝」を発表。本作が第二十八回芥川賞に選ばれたことで、清張の華々しい作家人生が幕を開けたのである。

歴史・時代小説の書き手として活躍するいっぽう、五六年に上梓《じょうし》した短編集『顔』で第十回日本探偵作家クラブ賞を獲得した清張は、社会派推理小説『点と線』『眼の壁』『ゼロの焦点』『砂の器』や犯罪小説『けものみち』でも絶賛を浴びた。六〇年代半ばからはノンフィクションにも力を注ぎ、六七年に『昭和史発掘』『花氷』『逃亡』などの作品と幅広い作家活動で第一回吉川英治文学賞を受賞。七〇年にはその創作活動に対して第十八回菊池寛賞が与えられた。七〇年代には古代史の研究書を次々に発表し、七一年から七四年にかけて日本推理作家協会の会長を務めている。九二年に八十二歳で逝去。

本書『巨人の磯《いそ》』には七〇年代前半に書かれた五編が収められている。共通の人物が登場しないノンシリーズものだが、古代史を絡《から》めた作品群――表題作と「東経一三九度線」の存在は一つの特徴といえそうだ。同時期に『遊史疑考』『古代への探求』(それぞれ『遊古疑考』『古代探求』と改題)などの古代史論を雑誌連載していた清張にとって、古代史を推理小説に活《い》かすことは自然な発想だったに違いない。それでは収録作を一編ずつ見ていこう。

●「巨人の磯」(『小説新潮』七〇年十月号)

考古学の趣味を持つ法医学者の清水泰雄は、巨人伝説で知られる大串貝塚にほど近い大洗海岸で溺死体を発見する。被害者は台湾旅行中のはずの県議・水田克二郎。義弟の広川博が容疑者に浮かぶものの、彼には死亡推定時刻のアリバイがあった。基本的にはアリバイ崩しを主体とした物語だが、清水の名探偵ぶりと物理トリックは――その非現実性も含めて――ゲームとしての推理小説の文脈に属するものだ。犯行動機を根拠として〝社会派〟と称されることの多い清張が、名探偵の演出や奇抜なトリックの使い手でもあったことを示す好例といえるだろう。

作中の古代史要素は彩《いろど》りの域を出ないものの、清水が「大串の巨人伝説は漂着した溺死体を見た古代人の恐怖から発したのかもしれない」と考える場面には、古代史と推理小説を繋《つな》げようとする清張の試みがはっきりと見て取れる。「ぼくにとって推理の世界にあそぶのは珍しいことではない」「趣味の古代史研究ではそういうことばかりやっています」という清水の言葉もまた、両者に共通性を見出《みいだ》した清張の独白にほかならない。そんな観点からも興味深い一編なのである。

●「礼遇の資格」（『小説新潮』七二年二月号）

銀行協議会副会長の原島栄四郎は威風に乏しい小男だった。三十一歳年下の妻・敬子とアメリカ人青年ハリソンの浮気を知った原島は、ハリソンから敬子の（もう一人の）浮気相手の存在と隠れ家を聞き出すのだが……。威厳に欠ける男と悪女にまつわる犯罪小説の体裁を取りながらも、焦点は殺人とその捜査ではなく、両者の人間性のコントラストに据えられている。原島の哀れさと敬子の最後の台詞《せりふ》はあまりにも対照的だが、そこから生じる奇妙な味こそが主眼というわけだ。

清張はロアルド・ダールの名作「おとなしい凶器」をアレンジした「凶器」を五九年に発表しているが、本編における凶器の処分シーンはその再演に違いない。旧来の手法を再利用しつつ、新たな奇妙な味を増築したユニークな佳作といえるだろう。

●「内なる線影」（『小説新潮』七一年九月号）

ヒッピー画家の白水阿良夫と知り合った精神科医の枝村は、画壇の重鎮である目加田茂盛と美那子夫人を紹介される。目加田にノイローゼを訴えられた枝村は症状に疑問を抱くが、その矢先、目加田の水死体と白水の窒息死体が発見された。異様な連続死、物理トリックとその根拠、犯行を可能にする状況設定、現場の見取り図などの存在からも、清張がオーソドックスな謎解《なぞと》きを意図していたことは明白だろう。推理に必要な情報が先に示されない点は惜しまれるが、トリックを軸にした犯罪譚《たん》としては一級品である。

●「理外の理」(『小説新潮』七二年九月号)
娯楽小説誌の編集方針が変更され、江戸時代の巷説《こうせつ》を得意とする文筆家・須貝玄堂は持ち込み原稿を没にされる日々が続いていた。十二回目の拒絶を受けた須貝は、喰《く》い違《ちがい》御門の縊鬼《いき》にまつわる逸話をもとに、現地で〝理外の理〟の実験をしようと編集者に持ちかけるのだった。序盤では売れない文筆家の困窮ぶりが綴《つづ》られるが、当人はやがて吹っ切れたような表情を見せ、編集者を安心させる——からこそ、淡々と描かれた幕切れは堆積《たいせき》した怨念《おんねん》の恐ろしさを感じさせる。先述した「礼遇の資格」にも見られるように、清張は奇妙な味の演出に長《た》けた作家でもある。本編はそのテクニックを堪能できる印象的な心理サスペンスだ。

●「東経一三九度線」(『小説新潮』七三年二月号)
文部政務次官に就任した代議士の吉良栄助は、かつての同期生から大胆な仮説を聞かされる。太占《ふとまに》の神事を行う五つの神社——新潟県の弥彦神社、群馬県の貫前神社、東京の御嶽神社と阿伎留神社、伊豆の白浜神社は東経一三九度線沿いに並んでおり、一三九(ヒミコ)は卑弥呼の東遷《とうせん》を示しているというのだ。吉良は選挙運動を兼ねて元皇族の案内役を引き受け、関係者とともに八塩温泉に宿泊する。その翌朝、貫前神社境内の崖下《がけした》に転落したベンツから吉良の死体が発見された。

古代史を推理小説に導入した「巨人の磯」と同系列の作品である。吉良が「経度というのはロンドンはグリニジ子午線を基点として東と西にそれぞれ一八〇度に測ってこしらえたものじゃないか」と述べている通り、ヒミコの仮説は地口に過ぎないが、清張のこの発見を書きたいという意欲は微笑《ほほえ》ましいものだ。物理トリックの使い方も含めて、いかにも清張らしさに満ちた物語といえるだろう。

推理小説の熱心な読者であれば、本編が島田荘司のデビュー作『占星術殺人事件』で言及されていたことを思い出すかもしれない。そこではヒミコ説と――高木彬光《あきみつ》が『黄金の鍵《かぎ》』で扱った――百三十八度四十八分線の歴史を示すことで、神社や関連史跡《しせき》が直線上に並ぶレイラインの説明がなされていた。ちなみに『黄金の鍵』は七〇年、小川光三が〝太陽の道〟を論じた『大和の原像』は（本編と同じ）七三年に発表されている。高田崇史《たかふみ》の推理小説『ＱＥＤ　神器封殺』や星野之宣《ゆきのぶ》のコミック『宗像《むなかた》教授伝奇考』など、レイラインの発想を活かした創作物は少なくないが、本編はその源流を占める秀作なのである。

こうして見れば解るように、本書には古代史に彩られた推理小説、トリッキーな犯罪譚、奇妙な味の物語などが陳列されている。いずれも清張の得意技だが、そのバリエーションを一度に楽しめるのは贅沢《ぜいたく》なことに違いない。高品質の短編集であると同時に、清張という高峰を知るための観測点にもなり得る——そんなエンタテインメント性と資料性を兼ね備えた一冊なのである。

（平成二十一年一月、文芸評論家）

この作品は昭和四十八年七月新潮社より刊行された。

表記について

新潮文庫の文字表記については、原文を尊重するという見地に立ち、次のように方針を定めました。

一、旧仮名づかいで書かれた口語文の作品は、新仮名づかいに改める。
二、文語文の作品は旧仮名づかいのままとする。
三、旧字体で書かれているものは、原則として新字体に改める。
四、難読と思われる語には振仮名をつける。

なお本作品集中には、今日の観点からみると差別的表現ととられかねない箇所が散見しますが、著者自身に差別的意図はなく、作品自体のもつ文学性ならびに芸術性、また著者がすでに故人である等の事情に鑑み、原文どおりとしました。

（新潮文庫編集部）

松本清張著

小説日本芸譚

千利休、運慶、光悦――。日本美術史に燦然と輝く芸術家十人が煩悩に翻弄される姿――人間の業の深さを描く異色の歴史短編集。

松本清張著

或る「小倉日記」伝

芥川賞受賞　傑作短編集(一)

体が不自由で孤独な青年が小倉在住時代の鷗外を追究する姿を描いて、芥川賞に輝いた表題作など、名もない庶民を主人公にした12編。

松本清張著

黒地の絵

傑作短編集(二)

朝鮮戦争のさなか、米軍黒人兵の集団脱走事件が起きた基地小倉を舞台に、妻を犯された男のすさまじい復讐を描く表題作など9編。

松本清張著

西郷札

傑作短編集(三)

西南戦争の際に、薩軍が発行した軍票をもとに一攫千金を夢みる男の破滅を描く処女作の「西郷札」など、異色時代小説12編を収める。

松本清張著

佐渡流人行

傑作短編集(四)

逃れるすべのない絶海の孤島佐渡を描く「佐渡流人行」、下級役人の哀しい運命を辿る「甲府在番」など、歴史に材を取った力作11編。

松本清張著

張込み

傑作短編集(五)

平凡な主婦の秘められた過去を、殺人犯を張込み中の刑事の眼でとらえて、推理小説界に新風を吹きこんだ表題作など8編を収める。

松本清張著

駅路

傑作短編集(六)

これまでの平凡な人生から解放されたい……。停年後を愛人と送るために失踪した男の悲しい結末を描く表題作など、10編の推理小説集。

松本清張著

わるいやつら

(上・下)

厚い病院の壁の中で計画される院長戸谷信一の完全犯罪！　次々と女を騙しては金をまき上げて殺す恐るべき欲望を描く長編推理小説。

松本清張著

歪んだ複写

―税務署殺人事件―

武蔵野に発掘された他殺死体。腐敗した税務署の機構の中に発生した恐るべき連続殺人を描いて、現代社会の病巣をあばいた長編推理。

松本清張著

黒い福音

現実に起った、外人神父によるスチュワーデス殺人事件の顚末に、強い疑問と怒りをいだいた著者が、推理と解決を提示した問題作。

松本清張著

ゼロの焦点

新婚一週間で失踪した夫の行方を求めて、北陸の灰色の空の下を尋ね歩く禎子がまき込まれた連続殺人！『点と線』と並ぶ代表作品。

松本清張著

半生の記

金も学問も希望もなく、印刷所の版下工としてインクにまみれていた若き日の姿を回想して綴る〈人間松本清張〉の魂の記録である。

巨《きょ》人《じん》の磯《いそ》

新潮文庫　ま-1-37

昭和五十二年五月三十日発行
平成二十一年三月一日二十八刷改版
令和四年九月二十日三十五刷

著者　松《まつ》本《もと》清《せい》張《ちょう》

発行者　佐藤隆信

発行所　株式会社新潮社

郵便番号　一六二—八七一一
東京都新宿区矢来町七一
電話　編集部(〇三)三二六六—五四四〇
　　　読者係(〇三)三二六六—五一一一
http://www.shinchosha.co.jp

価格はカバーに表示してあります。

乱丁・落丁本は、ご面倒ですが小社読者係宛ご送付ください。送料小社負担にてお取替えいたします。

印刷・錦明印刷株式会社　製本・錦明印刷株式会社

ISBN978-4-10-110940-4 C0193